KB185282

나의 삶 나의 도전

― 조욱환 자서전 ―

―――――――――――――― 님 惠存

―――――――――――――― 올림

년   월   일

나의 삶 나의 도전

2024년 11월 30일 초판 1쇄 발행
지은이 조욱환

펴낸이 권혁재

편 집 권이지
진 행 권순범
교정교열 천승현
디자인 이정아

인 쇄 금강인쇄
펴낸곳 학연문화사
등 록 1988년 2월 26일 제2-501호
주 소 서울시 금천구 가산디지털1로 16 가산2차 SKV1AP타워 1415호

전 화 02-6223-2301
전 송 02-6223-2303
E-mail hak7891@naver.com

ISBN 978-89-5508-702-4 (03810)

나의 삶 나의 도전

조욱환 지음

학연문화사

청년 조욱환 호(號)는
오늘도 새로운 항해를 위해
출발한다

고려대학교 제20대 총장
정진택

　흔히들 고난과 역경의 생을 살아오신 분들은 자신의 인생 이야기를 책으로 쓰면 몇 권, 몇십 권이 될 것이라고 말씀하십니다. 따라서 오랜 세월 파란만장한 삶을 살아오신 분이 생을 마감하면 커다란 도서관이 사라지는 것과 같은 손실이라고 표현하기도 합니다. 한 사람의 삶이 '기록'으로 남겨져 있지 않으면 그것은 삶을 마감하는 개인에게나 사회적으로도 손실임은 분명합니다. 하지만 외형적으로 나타난 성과는 물론 다양한 성공과 실패 이면의 나름대로의 목적과 소회 등을 기록으로 남겨놓으면 그것은 그 사람이 생활했던 사회의 역사이자 비슷한 환경에서 미래를 준비하는 젊은이들에게는 삶의 지침서가 될 수 있을 것입니다.

조욱환 회장님의 두 번째 자서전인 '나의 삶 나의 도전'는 그런 면에서 의미 있는 자산입니다. 특히나 이렇게 자서전을 내는 이유가 자신의 업적을 자랑하거나 남에게 보여주기 위한 것이 아니라 사실에 근거하여, 필자 스스로 삶을 진솔하게 정리하고 싶다는 집필 의지가 가슴에 와닿습니다.

50, 60년대 우리나라는 몹시도 가난했으며 일부 계층을 제외하고는 당장 먹고사는 문제를 해결하는 것이 모든 국민이 당면한 일상이었습니다. 모두에게 운명처럼 주어진 가난을 이겨내고자 모든 국민이 열심히 살았으며 또한 자신에게 주어진 운명을 바꾸기 위해 주경야독한 결과 대한민국은 기적과 같은 놀라운 경제성장을 이루었스며 남들이 부러워하는 사회 발전을 이루었습니다. 한편 국민 개개인의 삶은, 주어진 열악한 환경 속에서, 누가 더 큰 꿈을 꾸고, 더 강한 의지를 가지고 역경에 쉼 없이 도전했느냐에 의해서 경제적, 사회적 성과가 달라졌습니다. 사업면에서나 사회활동 면에서 많은 업적을 이루신 조욱환 회장님의 인생 여정은 어릴적 가난을 이겨내겠다는 불굴의 의지와 사업가로서의 지칠 줄 모르는 도전에 의해서 이루어졌다고 할 수 있습니다.

3살 때 아버님을 여의고 난 후 2남 3녀를 혼자 키우신 어머니의 헌신과 아버님 대신 가장의 역할을 하신 형님의 희생을 보면서 가족의 사랑함과 소중함을 절감했고, 이는 나중에 아내와 두 아들 내외 그리고 손주들에 대한 남다른 사랑으로 이어졌으며 좌절을 모르고 인생을 개척해나가는 원동력이 되었습니다. 대학 졸업 후 서비스, 제조, 건설 등 다양한 분야의 기업에서 근무한 것과 공공기관에서 얻은 수많은 경험이 향후 창업을 하여 기업을 성공적으로 일구는데 큰 밑거름이 된 것은 분명합니다.

'철저한 준비가 성공으로 가는 필수조건'이기에 '기본기를 다지고 매 상황 철저히 준비해야 한다'는 인생 신조도 가족을 지키고 가정을 온전히 보전해야 한다는 가족 사랑과 책임감이 밑바탕이 되었다고 생각합니다. 또한 '실수 없는 인생을 위해서는 올바른 선택이 필수'이기에 '직장과 배우자를 선택하는 것은 자기 인생길을 걸어가는 데 있어서 정말 중요한 일이다'라는 인생 체험담은 미래를 준비하는 젊은이들이 가슴에 새길만 합니다.

사업을 이끌어가는 바쁜 와중에도, 수많은 특수대학원 과정을 수료한 것은 인적 네트워크를 쌓기 위한 이유도 있지만, 공부할 때를 놓치고 목전의 생활고를 해결해야 했던 지난 삶이 아쉬워서 뒤늦게라도 보상을 받는 심정으로 도전했다는 부분에서는 다른 사람의 삶을 겉모습만 보고 판단하면 안 된다는 개인적인 반성도 하게 됩니다. 여러 과정에 참여하면서 얻은 인맥은 그 자체가 경쟁력이 되었고 쌓인 인맥은 사업에 커다란 영향을 미친 것은 분명했지만 조 회장님은 각 프로그램의 교육과정을 철저히 이수하고 그 분야를 심도 있게 공부하는 기회로 삼은 것으로 압니다. 결과적으로 조 회장님은 인문학적인 소양은 물론 다양한 분야에 대한 풍부한 지식을 가진 지식인이기도 합니다.

모교인 고려대학교에 대한 조 회장님의 사랑은 남달랐습니다. '고려대는 내 인생을 탄생시킨 요람이었고 주인'. '고려대는 내가 곤경에 빠지면 신분 보장을 해주었고, 내가 어려운 지경에서 아파하면 치료를 해주는 의사였다'

나의 삶 나의 도전

는 표현은 이분이 왜 그토록 다양한 고려대와 고려대 교우회 활동에 적극적으로 참여하고 봉사했는지를 잘 설명해주고 있습니다. 총교우회 부회장, 행정학과 교우회장, 강서지부 교우회장 등은 수많은 학교 그리고 교우회를 연결 짓는 가교 역할을 하셨습니다. 또한 제가 총장으로 재임 시절 고려대학교 대학평의원회 의장으로서 학교 발전을 위한 주요 정책을 심의하고 자문하는 중책을 맡아주셨습니다. 다시 한번 깊이 감사드립니다.

20년이 넘는 세월 동안 조욱한 회장님과의 교류를 통해서 겉으로 보이는 모습은 잘 알고 있었지만, 남들이 쉽게 따라 하기 어려운 다양한 활동과 새로운 분야에 대한 도전을 하게 된 배경과 운동력을 이 저서를 통해서 새롭게 이해할 수 있었고 그만큼 인간 '조욱환'에 대한 이해의 폭이 넓어졌습니다. 앞으로도 회장께서는 계속 도전하는 삶을 꿈꾸고 실천해 나갈 것이라는 사실을 믿어 의심치 않습니다. 아직도 몸과 마음이 청춘인 청년 '조욱환'호의 항해는 앞으로 어떤 신대륙을 발견하고 또 어떤 새로운 가치를 만들어갈지 사뭇 기대가 됩니다.

기업인 조욱환,
역경은 있어도
실패는 없다

국민대학교 교수
홍성걸

조욱환 선배를 처음 만난 것은 몇 년 전, 모교인 고려대학교 행정학과 교우회에서다. 난 79학번이고 조 선배는 70학번이니 9년의 차이가 있고, 사회에서 일하는 분야도 교육계와 실업계로 서로 다르니 만날 기회가 없었던 것은 당연한 일이다. 그러던 어느 날, 행정학과 전체 교우회가 연말모임을 하니 꼭 나오라는 연락을 받았고, 마침 일정이 없던 터라 오랜만에 참석했다가 서로 인사를 하게 되었다. 선배는 행정학교 교우회장이었는데, 첫인상이 중후하고 매우 겸손해 보였다. 사실 우리 법대 행정학과 교우 중에 사업하는 사람이 많지 않을 뿐만 아니라 후배들에게 그토록 말을 높이는 선배도 흔치 않다. 고대는 무조건 학번 순이라 처음 만나도 학번에 따라 쉽게 말을 놓기 때문이다.

당시 나는 자주 방송에 출연해 정치평론을 하고 있던 터라 나를 먼저 알고 인사해 오는 사람들이 많았다. 조 선배도 먼저 방송토론을 언급하며 내게 다가왔고 그렇게 서로 인사를 하게 되었다. 나중에 안 일이지만 집안이 어려워 제 때에 진학하지 못했고, 고등학교도 장학금을 주는 인천의 실업계 고등학교를 나왔기에 대학에 입학할 때 학번은 3년이나 늦었던 것이다. 나이 차이가 12년이나 나는 쥐띠 띠동갑인 내게도 말을 놓지 않았으니 그의 사람됨을 능히 짐작할 수 있다 그런 겸손이 조 선배의 인생과 사업을 일으키는 과정에 큰 자산이 되었을 것은 불문가지(不問可知)다.

얼마 후 조 선배가 내게 책을 한 권 보내왔다. 『나는 내 인생의 주인이다』라는 제목의 자서전이었다. 내로라하는 대기업의 창업주도 아니고, 고관대작을 지낸 정치인이나 고위공무원도 아닌 사람의 자서전을 받아본 적이 있는가. 책을 받아 첫 장을 넘기고 있을 때, 선배로부터 전화가 왔다. 어려서 매우 가난한 집안에서 태어나 공부하는 것 자체가 버거웠어도 주변 분들의 도움으로 오늘날 작은 성공을 이루었다. 그 길은 참으로 힘들고 외로웠지만 스스로 자랑스러워 후손들에게 들려줄 생각으로 자서전을 쓰게 되었다. 기왕 쓴 책이라 주변 사람들에게 보내 나 자신을 소개하는 것이니 건방지다 생각 말고 시간이 되면 한번 읽어주면 좋겠다. 뭐 대충 이런 이야기였다. 중소기업인으로서 자서전을 내겠다는 생각도 쉽지는 않았을 것이지만 그것을 나처럼 새까만 후배에게 보내는 것도, 읽어보라고 권하는 것도, 쉽게 할 수 있는 일은 아니라는 생각이 들었고, 그래서 그의 인생에 대한 호기심도 생겼다.

책을 읽고 생각하는 것이 직업인지라 읽는데 어려울 것은 없었다. 1948년생인 그는 동시대를 살아온 같은 세대의 사람들이 함께 겪은 고난을 개인 조욱환이 어떻게 받아들였는지 있는 그대로 진솔하게 설명하고 있다. 또 그가 자신의 앞길을 가로막는 그 많은 어려움을 어떻게 극복해 왔는지를 당시의 황망한 마음을 떠올리게 하면서도 그것이 어떻게 자신의 성장과 발전에 도움을 주었는지 담담하게 이야기하고 있다. 그의 인생을 따라가노라면 무엇보다 남다른 강한 의지와 미래를 준비하는 적극적 태도, 그리고 위기와 도전을 극복하는 과감한 결단이 엿보인다. 하늘은 스스로 돕는 자를 돕는다는 격언을 생각나게 하는 부분도 많다. 무엇보다 내가 공감한 것은 남에게서 받은 은혜와 그 은혜를 잊지 않는 그의 성격이었다. 은혜를 베푸는 사람이 아무에게나 베풀지는 않는다. 주변 사람들의 도움이 없었다면 그는 자신의 말대로 고향에서 농사를 지으면서 일생을 살아갔을지 모른다. 그만큼 그가 어려서부터 흔히 하는 말로 싹수가 보였을 것이다. 남들에게 은혜를 베풀어야겠다는 생각이 들게 하는 것만으로도 그의 성품을 짐작하게 한다. 사업을 이끌어가면서 공장을 새로 준공했을 때, 그는 도움을 주신 여러분들을 초청해 함께 테이프를 끊었다. 그만큼 받은 은혜를 잊지 않았다는 것이다. 이런 그의 성품이 특히 내게 인상적이었던 이유는 수은불망(受恩不忘), 시은불념(施恩不念), 즉 "받은 은혜는 잊지 말고, 베푼 은혜는 생각하지 말라"는 우리 집 가훈(家訓)을 생각나게 했기 때문이다.

우리 행정학과 교우들은 대개 고시를 통해 법조계나 행정부에 진출하거나 공부를 해서 학교에 남는 사람들이 대부분이다. 그러다 보니 경영학과 출신들과는 달리 돈을 번 사람들이 많지 않아 모임을 하면 대부분 각자 1/

N로 분담하는 것이 보통이다. 그런데 조욱환 선배는 예외다. 행정학과 교우회 활성화를 위한 그의 깊은 배려지만 늘 대부분 비용을 자신이 부담하는 아량을 보인다. 부담이 없어야 더 많은 교우들이 참여할 것이라 생각하신 것 같다. 보통 자수성가한 사람들은 근검과 절약이 몸에 배어 돈이 많아도 쉽게 돈을 쓰지 못하는데, 조 선배는 정반대다. 그래서 그의 주변에 항상 많은 사람들이 따른다. 광에서 인심 난다는 속담 그대로다. 하지만 그의 마음은 충분히 이해하면서도 참여하는 후배로서 그것이 마냥 편한 것은 아니다. 그래서 얼마 전부터 이런저런 행사에 각자 자신의 형편에 따라 자발적인 기여를 하고 나머지 필요한 부분을 선배가 부담하는 방식으로 모임을 진행하고 있다. 그것이 참여하는 후배들도 마음이 훨씬 편하다는 것을 이해하신 결과라 생각된다.

얼마 전 조 선배는 작은 모임에서 자서전의 개정판을 내려 하니 추천사를 써달라는 부탁과 함께 다시 그의 자서전을 내게 주었다. 추천의 글을 쓰기 위해 다시 한 번 그의 인생을 꼼꼼히 살펴보았다. 그리고 내린 결론은 역시 삶을 마주하는 그의 진솔하고 겸손한 태도와 강한 의지, 그리고 항상 최선을 다하는 노력의 가치였다. 세상을 탓하며 결혼과 아이 갖기를 포기하거나 심지어 이생망(이번 생은 망했다!) 이라며 노력 자체를 하지 않은 요즘 청년들에게 이 책을 꼭 한번 읽어보라고 권하고 싶다. 금수저니 흙수저니 하면서 자신의 인생을 비하하거나 아무리 노력해도 달라질 것이 없다고 생각하는 패배주의적 성향을 가진 사람들에게도 꼭 한번 이 책을 읽어보라고 권하고 싶다.

누구나 단 한번 살아가는 것이 인생이다. 영원히 살 수 있는 사람은 없다. 살고 나면 반드시 떠나야 하는 것이 인생이며, 벌거벗고 태어나 벌거벗고 가는 것이 인생이다. 그렇다면 한번 밖에 살 수 없는 귀한 나의 인생. 후회 없이 살아가야 할 것 아닌가. 조욱환 자서전, 『나의 삶 나의 도전』는 이 시대의 청년들에게 세상을 살아가는 향도의 역할을 하는 귀한 책이다.

서태호회의
영원한 큰형님,
조욱환 회장

중앙대학교 제14대 총장
이용구

조욱환 형님이 지나온 삶의 궤적을 자전적으로 기술한 "나는 내 인생의 주인이다"를 출간한 이후, 후속 편을 출간한다고 하니 기대가 매우 큽니다. 앞의 책을 읽어 보면서 욱환 형님이 살아온 지난 70여 년을 반추해 봅니다.

욱환 형님이 태어난 1948년을 해방 후 대한민국을 건국한 해입니다. 그 당시 신생국으로 세계에서 가장 가난한 나라였습니다. 어느 정도 가난하였느냐 하면 여러분이 요즘 TV에서 보는 먹을 것이 없어서 거리를 헤매는 사람들이 넘쳐나는 제3세계 나라들의 모습이 바로 우리나라의 모습이었습니다. 욱환 형님은 그런 암울한 상황에서 태안 바닷가 시골 외진 곳에서 태어나 꿈을 키워 오늘날 사회적으로 존경 받는 훌륭한 기업인이 되었습니다.

여러분들이 이 책을 읽으면서 한 시골 출신 기업인이 어떤 철학과 의지를 갖추고 어떤 과정을 거쳐서 무엇을 이루었는가를 보고, 우리나라가 이렇게 세계 수준의 선진국이 되어온 과정의 단면을 이해할 수 있으리라 생각합니다.

욱환 형님을 처음 만난 것은 제가 고려대학교에 입학한 1973년이니 벌써 50년이 지났군요. 그 당시 고려대학교에 재학하고 있던 서산 출신 학생들은 선후배들이 서호회(후에 서산과 태안이 분리되어 서태호회)를 조직하여 서로 의지하며 객지 생활의 외로움을 나누고 있었습니다. 아무리 고대에 지방출신 들이 많다고 하여도 충남 서산은 충청도에서도 가장 촌스러운 지방으로 우리는 대학 생활에 주눅이 들지 않을 수 없었습니다. 그런 때에 고향 출신 선배님들은 우리에게 큰 힘이 되었습니다.

선배님들 중에서도 특히 군 제대하고 복학한 욱환형님은 큰 거목같이 든든한 버팀목이었습니다. 욱환 형님은 후배들이 주눅들고 힘들어 할 때마다 막걸리도 사 주시면서 우리들이 객지 생활을 잘 적응하고 대학생으로서 꿈을 키워나갈 수 있도록 항상 격려해주셨습니다. 마치 큰형님처럼 후배들을 잘 보살펴 주셨지요. 아마도 70년대에 고려대학교에 재학하였던 서산, 태안 출신 학생들은 모두가 욱환 형님을 든든한 큰형님으로 기억하고 있을 것입니다. 그러면서 후배들에게 항상 고향 서산, 태안 출신으로서의 자긍심을 가지라고 격려하였습니다.

이렇게 고향을 사랑하고 후배들을 아끼는 마음은 대학을 졸업하고 사회에 진출하신 후에도 항상 같은 마음으로 후배들을 사랑하고 후원하였습니다. 70년대 이후 현재까지 서산, 태안 출신 고려대학교 교우들과 재학생들이 아직도 서태호회를 유지하며 선후배 모임의 전통을 끈끈하게 이어오고 있는 것은 욱환 선배의 무한한 후배 사랑이 있었기에 가능하였습니다.

욱환 형님은 이렇게 50여년 동안의 고향 후배들에 대한 사랑을 넘어 고려대학교 교우회 활동에도 적극적으로 참여한 참 고대인의 표상입니다. 고대 70학번 동기회장과 교우회 부회장을 역임하면서 고려대학교 평의원회 의장을 수행하는 등 고려대학교 교우로서 누구보다도 모교 발전에 크게 이바지하셨지요.

이렇게 그 어려운 역경을 극복하면서 누구보다 고향을 사랑하며 많은 봉사를 하고, 모교 고려대학교와 고려대학교를 졸업한 후배들을 평생토록 사랑해온 욱환 선배께서 이제 희수를 지나 지나온 삶을 정리하는 책을 출간하시는 것을 지난 50여년 동안 욱환형님을 가까이에서 지켜본 후배로서 존경하는 마음을 담아 진심으로 축하드립니다.

이 세상을 누구보다도 열정적이고 모범적이며 성공적으로 살아온 욱환 형님의 인생 기록을 많은 사람들이 읽고 '성공적인 삶이란 무엇인가?'에 대한 답을 얻을 수 있기를 기대합니다.

자서전을
다시 쓰며

나의 삶을 기록으로 남기는 일은 이번이 두 번째다. 2015년『나는 내 인생의 주인이다』를 쓴 이후 10년 만에 다시 나의 삶을 기록으로 남긴다. 지난 책에서 부족했던 점도 보완하고, 지난 10년간의 나의 삶도 정리하기 위해서다. 희수(喜壽)를 맞이하는 시점에서 다시금 내 삶은 어떤 의미였는지를 되돌아본다. 과거를 돌아보는 것은 나의 미래의 삶을 더 가치 있게 살기 위한 다짐을 하기 위함이다.

내가 자서전을 쓰는 까닭은 나의 삶이 누군가에는 한번쯤 기억되기를 바라는 마음에서다. 나는 다른 유명 인사들, 지인들의 자서전을 많이 읽어보았다. 내가 경험하지 못했던 타인의 삶을 읽으면서 내게 도움이 되는 이야기를 발견할 때가 많다. 과장된 이야기가 아닌, 진솔한 이야기를 읽을 때면 감명을 받기도 한다. 이 책도 어느 누군가에게는 작은 도움이 될 수도 있을 것이다. 이 책을 통해 나를 기억하는 분들에게 좀 더 오래 기억되기를 바라는 마음이 있다. 점점 어려워지는 경영환경에서 생존해야 하는 중소기업인들에게 현실을 헤쳐 나가는데 작은 도움이 되었으면 하는 소망도 가져본다.

한국전쟁 직후 세계 최빈국으로 전락한 대한민국에 무슨 미래가 있겠느냐고 세계인들이 생각했다고 한다. 그런데 결과는 모두가 알고 있는 것처럼 기적 같은 일이 벌어졌다. 세계 최빈국 대한민국이 세계적인 선진국이 된 것이다.

대한민국과 같은 해 태어난 나는 지독히 가난한 농부의 자식으로 태어났다. 너무 가난해서 학교조차 제대로 다니기 어려웠던 나는 미래를 꿈조차 갖기가 어려웠다. 하지만 나는 소중한 은사님들을 만나 그분들의 도움을 받아 공부의 길을 걸을 수 있었다. 열심히 노력한 끝에 힘겹게 대학을 졸업할 수 있었다. 직장생활을 하며 경험과 지식을 축적하고, 자금을 모아 나의 소망이었던 창업을 할 수 있었다. 창업한 이후에는 어려운 역경을 극복하고 기업 경영에 매진하여 성공적인 기업가로 성장했다. 나의 인생은 수많은 역경과, 행복한 인연, 시련 극복의 과정을 포함한 한편의 드라마라고도 할 수 있다. 인생은 미래를 알 수 없기에, 살아볼 만한 재미가 있는 것이다.

내가 주어진 환경에 굴복하고 내 스스로를 이겨내지 못했다면 지금의 나는 없었다. 나는 절박한 마음으로 공부했고, 기업을 경영해왔고, 지금도 매일 매일 나 자신을 단련하기 위해 바쁘게 살고 있다. 앞으로도 나를 발전시키기 위해 열심히 삶을 살아갈 것이다.

나를 키워준 어머님, 형님과 가족들, 나를 공부의 길로 이끌어주셨던 선생님. 직장생활에서 도움을 준 선후배. 기업을 운영하면서 도움을 주고받는 직장동료, 지인들, 그리고 고객분들. 덕분에 나의 삶이 있는 것이다. 나는 항상 감사하는 마음으로 살고 있다.

반백년을 함께 살아온 아내 이순자, 장남 조규욱, 차남 조규태, 큰자부 조미진, 작은 자부 안세미, 손녀 조다연, 손자 조승현 모두에게 감사한다. 내 사무실 한 켠에서 늘 사진으로나마 용기와 희망을 심어주시고, 끝없는 사랑을 주시는 하늘나라에 계신 어머님에게 이 책을 바친다.

끝으로 이 책이 나오기까지 도와주신 대학 김용만 후배와 권혁재 학연문화사 사장께도 이 자리를 빌어 고맙다는 말씀을 드리고 싶다.

목차

제1부 나의 성장기

제2부 나의 직장생활

제3부 창업, 그 길을 걸으며

제4부 나의 기업 이야기

제5부 나의 삶과 가족

제6부 나의 인생, 나의 경영철학

별책 - 인생의 책갈피   425

부록

제1부

나의
성장기

대한민국과
같이
태어나다.

　1948년은 대한민국이 탄생한 해다. 1945년 일제의 패망으로 해방이 되었을 때, 한국인들은 해방된 조국의 앞날이 밝을 것이라고 기대했다. 하지만 일본인이 철수하며 산업시설 가동이 중단되어 경제는 파탄되었고, 미군정 치하, 좌우대립, 대한민국 정부 수립과 북한의 등장, 한국전쟁 등 격변을 겪었다. 3년간의 전쟁으로 산업시설이 폐허가 된 대한민국은 세계에서 가장 가난한 나라, 희망이 없는 나라처럼 보였다.

　대한민국 탄생과 같은 해인 1948년 6월 그믐에 아버지 조병한(曺秉漢, 1897. 11. 4~1950. 7. 3)님과 어머니 조병옥(趙炳玉, 1904. 10. 13~1997. 12. 1)님의 막내로 내가 태어났다. "희망이 없는 아이들에게 작은 도움의 손길이 필요합니다." 라는 광고 문구를 본 적이 있다. 전쟁과 기근에 시달리는 가난한 나라의 아이들을 돕자는 이야기다. 광고 영상에 등장하는 굶주린 아이들의 모습이 나의 어릴 때 모습과 크게 다르지 않다.

　　　　　　　　　　　　　　　　　　　　　　　나의 삶 나의 도전

옛 집터 자리

　나는 창녕 조(曺)씨 창산군파(昌山君派)로, 파조 계은의 24세손이다. 할아버지 조연승(曺連承)옹은 아들이 없는 형님 조대승(曺大承)옹에게 나의 아버지를 양자로 보냈다. 그래서 나의 할아버지는 두 분이다. 부모님은 슬하에 4남 5녀를 두었으나, 형 두 분과 누나 두 분은 일찍 세상을 떠났다.

　1922년생인 장남 정환 형님이 열아홉 살이던 1940년 갑자기 사망했다. 감기몸살에 효험이 있다는 산약초를 달여 먹고 급사한 것이다. 현대적 의료시설이 없던 시절, 돌팔이에 의하여 저질러진 사고였다. 정환 형님은 외모도 훌륭하고 총명했다. 사망하기 며칠 전 군서기 시험에 응시하여 합격했다. 그 합격통지서가 형님의 사후에 집으로 배달되어 왔다. 통지서를 본 무모님의 억장이 무너졌다. 부모의 시름 속에서 늦둥이로 나를 보셨다.

　집안에서는 맏이 정환이가 환생했다며 야단법석이었다고 한다. 겉모습이 정환 형님과 내가 매우 닮았기 때문이라고 한다. 나는 부모님의 사랑을 듬뿍 받으며 자랄 수 있었다. 하지만 내가 세 살 때인 1950년 음력 7월 3일 아버지가 돌아가셨다. 평생을 농사를 지으며 가난을 벗 삼아 사셨던 아버지는 겨우 54세에 어머니와 어린 자식들을 남겨두고 먼저 가셨다. 사진 한 장 남기지 않으신 아버님의 얼굴을 나는 기억하지 못한다. 부모님이 가진 재산은 7마지기 논과 밭떼기 조금이 전부였다. 아버지의 부재는 우리 가족의 삶을 더욱 어렵게 했다. 조그만 땅에서 농사지으며 살아야 했으니, 가난에서 벗어나기가 어려웠다. 남자는 둘 뿐이었는데, 형님이 군대에 가던 시절에는 나이 어린 나도 농사일을 도와야 했다. 우리 오남매는 가난하였지만 우애만큼은 그 어느 집보다 따뜻했다.

"집안이 나쁘다고 탓하지 말라. 나는 아홉 살 때 아버지를 잃고 마을에서 쫓겨났다.
가난하다고 말하지 말라. 나는 들쥐를 잡아먹으며 연명했다.
너무 막막하다고 포기해야겠다고 말하지 말라.
나는 목에 칼을 쓰고도 탈출했고, 뺨에 화살을 맞고 죽었다 살아나기도 했다.
적은 밖에 있는 것이 아니라 내 안에 있다.
나를 극복하는 그 순간 나는 칭기즈칸이 되었다."

칭기즈칸의 어록이라고 하는데, 사실인지는 모르겠다. 가난한 나라에서 가난한 농부의 아들로 태어난 나는 어려서 아버님마저 여의었다. 내게 가난은 주어진 숙명과도 같았다. 하지만 나는 환경을 탓하지 않았다. 가진 것이 부족하다고, 원망한다고 달라지는 것은 없다. 적은 밖에 있지 않고, 내 안에 있다. 자신에게 주어진 조건이 나쁜 탓에 나는 할 수 없다고 말하는 사람은 발전할 수 없다. 가난해서 불편하기는 했지만, 우리 가족은 서로를 의지하며 화목하게 살았다.

나의 고향
신두리

　내가 태어난 곳은 태안군 원북면 신두1리 247번지이다. 신두1리 옛집은 사라졌지만, 집터는 지금도 내 소유로 되어 있다. 이제는 텃밭으로 변한 집터 뒤 기슭에는 아버지와 어머니가 나란히 누워 계시고, 두 분 할아버지와 문환 형님과 형수님의 묘도 함께 모셔져 있다. 내 가족의 역사가 모셔진 소중한 장소이다.

　아버님이 돌아가시기 한 달 쯤 앞선 6월 25일 북한이 남한을 기습적으로 밀고 내려와 우리 민족 최대의 비극인 6·25전쟁이 발발했다. 국토 전체가 황폐해지고, 셀 수 없는 이산가족이 생긴 난리 통에도 신두리에서 사는 우리는 그런 비극을 전혀 모른 채 지냈다. 피난도 가지 않았다. 그만큼 신두리는 외진 곳이었다.

　나의 고향 집은 해안에서 약 4㎞ 떨어져 있다. 집 앞 바구리산(국사봉, 해발 113m)에 올라 바라보는 바다는 시선이 확 트여 늘 시원스러웠다. 고개를 넘어 두웅습지로 가는 길에는 우거진 아카시아 숲이 있다. 모래바람이 심해 농사를 지을 수 없는 땅이 많았다.

두웅습지는 바닷가 사구습지 가운데 우리나라에서 최초로 습지보호지역으로 지정된 곳이다. 희귀한 야생동식물의 서식처로 유명하다. 두웅습지를 지나면 커다란 모래언덕인 '신두리 사구(沙丘)'가 나타난다. 해류에 의해 운반된 모래가 크고 작은 파도에 의해 밀려 올려지고, 바람에 의해 낮은 구릉 모양으로 쌓여서 형성된 퇴적지형이 사구다. 국내 최대의 해안 사구인 신두리 사구는 천연기념물로 지정되었다. 사막을 연상시키는 특이한 경관을 가진 신두리 사구는 최근 유명세를 치르며 생태 관광지로 사랑받고 있다.

하지만 나의 어린 시절에는 사람의 발길은커녕 그곳으로 접근하는 오솔길조차 뚫려 있지 않았다. 나는 고향을 떠나올 때까지도 두웅습지와 신두리 사구가 특별한 곳이라는 생각은 해보지도 않았다. 그저 어린 시절의 놀이터였고, 고향 마을의 풍경이었을 뿐이었다.

태안군은 서산시에 면한 동쪽을 제외하고는 3면이 모두 바다로 둘러싸인 반도이다. 태안에는 크고 작은 섬이 120여 개가 있고, 내륙은 낮은 산들과 구릉지로 이루어졌다. 예부터 많은 산지가 논이나 밭으로 개간되어 왔다. 해안선의 길이는 무려 530.8km에 이른다. 태안군에는 일리포, 십리포, 백리포, 천리포, 만리포 등 아름다운 해수욕장이 30여 곳이나 개발되어 있다. 발길 닿는 곳마다 절경인 태안군의 해안은 1978년 대한민국에서 유일한 해안형 국립공원으로 지정되어 있다. 해안선이 긴 만큼, 해산물도 풍부하다. 바지락, 새우 등 수산물도 풍부한 편이다.

태안군의 리아스식 해안은 만곡이 심하여 간척지를 개발하기가 용이하다. 바다를 막아서 농지를 만든 곳이 많다. 간척지에 물을 공급하는 닷개

저수지, 신두 저수지, 황천 저수지 등이 고향 마을 주변에 있다.

바다에서 가까운 마을에 자란 나에게 바다가 나의 인생에 어떤 의미였는지를 물어보는 사람들이 가끔 있다. 나는 바다보다는 저수지에서 민물낚시를 하곤 했다. 손바닥 크기 밖에 안 되는 작은 물고기인 갱개미나 망둥이를 잡거나 동백나무 열매나 삐삐를 채취하는 정도였다. 나는 바다에서 노닌 기억이 많지 않다. 바닷가에서 노는 것도 여유가 있을 때 가능한 것이다. 바다가 내 삶에서 큰 의미로 다가온 적은 없었다.

태안읍에서 내가 살던 신두 1리로 가려면 서북 방향으로 난 길을 따라가야 한다. 그 길을 한참을 가다 보면 일제강점기 독립운동가 옥파 이종일(1858~1925) 선생의 생가가 나온다. 이종일 선생은 1919년 독립선언서를 비밀리에 보성사에서 인쇄하여 전국에 배포해, 3.1 운동이 전국적인 민족운동으로 승화하는데 큰 역할을 한 민족대표 33인 중의 한 분이다. 서대문형무소에서 온갖 고문을 받으며 수감생활을 한 이후, 출옥 후에도 제2의 3.1운동을 계획하였다가 발각되어 또다시 수감생활을 하셨다. 이종일 선생은 1925년 3월 68세를 일기로 세상을 떠나셨다. 정부는 1962년 3월 1일 그에게 건국훈장 대통령장을 수여했다.

나의 고향에서 훌륭한 분이 태어나셨다는 것에 자부심을 느낀다. 그 분을 진작 알아서, 어려서부터 보고 배웠다면 내 삶에 큰 도움이 되었을 것이다. 아쉽게도 나는 그분을 고향을 떠나 온 후에 알게 되었다.

옥파 선생의 생가 터에 이르기 조금 전 왼쪽으로 내닫는 길이 있다. 그 길로 접어들자마자 가파르게 오르는 형국인데, 이 고개를 닻개고개라 한다. 고개를 넘어 내리막길부터가 내 고향 신두 1리다. 60여 호가 채 되지 않는 평화스러운 외진 마을이다. 마을사람들은 예부터 옹기종기 엉덩이를 맞대고 동기간 이상으로 의지하며 살아왔다. 마을 한가운데 있던 초가삼간이 우리 집이었다. 나의 어린 시절은 바깥세상의 변화와는 동떨어진 곳에서 여느 시골아이들과 마찬가지로 평범하게 보냈다.

"Boys. Be. Ambitious" 미국의 과학자이자 교육자인 윌리엄 S 클라크가 한 말이다. 나의 소년시절에는 야망이 없었다. 정확히 말하자면 야망을 가질 수 있는 상황이 아니었다. "세상을 넓고 할 일은 많다."고 김우중 전 대우그룹회장은 말했다. 나의 소년시절에는 세상이 얼마나 넓은지, 어떤 할 일을 할 수 있는지 알지 못했다. 바다를 보고 먼 바다로 나가 무엇을 하겠다거나, 바다와 같은 큰 생각을 갖게 되었다는 위인들의 전기에 나오는 이야기는 내게는 먼 이야기였다.

초등학교, 중학교는 고향에서 다녔고, 고등학교는 인천에서 다녔다. 인천

에 살면서 처음 TV를 볼 수 있었다. 인터넷, 휴대폰은 물론 전기, 전화조차 없던 곳에서 어린 시절을 살아온 나는 세상에 대한 정보가 너무나 적었다. 가족들과 오순도순 함께 사는 것이 행복의 전부였다. 그저 막연하게 관료나 정치인이 되면 남들보다 조금은 더 잘 살고 가난에서 탈피할 수 있다는 것이 아는 정도였다.

'고기도 먹어 본 사람이 많이 먹는다.'는 속담이 있다. 야구가 뭔지도 모르는 아이는 홈런타자가 되는 꿈을 꿀 수 없다. 초등학교에서 다니며 차츰 세상살이에 대해 배우게 되었지만, 내가 무엇이 되겠다는 꿈을 꾸기에는 세상에 대해 아는 것이 부족했다. 경영학, 건축학 이런 학문이 있는지도 몰랐다.

세상을 몰랐지만, 나의 어린 시절은 내가 성인이 되어서 사회생활을 할 때에 꼭 갖추어야 할 중요한 생활습관을 길러준 시기였다. 어머님의 교육은 나를 올곧게 자라게 해주었고, 힘겨운 가정형편은 나를 부지런하게 만들어주었다. 어린 시절 어머님에게 배워 몸에 익힌 작은 생활습관이 내 성장의 밑거름이 되었다고 나는 믿는다.

나의
사랑하는
가족

내가 이 세상에 태어나 최초로 맺은 인간관계는 부모다. 아버지, 어머니, 내가 가족이 되었다는 것을 의미한다. 이렇게 핏줄로 이어지는 가족은 그 어떤 관계보다도 소중하다. 형제자매 간을 우리는 동기간(同氣間)이라고 한다. 부모로부터 같은 기운을 타고난 사이라는 뜻이다. 피는 물보다 진하다는 말도 그래서 나온 것이다. 가족이 아프면 내 마음도 아프고, 가족이 잘 되면 덩달아 내 마음도 기뻐진다.

1950년 내가 세 살 때 아버지가 돌아가셨다. 사랑으로 유지되어야 할 가족의 한 축이 무너졌다. 그 순간부터 어머니는 아버지 대신 홀로 한 가족을 책임지셨다. 마흔일곱에 혼자되어 다섯 남매를 길러낸 어머니의 삶은 고생길 자체였다. 조선시대였다면 열녀문을 세워 드려야 마땅할 일이지만, 지금은 나는 회사 사무실 내 자리 맞은편에 어머니 사진을 걸어놓고 매일같이 그 은덕을 새기고 있다.

나의 삶 나의 도전

어머니는 유복한 가정에서 태어나 꽃다운 열여덟 살에 시집을 왔다. 4남 5녀를 낳았으나, 2남 2녀를 먼저 앞세워 마음에 품고 남은 2남 3녀를 혼자 손으로 길렀다. 열아홉 살까지 다 키웠다가 갑자기 사망한 맏아들 정환에 대해서는 눈을 감은 그 날까지 어머니의 가슴속에 못이 되었다. 6·25전쟁 발발 직후 아버지가 돌아가시고, 그때부터 집안의 기둥 역할을 하던 문환 형님마저 군에 입대하자 어머니는 절망감에 빠졌다. 여자 홀로 농사를 짓는다는 것은 한계가 있었다. 난리 통이라 어느 집이나 비슷한 고통을 안고 있어 도움을 받기도 힘들었다. 그렇다고 슬픔을 곱씹으며 눈물을 흘리는 것도 사치였다. 죽기 살기로 버텨야 했다. 어머니는 아버지에게 시집온 순간부터 고생과 가난을 품고 사셨다. 자신의 아픔이나 상처쯤은 아랑곳하지 않았다. 어머니의 몸과 머릿속에는 자식을 위해 희생하고 생명까지 아낌없이 바치겠다는 유전자가 이미 프로그래밍 되어 있었던 것 같다.

그 시절에는 못 먹어 부황 든 사람이 숱했다. 어머니는 어린 우리들의 끼니를 거르지 않게 하려고 사계절 내내 손이 붐볐다. 봄이면 씨앗 뿌리고, 여름이면 땀 흘려 김을 맸다. 가을이면 거두어들이고, 추운 겨울이면 군불이라도 실하게 때주려고 솔가지 삭정이를 구하러 지게를 지고 집을 나섰다. 그렇게 고생하던 중에 2남 3녀를 차례차례 결혼시켰다.

대처로 나가 사는 자식들에 의해 손자·손녀가 태어났다. 어머니는 마침내 고향집을 버리고 자식들이 사는 대처로 나왔다. 하지만 도시에서의 생활이 갑갑했던지 어머니는 늘 고향집을 못 잊어 하셨다. 문환 형님의 교통사고는 어머니에게 큰 충격을 주었다. 슬픔과 기쁨이 교차하는 삶을 사시던 어머니는 1997년 12월 31일 19시 경 삼성의료원에서 조용히 영면하셨다.

나는 어려서부터 외탁했다는 말을 유난히 들었다. 생김새나 체질·성질이

뒷줄 왼쪽부터 셋째 매부 전인승, 둘째 매부
김현순, 첫째 매부 최영복, 필자, 장조카 조규인,
형수 문복희, 막내누나 조옥란, 큰누나 조옥분,
둘째 누나 조옥남. 앞줄 왼쪽부터 장남 규욱,
둘째 규태, 어머니, 사관 조카 조경미, 아내
(어머님 생신 때)

나의 삶 나의 도전

외가 사람들을 쏙 빼닮았다는 것이다. 어머니의 사진을 바라볼 때마다 나는 어머니가 이겨내 온 강인한 정신만큼은 철저하게 물려받겠다고 다짐한다.

　아버지가 일찍 돌아가셨기 때문에 나는 초등학교 때부터 보호자란에 형님의 이름 조문환(曹文煥)을 적어 넣었다. 중·고등학교는 물론, 대학교 때도 늘 마찬가지였다. 형님은 내 보호자였고, 배경이었다. 문환 형님의 배려와 도움 없이는 내 학업의 여정은 애초부터 꿈도 꿀 수 없는 일이었다. 체격도 당당하였고, 마음도 너그러웠던 문환 형님은 6·25전쟁 발발 직후 징집되어 전쟁터로 나갔다. 복무연한이 불분명하던 때라 4년여를 복무한 후 문환 형님은 의가사제대를 했다. 가족 중에 가장 역할을 해야 할 처지에 있는 장병에게 제대를 앞당겨 주는 특례에 의해서였다. 집으로 돌아온 문환 형님은 군에서 얻어온 몹쓸 질병 탓에 한동안 고생을 했다.

　문환 형님은 내가 열 살이던 초등학교 3학년 때 결혼을 했다. 우리 집안 최대 경사였다. 형수 문복희(文福姬) 님은 참으로 무던한 분이었다. 무슨 일이 있어도 항상 형님의 뜻을 따랐다. 하나뿐인 남자 시동생의 앞길을 터주려고 시어머니를 도와 어떤 고생도 함께해주었다. 내가 대학에 갓 입학한 시절에는 돈벌이를 위해 먼 시장에 나가 장사도 했다. 그런 가운데 형님 내외도 경희(敬姬)·규인(圭仁)·경미(敬美)·규형(圭亨)이를 차례로 슬하에 두었다. 형수님은 내 뒷바라지에, 자기 자식들까지 건사하느라 정말 뼈 빠지는 고생을 마다했다.

경희는 천안으로 시집 가 1남 1녀를 두었고, 규인이는 장가들어 2녀를 두었다. 규인이는 초등학교 5학년 때 서울로 올라와 중학교 2학년까지 나와 함께 살았다. 삼촌과 장조카의 동거생활은 희비가 엇갈렸다. 아무리 삼촌이 잘하여 준다 하여도 자기 부모보다야 못 한 법이다. 경미는 어려서부터 성품이 천사 같더니 구세군 사관이 되었다. 막내 규형이는 아직 결혼을 하지 않고 혼자 살며 우리 공장에서 근무하고 있다.

어려서부터 나를 극진하게 돌봐주던 세 분의 누님 중 큰누나 조옥술(曺玉

          나의 삶 나의 도전

述) 님은 열여덟 살 때 최영복 님에게 시집가서 3남 4녀를 낳았다. 결혼 초부터 고생을 많이 하며 살아왔다. 일찍이 남편과 사별하고, 고향 동네에서 사시다가 10년 전에 돌아가셨다. 둘째누나 조옥남(曺玉南) 님은 스무 살 때 김현순 님에게 시집 가 4남 1녀를 낳았는데, 고향 동네에서 다복하게 살고 있었으나, 5년 전 남편과 사별했다. 85세인 지금도 고운 미모를 그대로 간직하고 있다. 셋째누나 조옥란(曺玉蘭) 님은 스물세 살 때 전인승 님에게 시집 가 1남 3녀를 낳고, 경기도 부천에서 행복하게 살고 있다. 총명한 두뇌를 가졌지만 가정형편 때문에 진학을 못 한 옥란 누님은 내게 언제나 용돈을 가장 후하게 주셨다. 그 누님의 아들 원배가 훗날 고려대학교 법과대학을 졸업하였는데, 내 직계 후배가 된 것이 마냥 대견스러웠다. 이렇게 나의 가족들은 어머니의 사랑을 먹으며 성장하였고, 지금은 각자 자기 가정을 일궈 살아가고 있다.

공부에
눈을 뜨다.

　1956년 4월, 나는 신두초등학교에 입학했다. 1952년부터 1961년까지는 신학기가 4월에 시작했다. 신학기가 3월로 바뀐 것은 1962년부터다. 나는 동네 형들을 따라 일곱 살 때 입학하겠다고 떼를 썼는데, 어머니가 너무 어리다고 극구 말려 여덟 살에 입학했다. 당시에는 학교에 입학하는 나이를 따지지 않았다. 열너댓 살이 된 초등학생도 여럿 있었다. 다복솔 숲을 이룬 바구리산에 여명이 스미면 나는 일어나 학교 갈 채비를 했다. 새로 산 검정 고무신을 신고, 광목천을 검게 물들여 만든 엄마 표 한복을 입고, 흰색 광목 보자기에 책과 노트, 필통을 싸서 둘둘 말아 어깨에 걸쳐 사선으로 묶으면 학교 갈 채비가 된 것이다.

　초등학교 2학년이 되면서 다리 힘이 약해지고, 제대로 걷지 못하는 병에 걸렸다. 식욕도 떨어졌고, 몸무게도 푹 줄어들었다. 여름이 지나면서는 걷는 것조차 힘들었다. 지금 생각해 보면 그때 나는 티아민(비타민 B1) 결핍에 의한 일시적으로 각기병 증상을 보였던 것 같다. 내가 아플 때 어머니와 형님, 누님은 걱정이 이만저만이 아니었다. 어머님과 형님은 백방으로 내 증세에 효과 있다는 약을 구해다 주셨다. 무엇이 효험을 가져다주었는지는 확실하지 않지만, 나는 그해 가을이 지나고 찬바람이 불기 시작하며 내 다리에 힘이 다시 돌기 시작했다.

학교는 배움의 장이기도 하였지만, 친구들과 어울려 노는 놀이터였다. 기운을 차린 나는 학교가 끝나면 또래들과 어울려 산과 들로 쏘다녔다. 일요일에는 멀리 떨어진 신두리 사구로 나가 놀기도 했다. 5~6월이면 사구에는 흰색 꽃을 피우는 띠꽃이 만발했다. 작은 솜사탕처럼 생긴 이 꽃을 우리는 '삐삐'라고 불렀다.

낮은 언덕에 가득 핀 삐삐는 우리들의 반가운 간식거리였다. 당시는 하루 2끼 식사가 일반적이었다. 통통한 땅속줄기를 캐어서 흙을 털고 풀밭에 쓱쓱 문질러 질겅질겅 씹으면 비릿하지만, 달콤한 물이 우러나왔다. 삐삐의 참맛은 꽃대가 채 피기 전, 새순을 씹어야 참맛을 알 수 있다. 통통해진 꽃대를 뽑아 잎을 한 꺼풀 벗기면 하얀 속살이 드러난다. 한 손 가득 삐삐를 뽑아 들면 이 세상에 부러울 게 없었다.

나는 노는 것을 좋아하였지만, 공부도 게을리 하지 않았다. 그 날 배운 것은 반드시 집에 가서 복습을 했다. 복습을 하다가 의문이 생기면 그냥 넘어가지 못했다. 누구든 붙잡고 궁금증을 해결하는 근성이 있었다. 노력과 근성으로 학교에서 일등 자리는 항상 내 차지였다. 오랜만에 찾아온 친척어른들은 공부를 잘 한다고 내 머리를 쓰다듬으며 "열심히 공부해서 훌륭한 사람이 되어라."라고 칭찬과 격려의 말씀을 해주었다. 열심히 공부하다보면, 공무원이나 정치인이 되어 남보다 잘 살 수가 있어 굶주림을 면하며 살 수 있게 된다고 믿었기 때문일 것이다. 나도 공부를 열심히 하다보면 당시 우대받던 관료나 정치인이 될 수 있을 것이라고 막연히 생각했다.

나에게는 평생을 잊지 못하는 은사님이 있다. 초등학교 시절 6학년 담임이던 김학중 선생님이다. 김학중 선생님은 산수도 재미나게 가르쳤고, 미술이나 음악에도 상당한 조예를 가지고 있었다. 좋은 선생님을 만난 것은 내게 커다란 행운이었다.

나는 선생님의 가르침을 따라 열심히 배웠다. 서산군 주최 주산경시대회에 출전하여 입상하는 영광도 있었다. 선생님 덕분이었다. 선생님의 가르침을 받아 그림도 그리고, 풍금도 열심히 쳤다. 김학중 선생님의 수업 방식은 독특했다. 혼자 설명하는 것에서 그치는 것이 아니라, 학생들과 생각을 주고받으며 가르쳤다. 특히 체험을 중요하게 여겼다.

나는 비록 벽지에서 살았지만, 초등학교 졸업 전에 김학중 선생님을 만나 올바른 교육을 받을 수 있었다. 김학중 선생님의 말씀 한마디 한마디는 내 머리 내 가슴속에 깊이 박혀 내 인생의 나침판이 되었다. '세 살 버릇 여든까지 간다'는 옛말은 괜히 나온 것이 아니다. 내게 세 살 버릇을 길들여 준 그 김학중 선생님은 하늘나라에서 나를 지켜보고 계시리라 믿는다.

초등학교 6학년 시절 내 삶에 작은 변화가 생겼다. 김학중 선생님은 학교 인근에서 김종대 선배의 집에서 하숙을 하셨다. 김 선배는 신두초등학교 1회 졸업생이자 고려대학교 경제과 61학번이다. 신두초등학교 출신으로 명문대학에 입학한 첫 번째 인물이었다. 선생님의 하숙방에 다니면서 나는 김 선배에 대해 알게 되었다. 그리고 김 선배가 다니는 고려대학교에 나도 진학하고 싶어졌다. 그것이 내가 마음에 품은 최초의 꿈이었다.

나의 삶 나의 도전

중학교에
수석입학하다

　면 소재지인 원북면에서 우리 집까지는 8km쯤 떨어져 있다. 우리 동네에 전깃불이 들어온 것은 1970년대 중반 무렵이다. 내가 초등학교를 졸업하던 1961년까지도 우리 동네는 밤이면 깜깜한 암흑천지였다. 바깥세상이 어떻게 돌아가고 있는지에 대하여서도 깜깜했다. 1960년 4.19 혁명으로 제1공화국이 붕괴되고, 1961년 5.16 군사쿠데타로 제2공화국이 1년 만에 다시 붕괴되었다. 대한민국이 거센 격랑에 겪던 1961년, 나는 초등학교를 졸업했다. 12살 내 가슴 속에는 꿈이 자라고 있었다. 중학교에 진학해서 공부를 하고 싶었다. 김 선배처럼 되고 싶었다. 하지만 끼니를 거르지 않은 것만도 다행으로 여기던 우리 집 형편에 대학은 고사하고, 중학교 진학조차 언감생심이었다.

　꿈을 갖는다는 것이 마냥 행복한 것은 아니었다. 꿈이 꿈으로만 끝날 것임을 알 때 사람은 괴로워진다. 초등학교를 졸업하고 중학교 진학조차 꿈꾸지 못한 나는 생기를 잃은 마른 풀처럼 축 늘어져 있었다. 그러던 어느 날 내게 단비가 내렸다. 김학중 선생님이 우리 집을 찾아온 것이다. 그리고 내게 종이 한 장을 내밀었다.

원이성중학교 입학원서였다. 원이성중학교는 원북면과 이북면의 접경 지역에 있었는데, 고등공민학교 성격의 준중학교였다. 우리 동네는 워낙 벽지여서 중등교육시설이 없어 원이성중학교가 그 역할을 대신했다. 진학은 엄두조차 못 내고 있던 터였는데, 선생님이 뜻밖의 제안을 해온 것이다. 선생님은 준비하는 데 쓰라며 얼마의 용돈까지 놓고 돌아갔다. 총명한 제자가 진학을 포기하고 있는 것이 내내 눈에 밟혔기 때문이다.

어머니와 형님·누님들은 그 고마운 온정을 놓쳐서는 안 된다며 막내아들만이라도 중학교에 진학하여야 한다고 한목소리로 합창했다. "아무리 가난해도 너만큼은 배워야 한다." 하시며 어머니는 내게 강한 의지를 심어 주셨다. 형님과 형수님도 적극적으로 응원해주었다.

중학교에 다니고 싶은 욕망이 끓어 넘치던 터라 나는 결코 이 기회를 놓칠 수가 없었다. 그 날부터 나는 밤마다 등잔 심지를 잔뜩 올리고 봉창이 훤해질 때까지 시험 준비를 했다. 아침이면 시커멓게 그을린 내 콧구멍을 보고 식구들은 싱긋이 웃었다. 콩이나 피마자로 된 식물성 기름은 유난히 그을음이 심했기 때문이다. 우리 집 형편으로는 석유나 그을음을 방지하는 호롱불조차 살 여유가 없었다. 등잔불 아래서 공부한 나는 수석으로 입학했고, 장학금도 받게 되었다.

당시 원이성중학교 교장은 김도윤 선생님이었다. 대구 출신인 김도윤 교장선생님은 기독교장로회 소속 전도사였다. 면사무소가 있는 원북면 반계리에는 원북장로교회가 있었다. 이 교회의 목회자인 목사님은 교회 근처

조욱환

김도윤 교장

박영자 선생

빈 건물을 빌려 중학 과정의 간이학교를 개설했다. 이 지역에는 초등학교를 졸업했으나 대처 중학교로 진학 못 한 아이들이 상당수였다. 이를 안타깝게 바라보던 목사님이 간이학교를 시작했던 것이다. 김도윤 선생님은 이 간이학교에서 영어 과목을 맡기도 했다.

당시 태안군 삭선리에는 중대 규모의 미군부대가 주둔하고 있었다. 백화산 정상에 설치된 레이더 기지를 지원하기 위한 부대였다. 미군들은 차를 타고 오가며 껌이나 콜라, 그리고 빵 조각을 던져주었다. 우리는 그것을 집으려고 우르르 달려갔다. 군것질을 모르고 자라던 우리에게 미군들이 던져주는 그것들은 정말 귀한 선물이었다. 창피하다는 생각 따위는 아예 갖지 않았다.

김도윤 선생님은 6·25전쟁 중 카투사(KATUSA)로 군 복무를 했는데, 그 덕에 영어회화가 유창했다. 김도윤 선생님은 미군부대 지휘관들과 매우 친밀하게 지냈다. 매주 주말이면 부대 안에서 예배를 인도했다. 예배에 참여하는 미군 장병은 소수였지만, 미군부대 내 교회에서 시무한다는 상징성은 대단히 컸다. 가는 정이 있으면 오는 정도 있는 법이다. 미군부대의 전적인 지원으로 원북면 마산리 산기슭에 터를 닦고 아담하게 벽돌로 쌓은 학교 건물이 완성되었다. 이때가 1957년이었는데, 처음 간이학교를 개설했던 이 목사는 김도윤 선생님에게 교장직과 학교 운영권을 모두 넘겨줬다.

원이성중학교 교장이 된 김도윤 선생님은 가정형편이 어려워 정규 중학교에 진학하지 못한 농어촌 학생들을 끌어 모아 중학과정을 가르쳤다. 장학제도까지 마련해 우수한 학생들을 많이 배출시켰다. 내가 입학하던 1961년 즈음에는 학교시설이나 교사진이 안정되어 있었으며, 기독교 정신을 강조해 성경시간이나 기도시간을 철저하게 지켜야 했다. 주일이면 미군부대

나의 삶 나의 도전

에서 보내 온 스리쿼터(짐차)를 타고 부대 안으로 들어가 예배에 참석했다. 나는 학생 성가대원으로 예배 시작과 중간, 그리고 예배 끝날 때 찬송가를 불렀다.

예배에 참여하는 미군 장병은 10여 명 남짓했지만, 매우 경건하게 예배를 드렸다. 크리스마스 때에는 영어로 캐럴 송을 배워 부대 내 교회와 막사 주변을 돌며 즐겁게 불렀다. 솔로로, 듀엣으로, 합창으로 노래를 불렀고, 선생님들은 열심히 우리를 지도해주었다. 경상도의 독특한 억양으로 영어로 설교를 하는 교장선생님을 보고 있노라면 마치 미국의 어느 한적한 시골 교회에 와 있는 느낌이 들 정도였다.

요즘 부모들은 아이들은 영어를 가르치기 위해 많은 돈을 투자한다. 아이들은 이 학원 저 학원을 다니며 많은 시간을 영어를 배우는데 쓰고 있다. 나는 벽지에서 학교를 다녔지만, 운 좋게도 미군 부대에 출입하며 자연스럽게 영어를 배울 수 있었다. 이때 배운 영어는 나에게 평생 무기가 되었다.

한편 다른 아이들보다 체격이 좋았던 나는 배구를 즐겨했다. 당시는 9인제 배구였는데, 우리 학교도 배구팀을 만들어 면 대항 경기에 출전해 우승을 한 적도 있었다. 나는 팀의 에이스였다. 학교 규율 부원이 되어 학교 정문에서 폼 나는 완장을 차고 등교 길에 학생들의 잘못된 복장을 단속하기도 했다. 우리는 학교가 바라는 학생이 되도록 자율적으로 행동지침도 만들었다. 이를 실천하기 위해 나는 항상 모범적인 학생이어야 했다. 전교생을 상대로 선도교육도 많이 했다. 이러한 활동은 훗날 사교적이고 친화력 있는 사회활동을 할 수 있게 하는 자양분이 되었다. 중학교 3년 동안 나는 수석자리를 놓쳐본 일이 없다. 남에게 지기 싫었고, 뭐든 제대로 해야 한다는 습관이 몸에 밴 탓이다. 우리 집에서 학교까지는 8km 남짓을 매일 걸어서 다녔다.

원이성중학교는 1970년대 후반까지 운영되었는데, 지금은 폐교가 되었다. 당시 벽지에 있는 중학교 시설을 정규 학교로 양성화할 때 김도윤 교장선생님이 지나치게 채플시간을 강조함으로써 그 기회를 스스로 내친 꼴이되었다. 참 안타까운 일이다. 원이성중학교는 정식학교가 아닌 간이학교인탓에, 나는 검정고시를 통해 중학교 졸업자격을 인정받았다.

중학교는 장학금을 받으며 다닐 수 있었지만, 고등학교 학비는 집에서 감당하기 어려웠다. 아쉬운 마음을 가득 품은 채 원이성중학교를 졸업하고, 나는 1년 가까이 집에서 쉬었다. 어머니와 형님·형수님을 도와 이것저것집안일을 했다. 하지만 내가 하는 허드렛일은 집안에 큰 도움이 되는 것이아니었다. 항상 나의 머릿속에서는 고등학교 진학에 대한 강한 욕망이 맴돌고 있었다. 초등학교 6학년 때 가지기 시작했던 작은 꿈이 점점 커져만갔지만, 나의 현실은 그 꿈을 포기하라고 요구하고 있었다.

내 인생을
바꿔준
선생님

　대한민국 임시정부 부주석을 역임한 김규식 선생은 당대의 수재였다. 1919년 파리강화회의에 우리나라의 독립을 주장하기 위해 대표로 참석한 분도 김규식 선생이었다. 김규식 선생은 집안이 몰락 해, 4살 때 언더우드 선교사가 운영하는 고아원에 보내졌다. 언더우드는 연세대学교의 전신인 연희전문학교의 설립자이며, 우리나라에 개신교 장로회를 최초로 전도한 분이다. 언더우드는 영양실조에 걸려 죽게 된 김규식을 자신의 집으로 데려와 간호하고 키웠다. 김규식은 그곳에서 기독교와 영어를 배웠다. 김규식은 언더우드의 후원을 받아 16살에 미국으로 건너가 공부를 했다. 온갖 고생 끝에 로노크 대학교를 전체 3등으로 졸업했다. 영어, 한자, 프랑스어, 독일어, 라틴어, 러시아어, 몽골어, 산스크리트어 등 다국어에 능통한 그는 프린스턴 대학교 영문학 석사를 받고 귀국해 조국에 돌아와 민족을 위한 많은 일을 하셨다. 영양실조로 다 죽게 된 어린 고아가 만약 언더우드를 만

원이성중학교 서울 수학여행

나지 못했다면, 우리가 아는 독립운동가 김규식 선생은 없었을 것이다.

김규식 선생님에게 언더우드와 같았던 분이 내게는 김학중 선생님, 김도윤 선생님, 박영자 선생님이다.

고등학교 진학을 포기하고 있던 1964년 여름, 나는 면사무소가 있는 반계리로 나갔다가 박영자 선생님을 길에서 우연히 뵈었다. 박영자 선생님은 원이성중학교에서 음악과 역사를 가르치셨고, 미군부대 내 교회에서 성가대를 지휘했다. 선생님은 내가 가난 때문에 진학을 못하는 모습을 보시고, 안쓰러워 하셨다.

박영자 선생님은 이날 내게 큰 말씀을 해주셨다.

"욱환아! 사람은 배워야 돼. 내가 도와줄 테니까 고등학교 가거라. 알았지?"

박영자 선생님과의 만남 이후, 나는 고등학교 진학 준비를 시작했다. 고향에서 가장 나가기 쉬운 대처는 인천이었다. 자동차로 가는 길은 멀고 돌아가야 했지만, 뱃길은 훨씬 빠르고 가까웠다. 나는 1965년에 장학금 혜택이 많은 인천 선인상업고등학교에 입학원서를 내고, 당당히 수석으로 합격했다.

고등학교에 합격하자 나는 박영자 선생님 댁을 염치불구하고 찾아갔다. 선생님은 환하게 웃으시며 축하해 주었다. 뿐만 아니라 선생님은 김도윤 교장선생님과 함께 내게 각각 2천 원씩, 도합 4천원이 든 봉투를 내게 건넸다. 건강하고 공부 열심히 하라는 덕담도 해주었다. 내게 은사님들이 없었다면, 오늘의 나는 없었다. 너무나 고마운 분들이다.

고학생,
고등학교를
다니다

조　옥　환

　　수석으로 입학했기에 입학금 등 모든 것이 면제되었지만, 인천에서 거처할 집이며 책값, 교복 값 걱정이 태산이었다. 다행히 두 선생님이 주신 돈 덕분에 야간부에 입학한 친구와 살 자취방을 얻고, 책값을 내고, 교복도 맞춰 입었다. 이 모든 것이 꿈만 같았다. 고마운 선생님들에게 보답하는 길은 오로지 공부를 잘하고 건강하게 자라는 것이라고 생각했다. 하지만 선생님들로부터 계속 후원을 받을 수 있을 것이라는 보장은 없었다. 나는 아르바이트 자리를 구해야 했다. 당시 고등학생이 할 수 있는 아르바이트는 딱 한 가지였다. 초등학생이나 중학생을 가르치는 가정교사가 유일했다. 마침 인천에 살고 있던 형수의 언니인 문

나의 삶 나의 도전

고 3때 학교에서 선생님들과 함께(맨 왼쪽)

문희 님과 사돈 박동식 님의 소개로 초등학생 한 명을 가르칠 기회를 잡았다. 정말 다행이었다.

스스로 돈을 벌어서 공부하는 고학생(苦學生) 생활이었지만, 고등학교에 다닐 수 있다는 것만으로도 행복했다. 나는 학교 수업이 끝나자마자 자취방에 돌아왔다. 인천 숭의동에 있는 낡은 판잣집이었다. 겨울철에는 난방을 할 돈이 없어, 동상에 걸려 글씨를 오래 쓰기 힘들었던 때도 있었다. 초등학생을 저녁 늦게까지 가르치고 늦은 저녁을 먹었다. 식은 밥을 물에 말아 김치 하나를 반찬으로 먹었다. 그래도 꿀맛이었다. 밥을 서둘러 먹고 밤 늦도록 내 공부를 했다. 시간을 낭비할 수가 없었다. 어머니 얼굴도 떠오르고, 형님·누님·형수님이 보고 싶었지만 참아야만 했다. 춥고 배고픈 것보다 가족과 떨어져 산다는 것이 더 힘들었다.

객지에서 쓸쓸해하고 있을 때 도움을 많이 주신 것은 형수의 언니인 문문희 내외였다. 두 분은 사돈도령인 내게 각별한 배려를 베풀어주었다. 가끔 내 자취방에 들러 밑반찬도 갖다 놓고 갔으며, 명절 때면 당신들 집으로 나를 오라고 해서 맛있는 음식을 실컷 먹게 해주었다. 친 누님, 친 매부 이상으로 나를 자상하게 보살펴주었다. 쉬워 보이지만 결코 쉬운 일이 아니다. 현재 바깥사돈인 박동식 회장은 작고하셨고, 안사돈인 문문희 여사는 구순이 넘었는데, 지금은 건강이 안 좋으시며 여전히 인천에서 살고 계신다. 두 분 내외의 2남 1녀의 자녀 중 둘째는 약 2년 동안 내 회사에서 근무한 적도 있다. 두 분이 그 당시 내게 보여주신 정은 평생 간직하고 잊을 수가 없다.

형수님 외삼촌의 아들인 김순호 선배도 내게는 잊을 수가 없는 인물이다. 김 선배는 내 고향 인근에서 수재로 통했다. 그는 해군사관학교에 합격하여 사관생도가 되었다. 내가 고등학교에 갓 입학한 어느 봄날, 김 선배가 내 자취방으로 찾아왔다. 휴가를 왔다가 진해로 귀대하기 전에 잠시 들른 것이다. 인생 선배로서 격려도 해줬고, 본인의 손때가 묻은 콘사이스 사전과 각종 참고서를 한 보따리나 주고 갔다. 내게는 참으로 요긴한 선물이었다. 그런데 김순호 선배의 작은 삼촌이 6·25전쟁 때 월북을 하는 바람에 그는 대위로 예편했다. 군에서의 미래가 불투명했기 때문에 그는 일찍 군복을 벗고 외항선원이 되었다. 아무리 비상한 수재여도 연좌제에 걸리면 그 어떤 발전도 할 수 없던 시절이었다. 내게 고마운 분이면서, 참으로 아까운 분이었다. 김순호 선배의 동생 김정호는 나와 동년배였다. 김정호는 방갈초등학교와 태안중학교를 졸업한 뒤 1966년 인천고등학교에 입학했다. 우리는 인천에서 자주 만나 우정을 쌓았다.

고학생이던 나는 늘 시간에 쫓겨 살았다. 시간은 빨리 흘러 1968년 선인상업고등학교를 졸업하게 되었다. 태안에서 초·중학교를 다닐 때는 세상이 얼마나 넓은지 몰랐다. 하지만 인천에서 고등학교를 다니면서 세상을 보는 눈이 커져 갔다. 1966년 6월 25일 김기수 선수가 주니어 미들급 세계 권투 챔피언에 되는 것을 길거리에서 TV중계로 보았다. 넓은 세계로 나가 내가 주인이 되어 일을 해보고 싶었다.

고등학교를 졸업하면서 내 미래를 위해 좋은 대학에 진학해야 한다는 것을 분명히 의식하게 되었다. 하지만 대학 진학은 쉬운 일이 아니었다. 돈도 문제였지만, 그 보다는 실업고등학교를 다닌 관계로 인문 쪽 공부가 태부족이었다. 이를 보충하기 위해서는 학원에 다니며 보충하는 것이 최선의 길이었다.

나는 자취방과 독서실 생활을 그만 두고 김정호와 그의 동생 문호가 세를 얻어 자취하는 곳에서 1년여 동안 더부살이를 했다. 이때 정호의 도움을 잊은 수가 없다. 정호는 고등학교 졸업 후 고려대학교 신문방송학과를 지원했지만, 그때마다 낙방했다. 그는 진학을 포기하고 일찍 사업 쪽으로 눈을 돌렸으나 그것마저 여의치 않았다. 지금은 택시 운전을 하며 인천에서 살고 있다. 훗날 그의 큰아들은 내 회사에서 잠시 근무하기도 했다.

부족한 실력을 채우러 YMCI학원에 다녔다. 나는 돈을 내지 않고 학원 청소도 하고 강의가 끝나면 칠판을 지우는 알바를 했다. 월초에는 이른 아침부터 학원 전단지를 중고등학교 앞에서 돌리기도 했다. 다니던 학교 앞에서 전단지를 돌릴 때는 정말 창피하기도 했다. 시내 지정광고 벽판에 학원 광고를 붙이기도 했다. 아르바이트로 중고등학교 학생들을 가르치기도 했다. 일하는 틈틈이 공부도 열심히 해, YMCI학원에서 보는 시험에서 우수한 성적도 거뒀다. 그 때문에 나중에는 강의가 끝난 뒤 칠판만 정리하게 되었다.

그런데 어느 날 학원 국어강사이던 심재문 선생님이 나를 불렀다. 좋은 대학에 진학하기 위해서는 서울에 있는 큰 학원에 다녀야 한다고 권유하셨다. 학원에서 일을 하며 수업을 받던 나를 눈여겨보시다가, 나의 향학의 심지에 불을 키워주셨다.

"자, 받으렴. 만 원이다. 이걸로 시작해 봐."

나는 또 한 번 은사님의 도움을 받아 다시 시작할 수 있었다. 선생님의 도움을 받아 그 길로 서울에 있는 양영학원에 시험을 보고 합격했다. 하지만 통학증을 발급하지 않는다기에 광화문에 위치한 대성학원에 등록했다. 낮에는 학원을 다니고 저녁에는 학원비를 내기 위해 고등학생을 가르쳤다.

나는 매일 인천을 출발해 서울역에서 내려 곧장 광화문 내수동에 위치한 대성학원으로 달려갔다. 남대문 옆 남대문초등학교를 지나 정동 배재고등학교를 뒤로 하고, 미 대사관저가 있는 덕수궁 돌담길로 접어든다. 경기여자고등학교와 덕수초등학교 사이를 빠져나와 길을 건너면 대성학원이 나타난다. 결코 짧지 않은 거리를 버스를 타지 않고, 매일같이 걸어서 다녔다. 오로지 버스 값을 아끼기 위해서였다. 그래서 그 길을 걸으면 지금도 감회가 새롭고 눈시울이 젖는다.

동료 수강생들을 따라 잡기 위해 그들보다는 두세 배의 노력을 쏟았다. 점차 그 효과가 나타나기 시작했다. 대성학원에서 5개월여를 공부하니 나의 국·영·수 학습능력은 부쩍 자라 있었다.

고려대학교
입학의
꿈을 이루다

1970년 나는 고려대학교 법과대학 행정학과에 입학원서를 넣었다. 대성학원에서 실시한 모의고사 점수로 응시할 대학교와 학과를 평가했는데, 나의 지원 결정도 그것에 영향을 크게 받았다. 최고 명문인 고려대학교 법과대학은 엘리트 코스로 향하는 문이다. 이 문을 노크한 것은 오랫동안 심사숙고해 내린 선택이었다. 또한 대학교에 진학한다면 무조건 고려대학교에 갈 것이라고 마음을 먹었던 나의 첫 꿈을 실현하는 일이기도 했다.

합격이었다. 소년 시절부터 품은 꿈이 이루어진 것이다. 지금은 중앙광장으로 변한 고려대학교 대운동장의 전면 게시판에는 합격자 명단이 길게 붙어있었다. 나는 행여 내 이름 석 자가 사라지면 어쩌나 싶어 한동안 그 자리에 서서 지켰다. 가슴 벅찬 희열이 온 몸에 짜릿하게 퍼졌다.

이 벅찬 소식을 가장 먼저 전한 곳은 안암동에 살고 있는 사촌누님 댁이었다. 그리고 친구 김관제를 만나 격렬하게 포옹하며 기쁨을 나누었다. 급히 인천으로 날려와 그간 많은 도움을 주신 문문희·박동식 내외분에게도 이 소식을 전했다. 두 분은 자기 자식이 합격한 듯 기뻐해 주셨다. 나는 모교인 선인상업고등학교에도 들러 합격 사실을 보고하고, 고향 신두리로 향했다.

나의 가족은 한자리에 모여 막내아들의 대학 합격을 축하했다. 동네 어른들에게도 인사를 다녔다. 마을의 기쁨으로 소문은 번졌다. 고려대학교 법과대학에 합격한 사실만으로도 사람들이 나를 바라보는 시선이 달라진 것을 느낄 수 있었다.

기쁨도 잠시뿐이었다. 내 발등에는 등록금이라는 문제가 떨어져 있었다. 모아놓은 돈 한 푼 없는 우리 집 형편으로는 암담한 벽이었다. 발 없는 말이 천리를 간다고 했듯이 나의 고려대 법대 합격 소식은 원북면 일대로 삽시간에 퍼졌다. 만나는 사람마다 인사를 해줘서 기뻤지만, 마음은 온통 등록금에 대한 걱정으로 가득했다.

나의 삶 나의 도전

1970년도 고려대학교 법과대학 입학 정원은 130명으로 법학과 80명, 행정학과 50명이었다. 합격자의 대부분은 전국에 널리 알려진 명문고 출신들이었고, 나처럼 실업계 고교 출신은 두세 명에 불과했다. 그 무렵 우리 집은 논 1,400평과 밭 1,500평을 경작했으며, 야산 2,000평 정도가 있었다. 그때 등록금은 7만 원. 등록마감일은 점점 다가왔고, 돈 생길 구멍은 안 보이고 답답할 뿐이었다. 나는 서산에서 살고 계시는 종중(宗中) 어른들을 찾아갔다. 우리 집 전답을 문중에서 사들여 주면, 그 대신에 우리 집에서 문중 제사를 도맡아 모시겠다고 제안했다. 우리 집 뒷산 기슭에는 창녕 조씨 입향조인 조만립(曺萬立) 할아버지의 묘소가 있어 어려서부터 그 입향조 어른 묘소 지킴이 노릇을 해왔었다. 문중 어른들은 나를 기특히 여겨 우리 논 일부를 종중답으로 하려고 신두리에 와서 사촌형님 조덕환(작고)과 상의 했다. 그러나 가까운 친척인 사촌형이 나의 제안을 받아 주지 않아 무산되었다.

등록금 걱정에 마음 졸이던 어느 날 형님이 술이 거나해진 채 집으로 돌

아왔다. 신문지에 둘둘 싼 돈뭉치를 내밀며, 논 900평을 매매키로 하고, 우선 받은 돈이라고 했다. 이 돈으로 얼른 등록금을 내라고 하는 형님의 말 뒤끝은 많이 씁쓸해 보였다. 농사를 짓는 사람들에게 논은 목숨과 같은 것이다. 아무리 등록금이 중요해도 목숨과 바꿀 일은 아니었다. 그 말을 듣자마자 어머니와 나는 진눈깨비가 내리는 길을 재촉하여 그 논을 매입한 댁으로 찾아갔다. 그 분은 이강진(작고) 씨였다.

"아저씨, 죄송합니다. 이 돈을 돌려드리려고 왔습니다. 받으세요."

신문지에 싸인 그대로 내밀었다. 이강진 씨는 나를 뚫어지게 바라보더니, 그 돈을 받으면서 한마디를 건넸다.

"등록금만 내면 되는 게 아냐. 대학을 졸업하려면 돈이 얼마나 필요한지 넌 짐작이나 해 봤냐? 네 집 기둥뿌리는 1년도 못 갈 거야. 알겠냐?"

그의 말은 내 가슴에 비수로 와 꽂혔다. 돈도 없는 주제에 대학이 다 뭐냐는 듯 비꼬고 있는 것처럼 느껴졌다.

"아저씨, 염려 마세요. 내가 돈을 쓰면서 대학을 다니는지, 돈을 벌면서 대학을 다니는지 지켜봐 주십시오."

어른에게 하는 언사 치고는 다소 고약했지만, 그렇게라도 내뱉지 않고서는 나의 가슴이 터질 것만 같았다. 집으로 돌아오는 발길은 그 어느 때보다 무거웠다. 가난은 결코 죄가 아니라고 했다. 그런데 왜 이렇게 슬프고 억울한 것일까? 가난하다고 멸시 당했기 때문이다. 가난이 날 힘들게 했어도, 나는 가난을 탓하지 않았다. 하지만 이 날 만큼은 가난이 너무나 원망스러웠다. 그렇다. 가난만큼은 꼭 극복하고 말 일이었다. 나는 다짐하고, 또 다짐했다.

하늘이 무너져도 솟아날 구멍이 있다고 했다. 지금은 작고하신 같은 마을

　　　　　　　　　　　　　　　　　　　　　나의 삶 나의 도전

에 사는 먼 친척 조성룡 형님이 나의 다급한 속내를 전해 듣고 몇 손을 거쳐
돈 7만 원을 빚으로 얻어 왔다. 문환 형님이 성룡 형님에게서 그 돈을 받아
내게 건넬 때, 돈을 받는 내 손은 떨렸다. 눈에서는 눈물이 펑펑 흘러내렸
다. 그 눈물 속에는 가족에 대한 고마움과 사랑이 담겼지만, 반드시 성공하
여 가족은 물론이고, 나를 도와준 모든 분들에게 보답하겠다는 각오가 진하
게 담겨 있었다. 조성룡 형님을 비롯해 사돈 박동식 회장 등 나를 위기에서
구해 주었던 은인들은 모두 이 세상을 일찍 떠나셨다. 참으로 안타깝고 서
운하기만 하다.

나는 즉시 상경하여 등록금을 납부하고 입학 절차를 마무리했다.

과외교사
대학생

등록금이 끝이 아니었다. 당장 서울하늘 아래 내가 머물 곳이 막막했다. 안암초등학교 뒤편 언덕배기 판자촌에서 사는 사촌누님 댁으로 무턱대고 들어갔다. 3개월 남짓 누님 댁에서 신세를 졌다. 온기 없는 방, 아침·저녁 두 끼 식사까지 신세지는 생활은 정말 가시방석 같았다. 아침마다 줄을 길게 늘어서야 하는 판자촌 공중화장실의 풍경도 나를 한없이 슬프게 만들었다.

이대로는 안 되겠다 싶었다. 친구 김관제의 형님인 용문고등학교 김명제 선생님을 매일같이 찾아갔다. 나는 선생님께 학생들을 소개해 달라 부탁했다. 4월 초, 중학생 3명을 우선 가르치게 되었다. 김명제 선생님은 이후 자기네 학교 3학년 학생 2명을 더 소개해 주었다. 나는 대입 준비를 하며 익힌 노하우를 그대로 학생에게 전수했다. 금세 족집게라는 소문이 퍼졌고, 한 달이 채 안 되어 내게 배우는 학생이 10명으로 불어났다. 미아리 김명제 선생님 댁에서 선생님은 국어를, 나는 영어와 수학을 본격적으로 가르쳤다.

시간이 겹쳐 중학생 그룹은 접어야 했고, 고교생 그룹에 집중했다. 수입이 늘어나자, 사촌누님 댁에서 나와 돈암동 성신여대 뒤편에 하숙을 정했다. 차곡차곡 모은 돈 1만 원을 우선 집으로 보내, 등록금 때문에 얻은 빚에서 1만 원을 갚았다. 그토록 바라던 고려대학교에 입학했지만, 과외교사 노릇을 하느라 제대로 된 대학생활을 보낼 한 뼘의 시간도 내기 어려웠다. 대학생이 되었으니 미팅도 하고, 데이트도 해보라는 권유도 받았지만, 나에게는 그런 낭만은 누리기 어려운 사치였다.

그러나 고려대 신입생만이 누릴 수 있는 사발식에는 빠질 수 없었다. 커다란 사발에 부어진 막걸리를 신입생들이 한 모금씩 돌려가며 마시는 신입생 환영행사를 사발식이라 했다. 이때 선배들은 '막걸리 찬가'를 힘차게 불렀다. 〈막걸리를 마셔도 사나이답게 마셔라/ 만주 땅은 우리 땅, 태평양도

양보 못한다〉 이것이 막걸리 찬가의 마지막 구절이다. 가슴을 뜨겁게 만드는 노랫말이라서 지금도 종종 부르곤 한다.

사발식의 시작이 언제였는지는 의견이 분분하다. 60년대 후반부터 활성화된 신입생 환영회의 한 프로그램이 된 것은 확실하다. 이 사발식은 나를 공식적으로 고려대학교 교우로 받아들여 준 환영식이었다. 그 날의 감격은 평생 잊을 수 없다.

나는 1970년 7월 17일자로 군 입대 영장을 받은 상태였다. 한 학기도 마치지 못한 채 입대를 하게 된 처지가 됐다. 고시에 합격하기 위해 법과대학에 입학했는데, 군 복무를 하게 되면 내 학습에 공백이 생기게 되는 것이다. 학습의 공백 없이 죽 내달려야 고시 합격이란 열매도 얻을 수 있을 것 같았다. 또한 과외를 더 열심히 하여 빚도 얼른 갚고 싶었다.

나는 입영 연기를 생각했다. 그러나 그때는 대학 재학생에 대한 입영 연기제도가 없었다. 요즘 같으면 재학증명서나 입학금 납입영수증 사본을 관할 병무청에 제출만 하면 입영연기를 할 수 있다. 그런 제도가 없던 시절이어서 나는 누구를 붙잡든 부탁 해볼 참이었다. 궁리 끝에 떠오른 사람이 먼 친척 조경덕 선배였다.

그는 고려대 경제과 53학번인 대선배이기도 했다. 조경덕 선배는 당시 13대 충청남도 도지사였던 김윤환의 비서실장이자, 나의 친척 조카였다. 힘 있는 '백'으로 치면 그보다 더 크고 효과적인 '백'도 없을 것 같았다.

조경덕 선배를 찾아가기 전 나는 고등학교 동창이고, 유일한 대학동기인 나삼환(농경과, 69)의 집을 먼저 찾아가 그의 교복을 빌려 입었다. 그때는 대학생들도 교복을 입었다. 그 당시 나는 미처 교복을 마련하지 못했다. 짙은 감청색 동복 왼쪽 가슴에 '고려대' 로고 밑에 포효하는 호랑이가 새겨진 배지를 달면 유난히 돋보였다. 그때가 1970년 2월께였다.

대전에 있는 충청남도 도청의 도지사 비서실은 방문객이 많은 탓 인지 매우 넓었다. 조경덕 선배는 학교로는 대선배였으나 촌수로는 조카뻘이었다. 오랜만에 만난 자리라 집안 얘기며 가족 안부를 먼저 나누었다. 그 뒤, 나는 찾아온 용건을 요약해서 말했다. 나의 애절한 부탁에도 조경덕 선배는 단호한 말투로 대답했다.

"아저씨의 심정은 알겠으나, 그 부탁은 내 목숨을 내놓으라는 거와 같네유."

나는 더 이상 부탁할 용기를 잃어버렸다. 태산처럼 믿었던 희망이 일순간에 사라지자, 내 마음 한구석에서는 오기가 삐죽 올라왔다.

"알겠습니다. 언젠가 조카님이 내게 부탁하러 오면 나도 오늘처럼 똑같이 대해 드리겠습니다."

이렇게 말하고 그 자리를 물러났지만, 나는 오랫동안 서운함을 가슴속에 채우고 살았다. 그런데 훗날 그 당시 특권층이나 부유층 자제들의 병역 기피를 암행 단속하던 시기였다는 사실을 알게 되었다. 1978년 경 내가 효성중공업에 다닐 때였다. 마포농협 지소장이던 조경덕 선배가 고향에서 내 소식을 듣고 찾아왔다. 옛날이야기를 꺼내며 정말 미안했다고 사과했다. 사실은 나의 욕심이 그를 불편하게 했던 것이다.

그 뒤 서산·태안 출신으로 구성된 고려대 재경교우회를 만들어 그를 회장으로 추대하고, 나는 총무를 맡았다. 그를 선배님으로 깍듯이 받들다가, 내가 회장 바통을 이어받아 2010년까지 봉사했다. 그의 부탁에 의해 그의 사위가 내 회사에서 3년 남짓 근무하기도 했다. 나는 그의 부탁이라면 거의 들어주었다. 세상만사는 새옹지마라고 했다.

대한민국
군인이 되다

　1970년 7월 초순, 나는 과(科) 친구들인 최옥섭·이기춘·현상우·맹필재 등과 어울려 안암동의 선술집에서 내 입대 환송모임을 가졌다. 짧은 대학 맛을 뒤로 하고, 아쉽게 헤어져 나는 고향집으로 내려갔다. 그동안 과외교사를 하며 모은 5만여 원을 형님에게 드렸다. 등록금으로 얻은 빚을 얼른 갚아야 했다. 친척 어른들을 두루 찾아뵙고 입영신고도 했다. 방문하는 집마다 따뜻한 밥상을 차려주며 무사히 다녀오라고 격려해 주었다. 연세 높은 친척 어른 한 분은 꼬깃꼬깃 접힌 10원짜리 한 장을 요긴하게 쓰라며 건네주기도 했다.

　어머니는 막내아들의 입대가 못내 걱정되고 서운해서인지 연신 마른침을 목구멍으로 삼키셨다. 출발 전날 밤에는 비상금 벨트를 만들어 그 속에 돈을 넣고 팬티 안쪽에 고정시켰다. 7월 16일, 집을 떠나 집결지인 조치원으로 향했다. 막내 매부 전인승이 동행했

나의 삶 나의 도전

군입대 후(맨 왼쪽)

다. 막내처남을 혼자 보낼 수 없다는 의리를 보인 것이다.

훈련소인 52사단에 입소했다. 스물두 살의 젊은 내 가슴은 두렵고도 벅
찼다. 조국을 지키려고 나왔다는 거창한 사명감은 들지 않았다. 보편적인
대한민국의 젊은이라면 누구나 국방의 의무를 이행해야 하니까 나왔을 뿐
이었다. 빨리 군복무를 마치고 제대하고 싶은 생각이 앞섰다. 그러나 훈련
복을 입고, 철모를 쓰고, 엠원(M1) 소총을 들고, 새벽길을 뚫고 훈련장에 서
자, 내 경직된 가슴 속으로 뜨거운 피가 차올랐다. 부모 형제들의 얼굴이 떠
올랐고, 내가 그들을 지켜줘야 한다는 의무감이 생겨났다. 내가 왜 이 힘든
훈련과정을 거쳐야 하는지도 명확하게 깨닫게 되었다.

내게 부여된 자랑스러운 군번은 6205974였다. 대한민국이 존속하는 한
오로지 나 한 사람에게만 부여된 영광스러운 고유 번호다. 나는 52사단 2중
대 2소대 배속되었다. 우리 중대는 전부 충청도 병력이었다. 다른 중대는 3

분의 1쯤 전북 병력이 섞인 데도 있었다. 2소대 소대장은 이름이 기억나지 않지만 고려대 교우여서, 애송이 훈련병인 나를 은근히 보살펴 주었다. 또한 사단 인사과 분류계 한영섭(법학, 69) 일병이 교우였고, 교도대 교관 강원국(영문, 69) 일병도 교우였다. 이런 인적 네트워크는 나의 훈련병 생활을 보이지 않게 편안하게 해주었다.

군복무 당시(오른쪽)

6주 동안의 전반기 훈련이 끝나자, 사단 인사과 분류계 한영섭 일병의 암묵적 배려에 의해 나는 비교적 근무가 고되지 않다는 충남 대천군 청라에 위치한 대대본부로 배속되었다. 거기서 다시 2중대 본부로 배치되었다. 2중대 본부는 서천군 마서면에 있었다. 충청남도에서 근무할 수 있다는 것 자체만으로 나의 마음은 한결 안심되었다.

배치된 지 얼마 후, 한미 합동으로 벌이는 팀스피리트 훈련이 있었다. 후방 예비군을 소집하여 경기 북부 지역으로 이동시키는 것이 훈련 내용이었다. 나는 서천군 예비군 병력을 소집하고, 다시 이동 시키는 일을 충남대학교 ROTC 출신 중위의 지휘를 받아 실행했다. 사수가 없이 장교와 둘이 실행을 하다 보니 애로사항이 한두 가지가 아니었다. 사사건건 고참 들이 어깃장을 놓고, 고의로 골탕을 먹일 때는 정말 참기 어려웠다. 그러나 국방부

1971.8.31 군복무 중 이순자 선생과 함께

시계는 쉬지 않고 돌아갔고 어느새 훈련기간이 모두 끝났다.

청라에 있는 대대본부 앞 빈터에 임시 텐트를 치고, 훈련기간 동안 임시 막사에서 장병들이 덮고 자던 모포 수천 장을 중대 별로 반납 시까지 보관 했다. 나는 그것을 지키는 경비병이 되었다. 일등병 둘이서 보초를 섰는데, 사고가 생겼다. 우리 2중대의 모포가 쥐도 새도 모르게 대량으로 없어졌 다. 군수품 분실은 중대한 사건이다. 범죄수사대(CID; Criminal Investigation Department)에서 직접 나와 정밀조사를 실시했다. 당연히 경비병 역할을 한 나도 참고인으로 조사를 받았다. 범인은 금세 밝혀졌다. 3중대 소속의 제대 말년 병장이 범인이었다.

그 과정에서 CID 현장조사 팀장인 중사가 나를 눈여겨봤던 모양이다. 고 향이 태안이라는 것도 십분 참작된 듯하다. 나는 CID 서산·태안지역 파견 대로 특명이 났다. 나는 졸지에 파견대장과 함께 영외 거주를 하며 군복무 를 하게 되었다. 물론 군복이 아닌 사복을 입고 복무했다. 민간인 속에 파고든 군 관련 범죄를 예방하고 색출하고 수사하는 것이 주요 임무였다. 대부분의 업무는 정보 수집을 하는 일이어서 일반인과 어울려 생활하는 것이 기본이었다. 비교적 시간의 여유가 많았지만, 그렇게 생활하자니 용돈이 솔찮게 필요했다.

활동비는 자체적으로 조달해야 했는데, 졸병인 내가 해야만 했다. 나는 대장에게 한 가지 제안을 했다. 마침 서산 읍내에서 후배가 학원을 운영하고 있었는데, 그 학원은 낮에만 강의가 개설되어 있었다. 그 학원장은 내가

인천에서 과외를 할 때 내게서 배운 제자였다. 야간반을 신설하여 운영하면 우리 활동비는 충분히 조달할 수 있을 거라고 말했다. 몇 달간 학원 강사를 했다. 신분이 군인이라 너무 드러내놓고 하다 보니 문제가 될 소지도 있었다. 이후 가정집을 얻어 음성적으로 고교생 과외지도를 시작했다. 요즘 같으면 말도 안 되는 이야기일 수도 있다.

군에서 활동비도 주지 않은데, 어쩔 수가 없었다. 그렇다고 군 복무를 소홀히 하는 것은 아니었다. 우리는 풍부한 활동비로 더 많은 업무를 추진할 수 있었다. 나는 과

외비를 알뜰살뜰 모아 송아지 한 마리를 사서 형님에게 선물하기도 했다.

나는 군에서 담배도 배웠고, 술도 마시는 기회가 잦았다. 생면부지의 전우와 스스럼없이 어울리기도 했고, 마음 내키지 않는 고참에게 비위를 맞춰 줄 때도 있었다. 세상물정에 숙맥이던 내가 많이 바뀌어가고 있었다. 내 업무의 태반이 정보수집이었기 때문에 태안의 해안선을 따라 학암포, 연포, 만리포 등 절경도 두루 돌아다녔다. 대학 동기인 이기춘·맹필재를 여름방학 때 불러내려 함께 바캉스 기분을 만끽하기도 했다. 이때 내 군복무는 여유로웠다. 활동비 조달로 시작된 비밀과외는 내게 많은 여유를 갖게 해줬다. 복학 후 등록금 조달에도 일조했다. 그러다보니 우리 집 살림살이에도 적잖은 보탬을 주었다. 행운이 따랐다. 군 생활이 내가 마음 편히 공부할 수 있는 기회가 되었다.

군 생활은 편하게 하든 고달프게 하든 인생에서 단 한 차례 하는 편도 여행이다. 군 생활에서 나는 강한 체력을 얻었다. 쓴 인내도 배웠다. 조직의 쓴맛도 단맛도 봤다. 인간관계의 기술도 습득했다. 군 생활은 나에게 배움터였다. 1973년 5월 23일, 34개월의 군 생활을 무사히 마쳤다. 숙맥이던 나는 변화된 모습으로 다시 민간인이 되었다.

나의
대학생활

제대 직후, 나는 시골집에 머물며 2학기 등록을 준비했다. 가족과 함께 생활하는 그 시간들이 마냥 따뜻하고 편했다. 세 분의 누님 댁을 돌며 제대신고를 했다. 친인척은 물론이고 동네 어른들까지 두루 두루 인사를 드렸다.

서울로 다시 올라온 나는 8월 학기 등록을 하고, 학교 앞 안암동에 하숙집도 정했다. 50여 명의 과 동기 중 10명 남짓이 복학생이었다. 나는 강의가 비는 시간이면 으레 중앙도서관으로 발길을 옮겼다. 잠시라도 한눈을 팔 겨를이 없었다. 교내는 매우 스산했고, 면학의 분위기는 전혀 잡히지 않았다.

1972년 유신헌법이 공포된 이후, 전국의 대학가는 시위를 반복했고, 툭하면 휴교사태가 벌어졌다. 내가 군에 입대한 1971년 10월 15일, 고려대는 27일간 강제 휴교 조치를 당했다. 그뿐만이 아니라 군인이 학교에 투입되었고, 위수령도 내려졌었다. 내가 복학한 후인 1975년 4월, 고려대는 유신헌법 철폐를 주장하는 시위를 선도했다. 그 결과 고려대만을 대상으로 한 긴

긴급조치 제7호가 발동되기도 했다.

이런 혼란이 계속 진행되는 가운데 나의 대학생활은 이어졌다. 강의실에서 강의 듣고, 강의가 결강이면 도서관으로, 그리고 저녁 무렵에는 친구가 연결해 준 마포구 대흥동으로 달려가 과외지도를 했다. 우선 나 자신을 생존시키는 것이 과제였다.

그 해 겨울방학과 이듬해 여름방학 때는 태안 냉천골 암자에 틀어박혀 고시공부를 본격적으로 했다. 어린 시절 공부를 잘한다는 이유로 내게 어르신들이 공무원이나 정치가가 되어 보라고 하셨다. 내가 고려대학교 행정학과에 들어온 것도 공무원이 되어보자는 생각 때문이었다. 학년이 높아지면서 같은 과 친구들 중에는 고시를 준비하는 사람들이 늘어났다. 나도 열심히 고시를 준비했다.

그러면서도 나는 매년 10월에 열리는 고려대와 연세대의 정기전 때면 응원을 하러 경기장을 찾는 것을 거르지 않았다. 그 정기전은 양교 재학생과 교우들만이 누릴 수 있는 특권이요, 향연이었다. 당시 장충체육관에서는 농구경기가 펼쳐졌고, 동대문야구장에서는 야구가, 동대문종합경기장에서는 축구와 럭비가, 신설동 아이스링크에서는 아이스하키 경기가 이틀에 걸쳐 펼쳐졌다.

양교 재학생들은 경기장마다 양편으로 나뉘어 응원을 했다. 학생들은 잠시도 쉬지 않고 응원을 하며 경기를 관람했다. 스포츠 경기장에서 응원을 하며 경기를 보는 것은 당연한 현상이다. 그러나 고연전의 응원은 달랐다. 경기를 관람하며 응원을 하는 것이 아니라, 응원하기 위해 경기를 관람하는 것이다. 응원석에 가만히 앉아 있는 사람은 없다. 모두 일어서서 응원을 했다. 나도 일어서서 응원을 했다.

고려대학교 교호인 "입실렌티 체이홉 카시코시 코시코, 칼마시 케시케시 고려대학 칼마시 케시케시 고려대학"은 입실렌티, 체이홉, 카시코시 코시코, 칼 마시가 계시다(케시케시)는 매우 저항적 의미가 담겨있다. 사실 보성전문학교 때부터 고려대학교 재학생들은 지성인으로서 항상 민족을 위

나의 삶 나의 도전

해 투쟁해 왔다. 그들은 일제강점기 시절에는 항일운동을 했고, 독재정권 시절에는 민주화 운동을 위해 목숨마저 포기했다. 그래서 사람들은 고려대학교가 한민족을 위한 대학이라며 '민족고대'라는 애칭을 붙여 주었다. 바로 이러한 대학교의 일원으로써 응원전에 참여한 그 날의 감격은 정말 잊을 수 없는 추억이다.

이렇게 신명나게 응원을 끝내고 나면 우리들은 어깨를 맞잡고 종로 거리를 누비며 응원가를 소리 높여 불렀다. 고려대가 종로를 행진하면, 연세대는 을지로를 행진했고, 다음해에는 고려대가 을지로를 행진하고, 연세대는 종로를 행진했다. 행진이 끝나면 광화문광장으로 나아가 다시 한 번 '입실렌티 지야'를 목청껏 외쳤다.

광화문 광장을 지나 우리 고대생들은 막걸리 집으로 향했다. 그때마다 으레 선배님들은 막걸리 집을 선점하고, 후배들을 반갑게 맞이해 주었다. 얼굴이 익지 않아도 고대생이란 동질성 하나만으로 우리는 세대를 초월할 수 있었고, 끈끈한 동지가 되었다. 이 전통은 오늘날에도 변함이 없다. 이 전통은 고대인만이 가진 추억이고 낭만이었다. 나는 지금도 매년 고연 정기전이 열리는 마지막 날이면 빠지지 않고 참석한다. 학번 별로 모여앉아 목이 터져라 모교 선수를 응원하고, 학창 시절을 회고하며, 모교 사랑을 다짐한다.

이럴 때면 더욱 선명하게 떠오르는 교우들이 있었는데, 그들은 서산·태안 출신의 고려대 교우였다. 현대자동차 부사장과 현대산업 사장을 지낸 김판곤(68, 철학), 이종화(70, 농학), 그리고 일찍 작고 한 박호석(69, 화공), 한경우(72, 경제), 전 중앙대학교 총장 이용구(73, 경제) 등이 그들인데, 정말 잊을 수 없는 사람들이다.

4학년 2학기가 되면서 내 마음은 그지없이 복잡했다. 고시공부를 할 것인지, 취업을 할 것인지, 그 기로에서 나는 한동안 헤맸다. 고시는 한 번에 붙는 경우는 거의 없다. 고시에 합격하기 위해서는 많은 시간이 필요했다. 첫 번째 시험에 떨어지자, 나 자신을 객관적으로 돌아보았다. 고민 끝에 내린 결론은 고시공부를 포기하자는 것이었다.

세 가지 이유가 있었다. 첫째, 나는 가난에서 벗어나고 싶었다. 둘째, 고시에 도전할 끈기가 과연 내게 있는가 하는 의구심이 생겼다. 셋째, 나이가 삼십 밑으로 들어가며 자신감을 급격히 상실하고 있었다. 하숙비·교통비·용돈 등을 스스로 마련해야 하는 데 시간을 빼앗겨야 했고, 정신적으로 공부에만 몰두하기에는 한계가 있었다. 돈 때문에 내 야망이 꺾인다는 것이 굴욕이라 생각도 했지만, 나는 다르게 생각하기 시작했다. 내 야망을 꺾은 그 돈을 벌면 더 값진 보람을 찾을 수 있을 것이라고 생각했다.

군 생활을 할 때 나는 CID 요원으로 사복을 입고 서산 지역을 누비고 다녔다. 지역의 유력 인사들이며, 지역 고려대 교우회 임원들인 선배들과 밀착되어 지냈다. 나는 보성전문학교 상과 출신으로 유신약국을 운영하시던 대선배 유 회장님, 주유소와 창고업을 운영하던 김명기(60, 국문) 선배, 국회의원이던 한영수(55, 정치) 선배, 서산군 대산리 갑부 김용호(63, 농학) 선배 등과 격의 없이 지내며 세상물정을 많이 터득했다. 그분들은 불확실한 고시에 매달리기보다 일찌감치 실업인이나 정치인의 길을 닦는 것이 더욱 실리를 얻을 수 있다고 조언했다. 그분들은 훗날 내가 직장생활을 할 때 큰 도움이 되어 주었다.

고시는 군 입대 전에 도전할 일이지, 제대 후에 도전할 일은 아니었다. 선배들의 조언도 참고하여 나는 고시 공부를 그만두기로 했다. 하나를 포기한 대신, 나는 확고한 인생의 목표를 세웠다.

평생의
인연과
맺어지다

　군 생활은 내게 큰 기회였다. 내가 군 생활을 하며 가르친 이찬우 학생이 있었다. 이찬우는 고모 이순자 선생을 내게 소개시켜 주었다. 이 선생은 그 당시 서산 명지초등학교에서 교편을 잡고 있었다. 고학생이던 나는 데이트를 할 여유가 없었다. 군 생활을 하며 비로소 데이트를 할 수 있었다. '군바리와 여교사'의 데이트는 점차 횟수가 잦아졌다. 1971년 말부터 시작된 우리만의 동화는 시간이 흐를수록 더욱 재미나고 아름답게 전개되었다. 제대 후에도 이순자 선생과의 분홍빛 데이트도 지속되었다. 이른 아침 눈을 뜨면 제일 먼저 이 선생의 얼굴이 떠올랐다. 하루 종일 어떤 일을 하든지 이 선생의 모습이 내 마음의 뜰에서 떠나지 않았다. 늦은 밤, 잠자리에 들 때도 이 선생의 얼굴을 떠올렸다. 맛있는 음식을 먹을 때도 이 선생의 얼굴이 떠올랐다. 길을 걷다가 예쁜 꽃을 보면 이 선생에게 향기로운 꽃 한 다발을 선물로 바치고 싶었다.

나의 삶 나의 도전

더 이상 뜸들이거나 주저할 일이 아니었다. 대학 졸업을 앞둔 1976년 12월 17일, 나는 이 선생과 백년가약을 맺었다. 넷째 처남 이상권 님의 끈질긴 권유와 중재가 크게 작용했다. 이상권 님은 보성고등학교와 중앙대학교 약학대학을 졸업하고, 서울대 보건대학원을 수료한 후, 유한양행에서 근무하다가 퇴사했다. 서울 용산구 보광동과 태안에서 약국을 운영하다가 지금은 고인이 되었다. 그는 오랫동안 우리 둘을 맺어 주려고 부단히 애썼다.

결혼식은 서산에 있는 평화예식장에서 올렸다. 주례는 당시 나의 대학선배이던 서산지청장이 맡았다. 신식으로 예식을 올린 후, 신두리 집에서 다시 전통혼례식을 한 번 더 치렀다. 우리 동네와 인근 마을까지 내가 결혼했다는 사실을 알리기 위한 의례였다.

결혼식에는 서울에서 친구들도 참석했는데, 박호석(작고), 이기춘, 강대기, 문득형, 현상우 등이 와 주었다. 고맙고 반가웠다. 결혼식을 마치고 온양온천으로 신혼여행을 떠났다. 해외여행은 꿈도 못 꾸던 시절이었다. 실속을 차린 신혼여행이었다. 내 인생의 첫 번째 직장인 대한항공에 입사한 후에 우리는 다시 신혼여행을 떠났다. 비행기를 타고 제주도로 향했고, 숙

나의 삶 나의 도전

소는 칼 호텔이었다. 사원 특례로 거의 비용이 들지 않았다. 만장굴, 성산 일출봉, 여미지식물원, 천지연 폭포 등 제주의 명승지는 모두 돌았다. 그때 특별히 제주도의 명문 오현고등학교의 옛터를 찾았던 것이 기억에 남았다.

결혼을 하고 나서 후회는 아니지만 아쉬운 점도 있었다. 내가 대학을 졸업하기도 전에 너무 서둘러 식을 올렸기 때문에 신혼이었지만 떨어져 살아야 했다. 아직 대학생이었던 나는 서울에 머물러야 했고, 아내는 교편을 잡고 있는 서산에서 생활했다. 나는 대학 졸업 후 서울에서 직장생활을 시작했다. 그렇게 2년이란 세월을 보낸 뒤, 아내는 잡고 있던 교편을 놓고 서울로 올라와 함께 살게 되었다.

결혼은 타인과 타인의 결합이다. 양가의 관습이나 사고방식은 다르다. 따라서 어느 부부든지 갈등이나 시련은 있게 마련이다. 그 갈등과 시련을 극복하려면 두 사람이 똑같이 마음을 비워야 한다. 그 갈등과 시련으로 인해 생긴 분노나 미움은 마음속에 쌓아 두지 말아야 한다. 그때그때 털고 풀어서 비워야 한다. 미움을 잊어야 용서를 만날 수 있고, 분노를 잊어야 평화를 만날 수 있다. 그리고 시련을 잊어야 새로운 탄생을 만날 수 있다고 했다.

우리 부부도 사랑 하나씩 달랑 들고 결합했는데, 왜 시련이 없고, 미움이 없었겠는가. 여러 차례 그런 시련을 되풀이했다. 하지만 우리는 신뢰를 보루로 삼아 마음을 비웠다. 그때마다 굳이 계산을 해보면 아내가 늘 손해를 봤다. 그런 의미에서 보면, 나는 아내에게 영원한 빚쟁이인지도 모른다.

1977년 9월 21일, 장남 규욱(圭旭)이가 태어났고, 1979년 7월 26일에는 차남 규태(圭台)가 두 살 터울로 태어났다. 나는 아내와 어린 두 아들을 두고 5년간 해외근무를 했다. 아내 혼자 육아에도 매달려야 했다. 아내는 묵묵히 참고 견디며 나를 지지해주었다. 내가 막내였지만 형이 먼저 떠난 후에는 고향에 계신 어머니를 서울로 모셔왔다. 막내며느리지만, 아내가 시어머니를 모셔야 했다. 나는 장조카(조규인)도 데리고 살았다. 그럴 때마다 아내는 한 번도 짜증을 내거나 싫은 내색 비치지 않았다. 누구나 그런저런 시리고 아픈 사연을 간직하고 살지만, 내 아내 역시 남다른 고뇌를 안고 살아왔다. 아내의 고생을 모르는 것은 아니다. 너무 고마웠다.

나는 행운아다. 나를 챙겨주고 도와준 많은 분들이 있었기 때문

결혼식 때 형님과 모친

나의 삶 나의 도전

에 오늘의 내가 있게 된 것을 나는 잘 알고 있다. 세상은 혼자 사는 것이 아니다. 인생의 거센 파도를 나는 소중한 분들의 도움으로 이겨낼 수 있었다. 나의 학창시절은 가난이란 무거운 짐을 지고 걷는 여행자 같았다. 남들보다 걷기가 조금은 힘들었고, 조금 늦기도 했다. 하지만 그로 인해 나의 다리는 더 튼튼해졌고, 남들보다 더 많이 인내하며 스스로를 단련할 수 있었다. 그리고 나는 행복하게도 좋은 인연을 만날 수 있었고, 그것이 내가 장차 기업인으로 성장할 수 있는 강력한 바탕이 되었다.

이제 나는 결혼이라는 관문을 통과하여 거칠고 드센 사회의 관문 앞에 섰다.

제2부

나의
직장생활

첫 번째
직장,
대한항공

　1977년 2월 나는 정들었던 고려대학교 법과대학 행정학과를 졸업했다. 대학졸업 전인 1976년 12월에 나는 취직을 했다. 취직, 결혼, 졸업. 인생의 중요한 변화가 한꺼번에 이루어졌다. 불교에서는 행위의 결과를 받는다는 업보(業報)라는 말을 사용한다. 인간의 행위 가운데 가장 큰 업은 직업일 것이다. 첫 직장이 한 사람의 미래를 결정짓는 경우도 많다. 취직하기로 마음을 먹은 만큼, 나는 직업 선택에 신중에 신중을 기했다.

　당시 대한민국은 많은 부분이 빠르게 변화하고 있었다. 1972년 유신개헌 이후, 국내 정치는 혼란스러웠다. 서울 강남 등지에 부동산 투기 붐이 일어나고, 새마을운동으로 농촌에도 빠른 변화의 바람이 불고 있었다. 정치, 사회 변화와 함께 산업계도 달라지고 있었다. 정부의 중화학공업, 수출산업에 대한 집중적인 투자로 산업계는 요동치고 있었다. 정부의 경제정책은 수출 100억 달러, 1인당 국민총생산(GNP) 1천 달러 달성에 집중하고 있었

　　　　　　　　　　　　　　　　　　　　나의 삶 나의 도전

다. 오늘날에 비하면 보잘 것 없지만, 당시로서는 엄청난 목표였다. 정부의 경제 목표는 예상을 뛰어넘어 1977년에 빠르게 달성되었다. 급격한 경제성 장이란 성과에만 몰두하다 보니, 매년 뛰는 물가와 부동산 투기, 생필품 부족, 산업별 불균형 성장 등 다양한 문제들이 뛰쳐나오며 한국경제를 흔들고 있었다.

나는 불안한 국내 산업계를 벗어나 해외에서 근무할 수 있는 직장을 찾았다. 4학년 때 대한항공 인사부에 근무하던 우성하(66, 행정) 선배가 대한항공 수입심사부에서 일하면 해외로 나갈 기회가 많다고 정보를 주었다.

1962년 대한민국 정부는 대한국민항공사(Korea National Airlines)를 인수하여 대한항공공사를 설립했다. 정부는 1969년 2월 28일, 운송 전문 기업이

대한항공 재직 당시 제주도 신혼여행

었던 한진상사에 대한항공공사를 매각했다. 당시 대한항공공사는 DC-9기 제트기 1대와 당시로는 노쇠한 DC-3기인 프로펠러기 2대 등 모두 8대의 비행기를 보유하고 있었다. 이렇게 시작한 대한항공은 한진그룹에게 인수되면서 크게 변모했다. 1969년 대한항공은 보잉 720기를 도입해 본격적인 제트기 시대를 열었다. 이후 보잉 707 화물기 3대를 도입하여 사업 영역을 넓혀갔다. 대한항공은 미주 노선에 이어 유럽 노선도 개척하며 빠르게 성장하고 있었다. 발전가능성도 높고 해외에도 나갈 기회가 많다는 이유로 나는 대한항공에 취직했다.

학교 부근 종암동에서 친구 곽중식(68, 통계)과 같은 집에서 하숙을 하며, 같이 대한항공에 출·퇴근을 했다. 나의 첫 부서는 수입심사부로 유럽 노선의 화물운송이 주 업무였다. 그 무렵부터 대한항공은 모든 업무를 전산시스템으로 처리하고 있었다. 여객운송의 예매·예약은 물론이고, 화물운송의 접수·발송 등도 모두 전산으로 처리했다. 항공업무시스템 자체가 다른 산업보다 신속하게 처리되어야 할 일이었다. 나는 반복되는 작업에 컴퓨터의 일부분이 된 기분이 들었다.

창의적이고 도전적인 일처리가 아닌 기계적인 일처리가 더 필요한 업무였다. 하고자 하는 의욕은 넘쳤지만, 반복된 일처리에 차츰 지쳐갔다. 해외근무는 헛된 희망이었다. 특히 미국 쪽으로 나갈 기회를 잡아 주겠다고 한 우선배의 언질을 액면 그대로 믿었던 내가 어리석었다. 그런 기회는 쉽게 잡힐 것 같지 않았다.

내가 근무한 수입심사부에는 두 분의 부장과 차장을 비롯해 과장·대리가 된 고려대 선배들이 참 많았다. 가끔 선배들은 자기네 집으로 후배들을 초대해 즐거운 시간을 갖기도 했다. 매월 정기적으로 소공동 근방에서 모임을 가졌는데, 그 시간이면 우리 신참들은 친형에게 응석을 부리듯 온갖 애로사항을 거침없이 털어놓았다.

한편 결혼 후에도 서산에서 교편을 잡고 있는 아내를 만나기 위해 나는 매주 토요일이면 서산으로 내려갔다. 1977년 9월 21일에는 장남 규욱이가 태어났다. 산모도 건강했고, 아들도 건강해 보여 다행이었다. 남들도 다 되는 부모라지만, 정작 내 자식이 태어나니 말로써 할 수 없는 감격과 위대함이 동시에 밀려왔다. 나도 이제 부모가 되었다. 모자람 없이 해줄 수 있는 아버지가 되고 싶었다.

그 무렵 나는 봉천동에서 처조카 이찬우와 함께 자취를 하며 출·퇴근을 했다. 아내가 가끔씩 올라와 어질러진 자취방을 깨끗하게 치워 주기도 했다. 그러다 초등학교 5년생인 형님의 아들 규인이가 서울에서 학교를 다니겠다며 상경했다. 내가 데리고 함께 생활할 수밖에 없었다. 그러나 어린 조카를 거둔다는 것은 결코 쉬운 일이 아니었다. 생애 첫 직장이었지만 반복되는 작업에 애사심도 점점 식어갔다. 안팎으로 생기는 부담만 점점 쌓여갔다.

작장생활 1년이 되어가자, 회사에서 나를 회장비서로 선발하고자 내사를 했다. 회장 비서는 옷도 잘 입어야하고 매너도 뛰어나야 한다. 하지만 시골 출신인 나는 비서 스타일이 못 되었다. 내 적성에도 맞지 않았다. 나는 무역 일을 하고 싶었다. 나는 대한항공 입사 1년 만에 사표를 던졌다. 1978년 1월의 일이었다. 물론 아무런 대책 없이 사표를 낸 것은 아니었다.

기업 경영의
기본을 알려준
효성중공업

　효성그룹은 조홍제 회장이 창업했다. 1948년 삼성그룹 창업주 이병철 회장과 공동출자하여 삼성물산공사를 설립한 한국 경제사의 큰 발자국을 남긴 분이다. 조홍제 회장은 1962년 9월, 15년에 걸친 이병철 회장과의 동업관계를 청산하고 56세의 나이에 효성물산주식회사를 설립했고, 1966년에는 나일론 원사를 생산하는 동양 나일론주식회사를 설립했다. 또 효성그룹은 1975년 변압기와 차단기 등을 생산하는 중전기 회사인 한영공업을 인수하여, 효성중공업으로 사명을 바꾸고 전력기기, 산업기자재, 펌프, 풍력발전 시스템까지 사업영역이 넓혔다. 효성그룹은 1970년대 중반 국내 5대 기업군으로 부상했다.

　나는 1978년 경력사원으로 효성중공업에 입사했다. 효성중공업에 근무하면서 제조회사의 특성이나 현장을 생생하게 체험하고 배울 수 있었다.

　효성중공업의 주 고객은 한국전력이나 포스코 같은 공기업이다. 공기업의 구매 여부에 따라 회사의 수입 구조가 좌우되었다. 공기업 구매 담당자들에게 무조건 잘 보여야 했다. 사실 대학 2학년 때 한국전력과 포스코에서 장학금을 주겠다며 일찍 스카우트 제의가 있었지만, 나는 거기에 응하지 않았다. 당시 고려대 법대에서 지원자는 법학과 2명, 행정학과 2명이었는데, 내 동기 이영찬(70, 행정)은 그때 선택되었다. 그 당시에는 한국전력이나 포스코 같은 공기업이 내 눈에 들지 않았다. 그런데 내가 효성중공업 직원이 되어보니, 그 공기업에게 잘 보여야 하는 처지가 된 것이다.

혼히 인생은 선택과 집중의 싸움이라고 한다. 누구의 선택이 옳았느냐, 누가 더 집중했느냐에 따라 인생의 승패가 결정된다. 순간순간의 선택이 인생을 만들어간다. 장학금을 받고 공부를 더 했다면, 한국전력이나 포스코에 입사했더라면, 내 인생은 더 행복해졌을까? 대학 2학년 때 장학금 받을 기회를 놓쳐 버린 것은 내가 가진 정보가 없었기 때문이다. 준비가 되어 있지 않았던 것이다.

나는 효성중공업 자재부 구매과에 배속되었다. 단순한 업무일 것 같았는데, 결코 단순하지 않았다. 집중구매로 할 것인지, 아니면 분산구매로 할 것인지를 선택해야 한다. 독립구매로 할 것인지, 사업부구매로 할 것인지도 선택해야 한다. 어떤 구매 형태로 선택하든 장·단점이 따르게 마련이다. 그러므로 다른 부서와 유기적으로 소통을 하여 올바른 판단을 해야 한다. 구매과에서 일을 하게 된 것은 나에게는 큰 행운이었다. 구매업무를 하면서 배운 지식과 경험은 내 인생의 소중한 자산이 되었다.

구매부서에서 근무하려면 납품업자와 자주 접촉해야 한다. 납품업자가 제때 공급을 하지 않으면 낭패를 보게 된다. 그렇게 되지 않으려면 평소에 납품업자와 긴밀한 유대관계를 가져야 한다. 술자리라도 가지며 인간적 신뢰를 쌓아 놓아야 한다. 납품업자들도 구매부서 직원들에게 눈도장을 확실하게 찍어놓아야 자기 이익이 보장 되므로 밀착되기를 희망한다. 이때 생기는 밀착의 농도에 따라 비리가 발생하기도 한다. 이런 비리 없이 교류하는 것이 정상이지만, 종종 부정한 거래가 생기는 것이 현실이다.

산업기계설비나 전력기기의 필수품인 변압기는 주 고객이 정해져 있다. 그 가운데 가장 큰 고객은 한국전력이다. 한국전력이 '갑'이고, 효성중공업이 '을'이다. 이 갑과 을의 1차적 관계는 영업부에서 이루어진다. 이때 갑의 부적절한 횡포 여부는 영업부서에서 일하지 않아 알 수 없지만 구매부서에서 바라보는 시각은 분명히 알고 있다.

나는 올바른 시각과 판단을 가지기 위해 을지로나 청계천, 영등포, 구로동에 산재한 전문상가를 자주 찾았다. 그곳에서 철재, 볼트, 밸브, 전선, 공구, 비철금속(스테인리스, 구리, 은 등) 같은 부품들의 거래 가격이나 원가를 현장에서 파악했다. 때로는 원가 분석을 허심탄회하게 털어놓는 납품업자와 많은 대화를 나눌 때도 있었다. 그 가운데 코르크 네오프렌이란 제품을 생산하는 신흥특수의 유기현 대표는 잊을 수가 없는 분이다.

유기현 대표는 딸만 넷을 뒀는데, 모두 곱게 키워 사위를 맞이했다. 그 사위들도 하나같이 모범적이다. 흔히 말하는 자식농사를 잘 지은 사람이다. 퇴사 후에도 가끔씩 만나지만, 그의 솔직하고 정직한 모습은 정말 존경할 만하다. 나는 그 분을 통해 부품에 대한 전문지식을 많이 습득할 수 있었다.

구매부에서 일하기 전까지는 관련업체 사장들은 모두 넉넉한 형편을 누리는 사람들로 생각했다. 납품업체 대표들은 대부분 자기 분야의 마니아, 전문기술을 가진 엔지니어들이었다. 피나는 과정을 겪은 후, 현재의 자리에 오른 투사들이었다. 그들 중 상당수는 과거에는 대기업의 한 분야에서

각광을 받았던 달인들이었다.

그들이 대기업에서 자립한 후, 순풍의 돛을 단 사람은 드물었다. 대부분 반짝하는 성공과 긴 슬럼프를 겪었다. 그들은 대기업의 구매 담당을 방문할 때면 으레 문 입구에서부터 허리를 깊게 굽혀 인사하고, 정중하게 말을 높이는 공통점이 있었다. 오늘날 삼우이앤아이 대표로서 내가 하는 모습은 아마 그들로부터 배우고 익힌 행동일 것이다.

그 시절 나는 나이 많은 업체 대표들이 허리 굽혀 인사하기 전에 먼저 일어나 그들을 의자로 안내했다. 그들이 아니면 우리 회사가 원활한 생산을 하지 못할 수도 있기 때문이었다. 그보다도 우리의 전통적인 예절을 지키는 것은 나의 생활 철학이었고, 나의 가장 큰 도덕적 무기였기 때문이다.

회사에서 업무를 처리할 때 상호 교류 없이 독립적으로 일을 수행하는 부서는 없다. 따라서 회사는 각 부서가 서로 간의 업무를 이해하고, 유기적으로 업무를 교환할 수 있도록 상호보완적이어야 한다. 그 시절 효성중공업의 생산부, 관리부, 영업부, 실험실 등은 업무의 특성과 환경에 따라 책임과 권한이 적절하게 분담되어 있었다. 또한 직위의 상호관계나 명령의 계통도 확실하게 세워져 있었다.

효성중공업에서
만난
사람들

　자재부 구매과 사원인 나는 업무의 연계성 때문에 경리부와 자주 왕래했다. 이때 만난 사람이 나의 베스트 프렌드이자, 내 인생의 멘토이자 은인인 최면호다.

　효성중공업에 처음 입사했을 때 나의 직속상사는 성혜정 과장이었다. 그는 한국전력에서 옮겨 온 분인데, 처세가 능수능란했다. 도대체 속을 알 수 없는 것이 크렘린 같았다. 돈에도 그지없이 약한 모습을 보였다. 그가 가고, 다음으로 모신 과장은 고려대 출신의 박상호(59, 물리) 선배였다. 박 선배의 업무 스타일은 깐깐했으나 소박한 엔지니어였다. 퇴직 후 개인 사업을 하다 지금은 고인이 되신 박 선배는 내게 전문적 소양을 쌓게 하려고 무던히 애썼던 자상한 분이셨다. 성품과 행실이 맑고 깨끗하며 재물을 탐하는 마음이 없는 사람을 청렴하다고 하는데 박 선배는 그 단어에 가장 잘 맞는 사람이었다.

효성중공업 1978년 345kV 초고압변압기 개발 성공 당시(출처: 경남신문)

　명절이 가까워지면 여러 거래처에서 상품권이 많이 들어왔다. 대부분 구두 상품권이었는데, 선배는 그것을 모아 구매과 직원에게 우선 한 장씩 돌렸다. 남는 것은 기술부 직원에게 넘겼다. 정작 본인은 한 장도 가지지 않았다. 남을 위한 배려가 몸에 밴 사람이었다. 보다 못한 우리들이 그 당시 명품이던 에스콰이어 제화나 금강제화 구두를 사 신으라고 보채면 그는 이렇게 말했다.

　"나 이래 뵈도 효성의 구매과장이야. 나정도 되면 세상 사람들은 당연히 명품 구두를 신은 줄 안다고. 이 멀쩡한 구두를 왜 바꿔!"

　직설적이지 않고 이렇게 에둘러 거절하는 그 선배를 존경하고, 아니 따를 수 없었다.

경상남도 창원에 있던 효성중공업 본사가 서울로 올라왔다. 나는 법대 출신이라고 해서 공장의 인사노무 담당으로 차출되었다. 흔히 인사(人事)는 만사(萬事)라고 한다. 근로자와 관련된 모든 일을 하는 것이 인사노무 담당자이다. 인사노무 업무를 하면서 나는 금속노조의 강성 노조원들이 활동하는 모습을 적나라하게 살필 수 있었다. 노조위원장이나 노조지부장 등 노조 집행부는 항상 불안에 떨면서도 그 자리를 지켜내려고 보통 노조원들을 독려했다. 순박하던 노조원도 대의원이 되면 행동패턴이 180도로 바뀌었다. 사람의 양심(良心)은 하나이다. 그러나 노조 대의원은 두 개의 양심(兩心)을 가진 듯해서 당혹스러울 때가 많았다.

이로부터 6개월여가 지난 후, 나 역시 효성중공업을 떠나게 되었다. 이직을 결심한 가장 중요한 이유는 해외로 나갈 기회가 없다는 것이었다.

효성중공업에서 만난 좋은 인연으로 최원탁(69, 전기)을 언급하지 않을 수 없다. 그 누구보다 가깝게 지낸 직장 동료이자, 대학 동기였던 우리의 우정을 모두 부러워했다. 최원탁은 효성중공업을 떠나 잠시 봉명에서 근무하다가 독립했다. 그러나 불행하게도 암에 걸려 오랫동안 투병생활을 했다. 어느 날 최원탁이 내게 전화를 걸어왔다. 자기의 매제를 부탁한다고 했다. 그리고 전화를 끊고 그 날 스스로 목숨을 끊었다. 친구와의 의리를 지키기 위해 그의 매제인 김용신이 사장인 신산공업과 거래를 계속하고 있다. 지금도 그 친구 생각만 하면 가슴이 먹먹하다. 얼마나 괴로웠으면 스스로 생을 버릴까. 친구의 명복을 다시 한 번 빌어본다.

또한 효성중공업에 근무할 때 결성된 효성 고려대교우회는 지금껏 지속되고 있다. 고인이 되신 박상호 선배, 이득세(71, 행정), 최원탁을 제외하고, 한대희(70, 기계), 구후붕(66, 상학), 김진덕(67, 법학), 정하곤(69, 전기), 권영빈

(69, 행정), 최선범, 박성복, 노재천, 이동범, 차상호, 김진수 등이다. 40년 넘게 만남을 지속하고 있다는 것은 참으로 소중한 일이다. 교우들의 도움은 나의 직장, 사회생활에 든든한 버팀목이었고, 큰 자산이었다.

인천 YMCI학원을 다닐 때 낯을 익힌 최연철도 효성중공업에 출입하는 업자로 만났다. 그는 철강 업체를 운영했다. 기회가 닿을 때마다 그는 내게 철강업의 거래 관행에 대해 소상하게 일러 주었다. 정상거래가 아닌 뒷거래의 다양한 행태를 알려 주었는데, 이는 뒷날 나의 직장생활이나 회사 경영에 상당한 도움이 되었다.

앞에서도 잠시 언급했던 신흥특수의 유기현 대표도 두고두고 새겨야 할 고마운 분이었다. 유 대표는 가난을 뚫고 자수성가한 대표적인 본보기인데, 내게는 영원한 사표(師表)였다. 이처럼 효성중공업에서는 최고를 지향하는 사람, 혁신을 실천하는 사람, 책임을 다하는 사람, 신뢰를 쌓아가는 여러 사람들을 많이 만날 수 있었다. 이런 기회는 돈을 주고도 못 배울 판인데, 나는 월급을 받아가며 배울 수 있었다.

효성중공업에서 지낸 3년여 세월은 내가 훗날 자립하기 위해 현장 체험학습을 한 아카데미 코스였다고 생각한다. 참 많은 경험을 했고, 많은 전문 지식도 습득했다. 요즘 많은 젊은이들이 신생벤처기업(Startup Company)을 만드는데 관심이 많다고 한다. 혁신적 기술과 아이디어를 갖고 창업을 하는 것은 좋지만, 기업을 경영하는 가장 기본적인 지식조차 갖추지 못한다면 실패할 확률이 높다. 나는 기업 경영의 기초 지식과 경험을 대기업인 효성중공업에서 배웠다고 할 수 있다. 내가 이때 기초를 다지지 않았다면, 오늘의 나는 없었을 것이다.

해외근무를 위해
선택한
공영토건

1979년 10월 26일 밤, 청와대 인근 속칭 궁정동 안가에서는 수십 발의 총성이 울렸다. 18년 동안 철권통치를 해오던 박정희 대통령이 그 자리에서 시해되었다. 절대 권력의 공백을 당시 보안사령관이던 전두환 소장이 주축을 이룬 신군부 세력이 메우게 되었다. 또 다시 군부 출신 대통령이 등장하면서, 1980년대에도 권위주의 정권이 지배한 시대가 되었다. 그렇지만 경제적으로는 70년대에 이은 고도성장의 시대였다.

1981년 신군부에게 튼튼하게 줄을 댄 공영토건은 일거에 건설업계의 기린아가 되었다. 공영토건은 일찍부터 중동에 진출하여 활발하게 공사 수주를 따오고 있었다. 효성중공업에서 많은 것을 배우고 경험했지만, 나의 소망이었던 해외 근무의 길은 열 수 없었다.

대학 4학년 때 고시 공부를 그만두면서 나는 돈을 벌어 더 많은 일을 해야겠다고 다짐했다. 나는 내 사업을 하고 싶었다. 하지만 독립해서 회사를

나의 삶 나의 도전

해외 현장으로 파견되기 전 아내, 두 아들과 함께 경주 여행 중 불국사 앞에서

운영하려면 많은 준비가 필요하다. 지식과 경험, 인맥을 쌓아야 하고, 창업 자금도 마련해야 한다. 그래서 취직을 선택했던 것이다.

하지만 직장생활을 통해 창업자금을 마련하는 것은 쉽지 않았다. 70년대 말에서 80년대에는 해외근무가 인기 있었다. 당시 해외근무는 국내 근무에 비해 2배 이상의 급여를 받을 수가 있었다. 과외를 하며 어렵게 대학을 다녔던 내가 창업자금을 마련하는 지름길은 해외근무밖에 다른 길이 없었다. 단순히 돈을 빨리 모아야겠다는 것 때문에 해외근무를 원한 것은 아니었다. 당시에는 외국에 나가는 것 자체가 쉬운 일은 아니었다. 우물 안 개구리에서 벗어나서 세계를 알려면 해외 근무가 필요하다고 생각했다. 효성 중공업에서 안정적인 직장생활을 할 수 있었지만, 나에게는 도전이 필요했다. 대한항공을 퇴사할 때 보다 효성중공업을 퇴사할 때 더 큰 결심이 필요했다.

나는 효성중공업을 떠나 공영토건으로 자리를 옮겼다. 이곳에서도 나는 자재부에서 일했다. 그만큼 나의 경력이 인정받았던 것이다. 그러나 공영토건의 전반적 분위기는 산만했다. 짜임새가 없는 조직 같았다. 계획적이지 않고 즉흥적 판단이 많았다. 그런데도 용하게 굴러가고 있었다.

입사 한 뒤 어느 날의 일이다. 전날에 과음을 해서 머리가 개운하지 않은 채 출근했다. 갑작스레 전 직원을 대상으로 영어 테스트를 한다고 했다. 한밤중에 봉창 두드리는 소리였다. 아무런 준비도 못한 채 테스트에 임했다. 결과는 300여 명 중 2등이었다. 1등은 연세대학교 경제학과 출신이었는데, 97점이었고, 내 점수는 96점이었다. 1점 차이로 은메달이 된 것이다. 테스트 내용은 지극히 상식적이고 기초적인 수준이었다.

영어 테스트의 결과가 반영되었는지, 나는 그해 사우디아라비아로 출국하게 되었다. 드디어 나의 작은 소망이 이루어진 것이다. 출국하기 전 나는 시골집으로 내려가 어머니와 형님 내외에게 출국인사를 했다. 친인척과 동네 가까운 분들에게도 인사를 했다. 처가댁을 방문하여 그쪽 어른들에게도 출국 인사를 드렸다. 모두들 서운한 표정들이었지만 건강하게 무사히 돌아오라고 격려해 주었다. 그런 표정의 한구석에는 해외로 돈 벌러 가는 내 모습을 선망하는 뜻도 담겨 있었다.

떠나기 전 나는 아내와 두 아들을 데리고 여행을 다녀왔다. 목적지는 경주였다. 불국사, 석굴암, 대능원, 안압지, 첨성대 등을 돌아봤다. 경주 괘릉 앞에 서 있는 석조물 하나가 눈에 띄었다. 사람의 형상인데, 아라비아인의 모습이 틀림없었다. 천 년 전 많은 아라비아인이 황금의 나라 신라를 찾아왔고, 신라인들은 그들과 활발히 교류했었다. 괘릉의 주인은 그 아라비아 인을 기리기 위해 자신의 무덤 앞에 석상을 만들어 세운 것이라고 생각했다. 그런데 오늘은 내가 그 중동으로 돈을 벌러 가게 되었다고 생각하니 만감이 교차했다.

출국 전날에는 남대문시장에 들러 가장 큰 포대 모양 가방을 두 개나 샀다. 귀국할 때 가방 가득히 선물을 담아 올 요량이었다. 출국하는 날 김포공항에는 아내와 두 아들, 그리고 친척들, 처가댁 식구들도 여럿 나와 내가 떠나는 길을 배웅해 주었다.

나의
첫 해외 근무지
사우디아라비아

수년 전 대한항공에 다닐 때 아내와 때늦은 신혼여행을 가느라 제주행 비행기를 탄 것이 내 비행기 탑승 기록의 전부였다. 수속을 마치고 검색대를 거친 후, 중동행 근로자들이 대부분인 비행기에 올라 좌석을 찾아 앉았다. 비행기는 방콕을 거쳐 사우디아라비아 담맘(Dammam) 공항에 도착했다. 13시간에 걸친 장거리 비행이었다.

비행기에서 내려 맞이한 담맘은 찌는 듯했다. 불어오는 바람이 얼굴에 닿자 감촉이 약간 따끔따끔했다. 미세한 모래알이 섞인 것 같았다. 거리를 지나는 사람들은 대부분 전통의상으로 몸을 감싸고 있었다. 부르카(Burka), 히잡(Hijab), 니캅(Niqab), 차도르(Chador)를 쓴 여성들이 뒤섞여 걷고 있었다. 보이는 것은 모두 신기하고 이색적이었다.

서구 스타일의 옷을 입은 사람도 보였지만, 소수에 불과했다.

대다수의 사우디아라비아 사람들은 여전히 전통의상을 그대로 입고 있

영국 감독관과 함께 즐거운 회식시간

였다. 남자는 모직이나 면으로 된 발목까지 내려오는 흰색 드레스를 입었다. 여자들의 전통의상은 지방마다 다른데, 머리에서 발목까지 온몸을 완전히 가리는 것은 공통적이었다. 외출할 때는 샤일라(Shayla; 머리에 쓰는 두건의 일종)를 머리에 쓰고, 아바야(Abaya; 겉옷 위에 덧입는 얇은 덧옷)를 입었다. 요즘은 여자가 자동차를 운전할 수 있다고 하지만, 당시까지만 해도 사우디아라비아에서 여성은 남자들과 절대로 어울리지 않았다. 사우디아라비아가 우리나라와 다른 점은 토요일부터 수요일까지 일하고 목요일과 금요일은 쉰다는 점이다. 이슬람교를 믿는 아랍 세계에서는 금요일이 공휴일이다.

사우디아라비아 사람들은 달콤한 대추를 즐겨 먹고, 돼지고기와 술은 이슬람법에 의해 철저하게 금지되어 있다. 엄격한 전통과 계율 때문에 유흥시설이 전혀 없다. 힘든 일을 끝낸 뒤 시원한 맥주 한 잔조차 마실 휴식 공

전용 승용차

간이 없다. 매우 무미건조한 환경이었다. 술을 먹지 않으니, 저녁에 유흥비
로 돈을 쓸 일이 없다. 돈을 절약하기 딱 좋은 나라다.

　커피는 이슬람세계에서 유럽으로 전파되었다고 한다. 술 대신에 차나 커
피, 버터밀크, 요구르트의 일종인 라반(laban) 등이 사우디아라비아 사람들
이 즐겨 마시는 음료다. 이곳의 식품 값은 대체로 싼 편인데, 물은 매우 비
쌌다. 환한 대낮에도 곳곳에 전등불이 켜져 있기도 했다. 휘발유 값이 물
값보다 훨씬 싸니까 그런가 싶다. 이곳 사람들은 자신의 운명은 물론이고,
세상사 모두를 인샬라(신의 뜻) 탓으로 돌렸다. 수니파와 시아파의 갈등도
인샬라의 뜻으로 알고 있었다. 참으로 묘한 종교의 도그마에 빠진 나라인
것 같았다.

　선지자 무하마드의 탄생일 같은 기념일에는 마룻바닥에 흰색 식탁보를

　　　　　　　　　　　　　　　나의 삶 나의 도전

펴고 식사를 한다. 이때 식사는 포크와 스푼만으로 한다. 하지만 평상시에 는 식탁에서 식사를 하며, 나이프도 사용한다. 우리와 다른 문화를 가진 사 우디에서 생활은 가족과 떨어져 있다는 것이 외롭고 힘들기는 하지만, 젊어 서는 경험해보는 것을 나는 적극 권하고 싶다.

나와 다른 문화를 가진 사람들과 어울려 생활한 경험은 여러 가지로 나를 변화시켰다. 다른 사람들을 좀 더 이해할 수 있게 해주었고, 타 문화에 대한 수용력도 높여주었다. 80년대에는 외국인과 일하는 것이 드문 일이었지만, 40년이 지난 지금은 나의 회사에도 외국인이 절반 정도가 된다. 해외 근무 경험은 나를 성장시켰다.

사우디아라비아는 국토 면적이 남한의 13배쯤 되고, 국토의 10분의 9가 사막이다. 사막만 있는 것은 아니어서, 녹지도 있고 농사도 짓는다. 사우디 아라비아는 세계 최대의 석유 생산국이자, 석유수출국으로, 1차, 2차 석유 파동으로 크게 오른 석유 가격으로 인해 막대한 수입을 올리고 있었다. 사 우디아라비아는 풍족해진 오일머니로 거대한 건설 사업을 일으켰다. 우리 나라도 사우디아라비아를 비롯한 부유해진 산유국들이 발주한 건설공사를 수주하면서, 중동 건설 붐의 수혜를 받았다.

사우디아라비아의 수도는 내륙에 위치한 리야드(Riyadh)지만, 내가 근무 하는 곳은 담만으로, 페르시아 만에 접해 있다. 바레인과 인접한 곳으로, 사 우디아라비아 최대의 수출 무역항이다. 나는 담맘에 있는 ARAMCO(Arabia America Oil Company) 오아시스 현장에서 근무하게 되었다. 숙소는 현장 인 근에 조립식으로 지어진 곳이었다.

그토록 염원하던 나의 해외근무의 소원은 이루어졌지만, 초장부터 난 관에 부딪혔다. 한국식 영어공부의 폐단이라고 해야 할까. 영어로 쓰기

(writing)는 되는데, 듣기(hearing)가 먹통이었다. 당장 대화를 자유롭게 할 수가 없었다. 영어 실력이 좋다고 자부했지만, 막상 해외에 나가보니 나의 부족함이 드러난 것이다. 또 운전면허를 따놓지 않아 당장 차를 몰고 이동할 수도 없었다. 업무는 외자재 구매였다. 무역 실무에 대해 기본적 지식이 있어야 했다. 그러나 나는 그쪽 업무에 관한 경험이 전혀 없는 터여서 한동안 헤맬 수밖에 없었다.

기회를 잡을 준비가 되었다고 생각했는데, 내 준비가 부족했다. 해외에 나갈 생각을 하고서도 막상 닥치면 할 수 있을 것이라고 자만했다. 발등에 불이 떨어졌다. 그렇다고 물러날 곳도 없었다. 사람은 어떤 극지에서도 살아날 길을 찾게 마련이다. 부서의 최 과장이 고려대 영문과 출신의 선배였다. 최 과장의 비호와 지도로 간신히 업무를 처리해 나갈 수 있었다. 고려대 선배가 있다는 것이 얼마나 고마운지 모른다. 선배가 있어 위기를 탈출할 수 있었다. 고려대는 내가 곤경에 빠지면 신분보장을 해주었고, 내가 어려운 지경에서 아파하면 치료를 해주는 닥터였다. 나의 모교 사랑이 조금은 특별한 것은, 내가 사회생활을 하면서 학교 선후배의 도움을 많이 받은 탓이 크다.

열사의 나라에서 흘린 땀

　담맘의 ARAMCO 현장에서 약 3개월 정도 근무한 후, 나는 내륙에 있는 공사현장으로 옮겼다. 담맘에서 자동차로 4시간 넘게 달려야 이르는 유달리아라는 곳인데, 5층 높이의 연립주택을 짓는 현장이었다. 유달리아는 사우디아라비아에서도 널리 알려진 유전지구였다. 이 주택공사의 본부는 다란에 있었고, 세 개의 구역으로 나뉘어 있었다.

　공구장은 홍익대 출신의 정유성 차장이란 분이었고, 관리는 고려대 경제과 출신의 선배 이정득 과장이 맡고 있었다. 건축·토목·전기설비 담당들이 있었고, 나는 자재 담당이었다. 공사 감독관은 영국 출신의 피터(Peter)라는 사람이었다. 그는 본부에 있는 미국인 총감독의 지시를 받고 있었다.

　이 공사의 관건은 자재를 제때에 공급하는 것이었다. 내 임무가 막중했다. 관급자재는 통고받는 즉시 ARAMCO에서 수령해 와야 했다. 지역에서 구매하는 자재는 품질이나 가격 등을 다각도로 비교 검토하여 재빨리 결정해야 한다. 외자재도 지체 없이 수령해 와야 했다. 이렇게 모아진 자재는 공사 현장으로 그때그때 공급하고, 남은 자재는 잘 간수해야 했다. 특히 현지에서 구매할 때는 운전기사와 함께 쓰리쿼터를 타고 4시간 거리의 담맘이나 다란으로 나가 야 했다. 때로는 6시간 넘게 걸리는 리야드까지 나가기도 했다.

현지 자재를 구매하러 갈 때는 보통 새벽에 출발했다. 담맘에서 이리저리 돌아다니며 필요한 자재를 모두 구매한 뒤, 그곳 한국식당에서 저녁식사를 했다. 그때 먹은 음식은 하나같이 꿀맛이었고, 지상 최고의 밥상이었다. 운전기사 최철모는 매우 민첩한 남자였다. 둘이서 돌아오는 밤길은 정말 멜랑콜리(Melancholy)했다. 나나 무스꾸리의 목소리로 〈러브 스토리〉의 삽입곡을 테이프로 들으면 멜랑콜리한 마음은 한껏 풍선을 탔다. 숙소에 도착하면 거의 자정이 되었다. 일주일에 잦으면 두세 차례씩 이런 여행이 반복되었다. 그런 밤길 하늘에 뜬 초승달은 유난히 파랗다. 초승달뿐 아니라 무수한 별들도 반짝거렸다. 북두칠성은 어머니의 국자처럼 생겨 언제 봐도 정겨웠다. 어린 시절 시골집 마당에 서서 뽕나무 열매처럼 다닥다닥 박힌 하늘의 별을 쳐다보면 신기하고 아름다웠다. 산 너머로 흘러가는 은하수는 항상 어린 나를 꿈꾸게 했다. 떨어질 때 소원을 빌면 소원이 이루어진다는 별똥별은 마냥 어린 동심을 설레게 했다. 풀벌레 소리 따라 자꾸만 늘어나는 별들을 세던 그 밤은 정말 행복했다.

어둠에 싸인 사막은 깜깜한 나무숲 같았고, 자동차 헤드라이트 불빛이 가끔씩 출렁이며 멀리 떨어진 석유갱을 비추었다. 그럴 때 갑자기 도로 위로 양떼나 낙타 떼가 나타나기도 했다. 그럴 때마다 가슴이 철렁 내려앉는다. 사고가 나지 않은 것을 다행으로 여겨야 했다. 그런데도 현지인들은 최고속도로 달리기가 예사였다.

내가 총괄하는 자재부에는 관리직원이 5명이고, 자재수령을 하는 대형트럭 운전기사 5명, 그리고 나와 함께 움직이는 운전기사 1명 등이 일사분란하게 움직였다. 대형트럭 운전기사들은 행동거지나 말투가 매우 거칠고 무뚝뚝했다. 궁리 끝에 나는 그들을 부를 때 '기사'라고 부르지 않고, 이름 뒤에 '선생'이라고 붙여 불렀다.

"○○○ 선생님, 오늘은 담맘에 다녀오셔야겠네요."

그들도 처음에는 뜨악한 표정이더니 내가 계속 그런 식으로 말을 건네자, 점차 굳었던 표정을 풀며, 입가에 미소도 지었다. 그들과도 점점 친숙한 사이가 되어갔다. 공사 구역을 총괄하는 정유성 공구장과 나는 매우 친밀한 관계를 유지했다. 공사 구역에서 조금 떨어진 곳에 알호푸프(Al Hofuf)라는 도시에는 오아시스가 있는데, 거기에는 병원도 있다. 의사들은 중국계 사우디아라비아 사람이고, 간호사는 대만 출신의 화교였다. 그 간호사는 대학 졸업 후 이곳으로 와서 근무했는데, 정유성 공구장과 이정득 과장이 그녀를 두고 미묘한 갈등관계가 됐다. 이런 삼각관계는 사우디아라비아에서는 매우 드문 일이며, 이로 인해 두 사람 사이는 크게 불편해졌다.

결국 새 공구장이 부임해 왔다. 털이 많은 신씨였다. 신공구장은 내게 전임 공구장을 떠나시기 전까지 잘 보살펴 드리라고 했다. 나는 정유성 전임 공구장을 극진히 돌봐 드렸다. 그런데 나중에 그 일로 인해 나는 신임 공구장으로부터 따가운 눈총을 받아야 했다. 그래서 사람은 속 다르고 겉 다르다고 했는가 싶다. 사람들 앞에서 서비스한 말을 나는 액면 그대로 받아들였던 것이다. 관리직원들은 어느새 전임은 나 몰라라 하고 신임 공구장 앞으로 잽싸게 줄을 섰다. 그때의 씁쓸했던 마음은 오래 내 가슴 언저리를 맴

놀았다. 의리나 신의를 중히 여기는 나로서는 그들의 처세가 영 마음에 걸렸다.

세상은 참 요지경이었다. 공사가 빨리 진척되지 않자, (주)율산에서 근무했던 신동민 이사가 주재 임원으로 급파되었다. 하지만 감독관 피터가 한층 깐깐하게 공사 진행 과정을 살피는 바람에 상황은 한결 어려워졌다. 공영토건의 입장에서는 고민이었다. 짧은 영어이지만, 나는 피터와 되도록 많은 대화를 나누었다. 매듭을 푸는 방법은 한 가지가 아니라, 여러 가지일 수 있다. 나는 포장하지 않은 진심으로 피터를 대했고, 그에게 우리 측의 애로사항을 털어놓았다. 피터는 점차 우리 측의 애로사항들을 이해하기 시작했다.

직원회의 때 나는 신동민 이사에게 "피터가 일본제 턴테이블 가격을 내게 물었는데, 담맘에 나갈 때 알아봐 주겠다고 했다. 피터가 그것을 꼭 갖고 싶어 하는 눈치인데, 우리가 구입해 주자"고 의견을 제시했다. 신 이사가 그렇게 하라고 해서 나는 피터에게 상품명을 메모해달라고 했다. 그 후 메모에 적힌 턴테이블을 사서 피터에게 선물로 주었다. 피터는 완강하게 거절했다. 하지만 워낙 갖고 싶었던 턴테이블이어서인지 결국 피터는 고맙다며 받았다. 일종의 뇌물인 셈이었다. 피터에게는 미안한 일이었지만 회사를 위해서는 어쩔 수 없는 일이었다. 그 후 일은 매우 부드럽게 넘어갔고, 공사도 공기 내에 간신히 마칠 수 있었다.

그 당시 중동 건설현장에 나가는 한국 근로자들은 대다수가 숙련공이었지만 비숙련공도 심심찮게 있었다. 한 밑천 잡으려고 단단히 각오를 하고 온 사람들이라 일 하나는 똑 부러지게 했다. 공사현장 마다 특성은 있었지만, 한국 근로자가 일하는 현장은 누에가 뽕잎을 갉아먹듯이 일하는 자국이

나의 삶 나의 도전

순서대로 착착 진행되었다. 마지막으로 실제로 입주할 주부들이 나와 꼼꼼하게 체크했다. 그때 지적당한 하자를 처리하고 나면 그 현장은 최종 마무리된다. 이렇게 소비자가 나서 체크하는 감리는 국내에서는 2000년대 들어서 시작됐다. 하지만 사우디아라비아에서는 80년대에 이미 시행되고 있었다. 마무리의 중요성을 나는 이곳에서 배웠다. 지금도 나는 회사에서 제품을 생산하고, 시공할 때 마무리를 늘 강조한다.

나는 먼저 귀국하는 한 관리직원이 갖고 있던 정철 카세트테이프를 물려받아 다시 영어회화 공부를 했다. 내 스스로 부족함을 알기에, 시간을 쪼개 열심히 공부했다. 나는 지금도 아침마다 영어와 일어를 공부한다. 이러한 습관은 이때부터 형성된 것이다. 그 결과 나의 비즈니스 영어는 상당히 향상되었다. 그 영향이 오늘날까지 이어지고 있는데, 외국인에 대한 두려움이 사라졌다.

이따금 주말이면 김밥을 만들어 싸들고 알 호푸프의 오아시스로 나갔다. 그곳의 숲과 물 저장소, 자연 땅굴 등을 둘러보던 날들은 아직도 생생하게 기억이 난다. 풍광도 기억이 생생하지만, 사우디아라비아에서 함께 했던 사람들도 오래 기억에 남는다. 그 당시 함께 동행 했던 기능공 박헌경은 몇 년 전까지도 연락을 주고받으며, 때로는 찾아오기도 했다. 나의 전속 운전기사이던 최철모는 매우 민첩했으며, 화투를 즐겨했는데 지금은 소식이 끊겼다.

대광고를 졸업하고 한양대(74, 토목) 출신의 김종철도 잊히지 않는 사람이다. 공사가 모두 끝난 뒤에도 김종철은 소장 대신 최후까지 남아 뒷마무리를 했다. 나와 그는 친형제처럼 지냈다. 김종철은 나를 친형처럼 따랐다. 마무리된 공사의 조경도 둘러보고, 이것저것 정리정돈을 한 뒤 나는 중동

지역 본부가 있는 다란으로 근무지를 옮겼다. 김종철과는 그때 헤어졌다가 1994년 국내에서 다시 만났다. 그는 풍림산업에 근무하며 한국도로공사가 시행하는 서울외곽순환 고속도로 11공구 시흥구간의 현장소장이 되어 있었다. 우리는 얼싸안고 재회의 기쁨을 나누었다. 그 후 내가 도로공사와 연결된 사업을 하려고 할 때 그가 결정적 역할을 여러 차례 해주었다. 인연의 끈은 참 질긴 것이었다. 정직하고 능력을 가졌지만, 현실감이 부족한지 지금도 힘들게 사는 걸 보면 안타까울 뿐이다.

나는 자투리 시간이 날 때마다 국제경제에 관한 책을 여러 권 읽었다. 그 속에서 나는 국제 사회의 역학관계도 어느 정도 이해할 수 있었다. 우물 안 개구리가 세상 밖으로 뛰쳐나오던 시기였다. 열사의 땅 사우디아라비아 사막을 가로질러 곧게 뻗은 고속도로를 신나게 달리다 보면 아스라이 아지랑이가 피어오르는 것을 보게 된다. 뜨거운 열기였다. 내 가슴속에서도 열기가 피어오르고 있었다. 나는 언젠가 독립해서 내 회사를 경영할 것이라고 다짐하고, 또 다짐했다. 따라서 지금 현장에서 겪는 힘든 일들은 모두 그 목표를 위해 견뎌내야 할 대가였다. 지금도 때로는 그때의 그 현장으로 다시 가보고 싶은 충동이 일 때도 있다.

유달리아 현장의 공사가 끝난 후, 나는 중동 지역 본부로 들어가 자재 구매와 통관 업무를 겸직했다. 하루하루가 눈코 뜰 새 없이 바빴다. 이때 김영규 대리를 만났는데, 그는 숭실대 출신으로 무역회사에서 근무하다가 이곳으로 왔다. 그래서인지 무역 및 통관 업무에 관한 눈이 밝았다. 그는 나를 잘 따랐으며, 업무상으로도 크게 도움이 되었다.

나의 직속상관인 이 부장은 미군 부대에서 근무한 경력 탓인지 영어회화 실력이 대단했다. 김재수 차장은 해병대 출신이었는데, 그의 영어회화도 귀신 잡는 해병 같은 실력이었다. 이처럼 영어회화만 잘 해도 해외에서 능력 있는 직원으로 대우를 받았다.

담맘이나 유달리아에서의 근무는 어려움도 많았지만, 휴일이면 해안가에 나가 해수욕도 하고, 오아시스에서 휴식도 취하며 쇼핑도 할 수 있었다. 비교적 여유를 즐기는 시간이 많았다. 그러나 다른 건설사에 비해 월급은 적은 편이었다. 그렇게 1년간 근무한 뒤 나는 귀국하여 15일 동안 휴가를 보냈다.

휴가가 거의 끝나갈 무렵, 회사에서는 내게 영국지사로 발령이 날 것이라고 통고를 해왔다. 내심 기대가 컸다. 영국 체험을 할 수 있겠다고 생각하던 차인데, 며칠 뒤에는 독일지사로 파견된다는 소식이 왔다. 독일 역시 기대되는 지역이었다. 그런데 이틀 후 다시 괌지사로 결정되었다고 했다. 근무지 발령이 자주 바뀌었던 것은 나처럼 줄이 없는 사람보다 줄을 대는 사람이 새치기를 했기 때문에 생기는 일이었다. 최종적으로 내게 떨어진 근무지는 이라크 현장이었다. 그렇지만 중동 현장으로 다시 파견되고 싶지는 않았다. 나는 인사부에 사표를 던졌다. 내가 사표를 던진 뒤 얼마 되지 않아 공영토건은 희대의 금융사건인 '장영자 어음 사기사건'에 연루되어 회사 자체가 공중분해 되었다.

네 번째 직장,
극동건설

공영토건을 그만둔 뒤 한 달여간 푹 쉬었다. 그러던 중 신문에 실린 구인 광고를 보고 극동건설에 이력서를 넣었다. 극동건설은 1947년 대영건설사라는 이름으로 출발한 이후, 매년 사세를 확장했다. 지금은 주인이 2번 바뀌고 사세가 형편없지만, 1970년대 말에는 중동 건설 붐의 주역으로 당시 대한민국에서 손꼽히는 대형건설사였다. 나는 1982년 극동건설이 해외건설 수주 10억 달러를 돌파하던 무렵에 공채경력으로 입사했다. 그때 합격자는 4명이었는데, 육군 대위 출신 1명과 당시 정계의 실세였던 이의 낙하산, 이미 어떤 낙하산으로 들어와 며칠째 출근하던 1명까지 총 3명이 낙하산이었다. 순수하게 입사한 사람은 나 혼자뿐이었다.

내가 선택된 이유는 해외 근무 경력이 있다는 것과 영어회화가 가능하다는 두 가지 때문이었다. 극동건설에서도 나의 부서는 자재부였다. 자재과장은 고려대 영문과 출신인 김종서 선배였다. 고려대 선배 교우 몇 분이 입

나의 삶 나의 도전

사 환영 파티도 해주었다. 그로부터 열흘 쯤 지나서 공영토건이 부도사태를 맞이했다. 주변에서 공영토건에 관한 질문을 수없이 해댔지만 입사와 동시에 해외근무만 한 말단 사원이 회사 부도의 원인이나 과정을 알 수는 없었다. 신문·방송에 나오는 것이 내가 아는 전부였다. 더 이상 비전이 없다고 판단해 그만둔 회사이지만 허무하게 공중분해 되었다고 하니 내 마음은 허전했다.

지난 1년 동안 나는 어머니와 아내, 아들 둘과 헤어져 살았다. 돈을 벌기 위해 해외에서 근무했기에 어쩔 수 없었다고는 하지만, 그들에 대한 그리움이 사무쳤다. 보고 싶어 미칠 지경이어도 참아야 했다. 그런데 이제 다시 헤어지게 되었다. 그동안 4개월여 가족과 함께 지낸 따스한 행복을 뒤로 하고 사우디아라비아로 떠나게 된 것이다. 극동건설의 중동 건설 현장이 많았기 때문이다.

독립하여 사업을 하겠다는 내 꿈을 위해서 지금 힘들더라도 해외 근무를

리야드 숙소 베란다에서

극동건설이 건설한 거대한 물탱크 앞에서

나가는 것이 옳은 판단이라고 생각했다. 중동에 다시 파견되는 것이 싫어서 공영토건을 그만 두었는데, 새로 옮긴 직장인 극동건설에서 또 다시 중동으로 가게 된 것에 대해 고민이 없었던 것은 아니다. 하지만 나는 다시 모질게 마음을 다잡고 중동행 비행기를 다시 탔다. 어쩌면 1년 동안 살던 집으로 다시 찾아가는 셈이었다.

또 다시
사우디에서
근무하다.

극동건설의 중동본부는 사우디아라비아 수도 리야드 중심가에 있었다. 수영장까지 갖춘 널찍한 저택을 임차해 쓰고 있었다. 숙소도 본부 인근이었다. 중동본부 외자과가 내 일터였다. 김동수 차장이 직속상관이었고, 고려대 영문과 출신 김수원 선배가 주임으로 내 직계 부하 직원이었다. 그 외 민첩한 이기원 씨 등 5명이 팀원이었다. 현지 구매과장은 최 과장이었다. 외자과는 할 일이 많아 야근을 식은 죽 먹듯 했다. 이 무렵, 나는 타이핑도 많이 했고, 전문 작성이나 견적서 검토, 신용장 개설 같은 무역실무를 폭넓게 익힐 수 있었다. 이런 경험들은 훗날 내 독자사업 때 결정적 도움이 되었다.

현지 구매팀은 밤늦게 모여 포커나 화투를 칠 때가 잦았다. 그러나 나는 그런 자리에 한 번도 끼지 않았다. 즉 있다 해도 나는 많은 돈을 놓고 벌이는 포커 판에는 어울리지 않았다. 나는 포커를 할 줄 모르는데다가 해외근무를 하면서 어렵게 번 돈을 노름으로 탕진하고 싶지 않았다.

오아시스 아래서 한가한 시간을 보내며(오른쪽)

　나는 사람들과 어울리기보다 그 시간에 무역실무나 무역영어에 대한 부족한 소양을 쌓기 바빴다. 극동건설은 공영토건보다 월급이 두 배였다. 매월 월급이 조금씩 많아졌다. 당시 극동건설의 대리 월급이 현대건설의 차장 급여와 맞먹는다는 것이 업계의 통설이었다. 내가 창업 시점을 앞당길 수 있었던 것은 극동건설에서 근무하면서 힘들게 돈을 모았기 때문이다.

　사우디아라비아에서 나는 다우케미칼에서 공급받는 스티로폼을 보고 깜짝 놀랐다. 단열재의 대명사인 스티로폼을 그때 처음 봤던 것이다. 전량 미국에서 수입해 쓰는 형편이었다. 나는 그 회사 중동지역 파견 직원과 각별한 사이였다. 스웨덴 출신인 에릭슨의 제리 칼슨(Jerry Carlson)과도 스스럼없이 어울렸다. 우리는 가끔 양고기를 먹으러 함께 식당을 찾았고, 쇼핑도 함께 했다. 휴식 때는 탁구도 치고, 수영도 함께 하며 우정을 쌓았다. 그들과 친해지면 영어도 늘지만, 무엇보다 업무 진행에 기름칠이 돌아 부드러워졌다. 나 역

　　　　　　　　　　　　　　　　　　　　　　나의 삶 나의 도전

시 공영토건에서 일하던 때와 달랐다. 그만큼 매사에 익숙해져 있었다.

어느 날 나는 제리 칼슨의 집에 초대를 받았다. 저택이었다. 필리핀 여인과 허니문을 즐기는 모습이 자유롭고 행복해 보였다. 그들은 스웨덴의 에릭슨이나 유럽계 회사에서 사우디아라비아에 파견된 엘리트 직원들이었다. 이들은 현지에서 일하는 우리와 같은 파견 근무 직원들인데 프라이드가 대단히 높았다. 현장에서 콘크리트의 거푸집을 만드는 목수나 철근을 설치하고 엮는 철근공, 콘크리트의 수평을 맞추고 고르는 미장수, 내부의 전기 배선을 하는 전기공, 배관을 연결하는 일 등은 단순한 막일꾼이 할 수 있는 일이 아니다. 오랫동안 현장에서 노하우를 쌓은 숙련공이어야 해낼 수 있다. 건설현장의 인부는 명예스런 직업인이다. 그래서 미국이나 유럽에서는 중장비 기사라면 최고의 대우를 받는다.

중동에서 일을 하다 보면 아는 사람을 만날 때가 종종 있다. 대학 같은 과 친구 남상준도 그 중 한 사람이다. 그는 나보다 조금 늦게 태평양건설 직원으로 중동에 상륙했는데, 담맘에서 근무하다가 젯다로 근무지를 옮겼다고 했다. 나는 출장길에 그를 찾아갔다. 이국에서 만난 친구는 마냥 반갑고 또 반가웠다. 우리는 바쁜 틈을 내서 홍해로 달려갔다. 사우디아라비아 연안 홍해에서 수영도 하고, 홍어를 안주삼아 귀한 맥주도 한 잔씩 했다. 정말 반가운 친구와의 번갯불 만남은 오래도록 기억에 남았다.

이 때 만난 친구가 또 한사람 있다. 그는 고려대 정외과 출신의 이계송이다. 그는 중동에서 크게 돈을 벌었다. 그가 돈 번 이야기는 따로 해야 한다. 지금은 미국 시민권을 얻어 미국에서 살고 있다. 그는 자기 이야기를 담은 자서전『꽃씨 뿌리는 마음으로』(북앤월드, 2010)을 펴냈다. 참으로 부럽고 매력 있는 친구다.

극동건설에 근무한지 1년이 되자 휴가를 주어졌다. 나는 조용히 귀국하여 회사에 찾아가 인사하고 점심식사를 같이만 하고 조용히 출국했다. 그런데 회사의 관행상 대단히 잘못했다는 지적을 받았다. 근무 중 휴가로 귀국하면 가족보다 먼저 회사의 이사님, 부장님부터 찾아 선물 등으로 인사를 하고, 본사 부서 직원들에게도 회식 자리를 마련하는 것이 관례라고 했다. 관행이 좋고, 나쁘고의 문제는 아니다. 어찌되었든 나는 큰 잘못을 저지른 셈이었다. 직장마다 그 나름의 전통과 문화가 있다는 사실을 새삼 깨달았다.

휴가 후, 중동본부로 복귀하여 나는 D.Q(Diplomatic Quarter) 현장에서 근무하게 되었다. 팀장은 구매 과장이던 최 과장이 차장이 되어 부서장이 되었다. 그는 고향이 황해도인 실향민이었다. 미군부대에서 근무한 경력이 있어 영어회화를 잘했다. 변덕이 심하고 괴팍한 성격이어서 모시기가 쉽지 않았다.

그 때 나는 김강수 주임과 같은 방을 썼다. 김 주임은 외교단지(D.Q) 현장에 나보다 한 발 늦게 배치되어 왔는데, 처음부터 정이 갔다. 그의 업무는 자재관리와 창고관리였다. 고려대 법대 출신의 선배 김영환 관리과장에게 김강수 주임과 같은 방을 쓰게 해달라고 부탁했다. 대리인 나는 독방 쓸 자격이 충분했지만, 굳이 김 주임과 같은 방을 쓰고 싶었던 것은 그의 인간적 매력 때문이었다. 1년 반 가까이 우리는 동고동락한 셈이다. 그는 내 회사에서 15년 이상 서울 및 김포공장에서 근무했다. 65세가 넘어 퇴직했는데, 지금은 인연이 끊긴 셈이다.

나는 외교단지 현장을 떠나 스포츠센터 건설현장의 자재 책임자로 전보되었다. 그 현장에서 만난 한 직원과 의견 충돌이 잦았다. 그는 다분히 고의적으로 충돌 꺼리를 만들었다. 똥은 무서워서 피하는 게 아니라 더러워

오아시스에 있는 수영장 옆에서, 사촌매부와 함께(왼쪽)

서 피한다. 결국 나는 김수부 과장에게 내가 하던 업무를 넘기고, 다시 외교 단지 현장으로 돌아가 자재 업무를 맡았다. 직장생활을 하다보면 모든 일이 쉽게 풀리지만은 않는다. 좋은 일도 있고, 좋은 사람도 만나지만, 그렇지 않은 경우도 많다. 여러 사람들을 만나면서 나도 성장한다.

극동건설의 중동 현장에서 2년 반 동안 근무한 뒤 귀국하여 본사에서 잠시 머물다가 조용하게 사직서를 제출했다. 이제 체험 현장에서의 관찰은 끝내기로 했다. 너무 오래 가족과 떨어져 사는 것도 부담이었다. 나는 독립을 구체적으로 설계했다. 하지만 선뜻 발길이 내디뎌지지 않았다. 열심히 자금을 모아두기는 했지만, 아직 부족했고 사업 계획도 확실하지 않은 상태였기 때문이다. 만약 이때 서둘러 사업을 하겠다고 뛰어들었다면, 좋은 결과를 내기가 어려웠을 것이다. 내가 잠시 망설이고 있을 때, 무역협회에서 일해 보지 않겠느냐는 제안이 들어왔다.

생애 최초로
장만한 집

　나는 관악구 봉천 4동에 위치한 연립주택을 구입했는데, 이것이 내 생애 최초로 장만한 집이었다. 효성중공업에 다닐 때였다. 우리 가족이 오순도순 편안하게 쉴 수 있는 공간을 마련했다는 데 만족했고, 거기서 작은 기쁨도 찾았다.

　그 후, 구로구 시흥 4동(지금은 금천구) 산 밑에 위치한 60여 평의 단독주택을 구입하여 이사했다. 그때가 1983년인데, 아내가 그동안 알뜰살뜰 살림한 덕분으로 마련한 집이었다. 처음에는 어느 지역으로 집을 장만하는 것이 좋을지 나름대로 고민을 많이 했다. 하지만 그때까지만 해도 나는 부동산에 대해 전혀 관심이 깊지 못했다. 그 당시 처조카 한 분이 마침 세무 공무원이었는데, 시집가서 독산동에 살고 있었다. 그가 말하는 데 귀가 솔깃해 그쪽으로 발길을 옮겼다. 시흥동 여성회관이 있는 인근 복덕방에 무조건 들어갔다. 그 복덕방이 안내한 집이 그 단독주택이었다. 극동건설 중동

　　　　　　　　　　　　　　　　　　　　　　나의 삶 나의 도전

봉천동 연립주택 시절

현장에서 일하다가 보름간의 휴가를 나온 터라 시간도 별로 없었다. 그냥 마음에 든다는 이유만으로 그 자리에서 계약을 했다.

그럴 때 친구 최면호라도 옆에 있었으면, 아이들의 장래를 위해선 학군이 좋은 강남구나 서초구 쪽이 딱이라고 훈수를 받았을 터 인데, 그러지도 못했다. 그 뒤 극동건설에서 근무할 때쯤 어렴풋이 서울의 부동산 바람이 어느 정도인지 조금 귀가 열렸고, 조금 눈이 뜨였지만, 이미 떠나버린 버스는 잡을 수가 없었다. 이 무렵 쌍용건설이 짓고 있는 시흥유통센터 1, 2, 3층의 상가 각 25평짜리를 분양받게 되었다. 효성중공업 때 알게 된 채규병이라는 노동조합지부장과 같이 분양을 받았는데, 또 다른 2층, 3층은 내 단독으로 분양받아 세를 놓았다. 이 상가 구입 대금도 아내가 꼬깃꼬깃 모아둔 쌈짓돈이 있었기 때문에 가능했다. 해외 현장에서 외로움을 참고 구슬땀을 흘렸던 시절이 헛되지 않게, 아내는 먹을 것 줄이고, 입을 것 아끼면서 살림살이를 해주었다. 알뜰한 아내 덕분에 오늘의 내가 있다.

이후 강서구 가양동 대림아파트 48평으로 이사했다가, 2006년도에 강남

시흥동 단독주택 시절

구 개포동 654번지 일원동에 있는 대청 주유소를 최면호 친구에게서 매입
하여 4층 건물에 상가 겸 주택으로 살고 있다.

나의 삶 나의 도전

허무하게
세상을 떠난
형님

　중동의 건설 현장에서 근무를 마치고 귀국했을 때, 형님의 장남 규인이는 서울 성남고등학교에 다니고 있었다. 규인이는 초등학교 5학년부터 중학교 3학년 초까지 우리 집에서 함께 살았다. 내 살붙이여서 함께 동거했지만, 서로 불편한 일들도 많았다. 형님 내외는 2남 2녀의 자녀를 두었는데, 그 아이들이 크면서 교육문제로 퍽 고심했다.

　형님은 인천으로 이사할 마음을 키우고 있었다. 형님의 동서가 인천에 살고 있어, 서로 의지가 될 것이라며 결심을 굳힌 듯했다. 그런 형님의 마음을 주저앉히려고 나는 여러 차례 형님과 이야기를 나누었다. 도시생활은 생각보다 냉혹하며, 결코 녹록하지 않다고 결심을 바꾸시라고 설득했다. 하지만 형님 가족은 인천으로 터전을 옮겼고, 어머니만 고향집을 지키게 되셨다. 인천에서 형님이 당장 할 수 있는 일은 없었다. 인천으로 이사한 지 한 달쯤 지나 봄철이 되었다. 형님은 고향집에서 재배한 달래를 팔아, 이를 매입힌 중간상과 같이 트럭을 타고 가락시장을 거쳐 인천으로 가려 했던 모양이었다. 아마 형님은 중간상을 할 요령이었던 것 같았다. 고향 분들이 놀다가라는 권유를 뿌리치고 밤에 중간상과 서울로 향했다고 한다.

출발한지 얼마 안 돼 서산군 음암면 지방도로를 달릴 때였다. 반대편에서 달려오던 충남여객 버스와 정면으로 충돌하는 교통사고가 발생했다. 소식

대학 졸업식날 형님과 함께. 형님은 내 보호자였다.

나의 삶 나의 도전

을 듣자마자 나는 서산에 있는 병원으로 달려갔다. 그러나 형님은 이미 숨을 거둔 뒤였다. 하늘이 노랗게 변했다. 큰자식을 앞세운 어머니의 슬픔은 하늘이 무너지는 것이었으며, 사랑하는 남편을 순간에 잃어버린 형수님과 조카들의 슬픔은 땅이 꺼져 내리는 절망이었다.

우리 가족의 대들보가 갑자기 사라졌다. 이제부터는 형님이 지고 가던 무거운 짐을 내가 당장 짊어져야 했다. 그때까지만 해도 아직 안정된 생활이 아니었던 나는 많이 비틀거렸다. 형님은 내 보호자였다. 조카 딸 경미는 성공회 사관이 되어 있었는데, 할머니를 자신이 돌보겠다고 했다. 경미는 종교에 귀의해 이미 천사가 되어 있었다. 정말 고맙고 대견해 보였다. 우리 가족들은 저마다 생각하는 것이 달라 때로 거북한 마음을 가지고 갈등할 때도 있었지만, 우리는 그때마다 허심탄회한 대화로 그것을 털어버렸다.

형님의 죽음은 내게 텅 비고[虛] 없다[無]는 뜻의 허무함을 강하게 일깨워주었다. 가끔 지인들의 장례식장에 갔을 때, "더 살아야 할 사람이 너무 일찍 떠났다"고 아쉬워하는 말을 듣는다. "이제 살 만 해지니 떠나네요."라는 말도 종종 듣는다. 우리 형님은 정말 더 사셔야 할 분이었는데, 너무 일찍 떠나버렸다. 평생 고생을 옆구리에 끼고 사시다가 돌아가셨다. 내가 형님을 위해 마련해가던 선물이 채 완성되기도 전에 떠나버리셨다. 그냥 나그네처럼 훌쩍 떠난 형님이 무척 섭섭했다. 하지만 형님의 허무한 죽음은 내게 인생을 어떻게 살아야 한다는 교훈을 주었다. 그래서 나는 영원히 형님을 내 가슴속에 간직하고서 살아가는 중이다.

독립의 기틀을
잡아준
무역협회

　대한민국의 수출 입국을 상징하는 건물은 서울 삼성동에 위치한 종합무역센터다. 원래 명칭은 트레이드 타워(Trade Tower), 즉 월드트레이드 센터 서울(World Trade Center Seoul)이다. 지상 55층, 지하 2층이고, 건물 높이는 229m이다. 안테나를 포함하면 259m라고 한다. 이 건물은 1984년에 착공하여 1988년에 완공했다. 건물 소유주는 한국무역협회다. 그래서 이 건물은 '무역센터'로 불린다.

　남덕우(1924~2013) 전 국무총리가 무역협회 회장이던 1983년에 무역센터 건립을 입안하여 완성시켰다. 군에서 예편한 뒤 상공부 공무원으로 재직한 JP계의 최종명 씨가 본부장으로 부임하여 이 공사를 총괄 지휘했다. 나는 군부의 끈도 없고, 관계의 인연도 없는데, 오로지 국내외 건설회사 근무 노하우만으로 참여하게 되었다.

　공사에 참여한 기술진은 대부분 건설사에서 잔뼈가 굵은 사람들로 채워

나의 삶 나의 도전

졌다. 감리는 일본 업체인 닛켄세케이(日建設計)가 맡았는데, Cost and Fee 방법을 도입했다. 무역센터는 극동건설, 호텔은 LG건설, 백화점은 현대건설, 공항터미널은 금호건설, 코엑스는 대우건설이 각각 맡아 시행했다.

내가 맡은 자재업무는 딱히 어려움은 없었다. 그동안 해외 현장에서 보고 경험한 것이 많아 자재업무를 수행하는 데 크게 막히는 것은 없었다. 그런데 품의서를 작성하는데, 그 양식이 매우 낯설었다. 정부에서 오랫동안 사용해 온 대로 한문 투의 용어가 많았는데, 번문욕례(繁文縟禮)의 문서였다. 기본품의는 물론이고, 시행품의, 결과보고서 작성 등 애로가 많았다. 때마침 남덕우 회장께서 단안을 내렸다. 모든 용어를 한글에 바탕을 두고 바꾸라고 지시했다. 이때부터 일이 쉽고 편리해졌다.

이곳에서 1984년 11월부터 1988년 6월까지 근무했는데, 구매뿐 아니라 홍보와 현장관리도 맡았다. 정부가 직접 투자하는 공사현장의 업무 진행을 생생하게 체험했다. 정부는 여전히 번문욕례의 행정에서 벗어나지 못했다는 사실도 확인할 수 있었다.

차관급이 수장인 무역진흥공사와 부총리나 총리가 수장인 무역협회는 많은 차이가 있다. 급여도 무역협회 측이 훨씬 높았다. 이곳에서 근무하는 직원들의 신분도 훨씬 보장되어 있다. 한번 입사하면 절대로 퇴사하지 않는 철밥통 직장이 이런 데인가 싶었다.

나는 무역협회에서 여러 사람들을 만났다. 나보다 세 살 위인 신승계 씨와는 지금도 교류하고 있다. 강원도 출신인 그는 상공부에서 근무하다가 산하기관으로 내려온 경우이다. 한마디로 무던한 사람이다. 임홍규 차장은 보안사 출신으로 처세의 달인이었다. 고려대 출신들을 만난 것은 불문가지다. 이동득(60, 경제) 선배가 관리부장이었고, 작고한 최정남(61, 경영) 선배는 사세부상이었다. 농료로는 신승계 과장, 장두현 등이 함께 근무했다.

무역협회 근무는 내게 있어 정부투자기관의 맛을 보게 해준 기회였다. 개인 기업은 이윤추구가 최대목표이지만, 이곳은 공공의 공익보다 무사히 감사를 넘기는 것이 최대목표인 듯 했다. 다시 말해 공격이 아니라, 방어가 최고의 업무였다. 기업을 경영하다보면 사업을 확장하는 공격은 잘하는데, 기업을 안정시키는 방어에 소홀해 망한 사례들이 많다. 감사에서 지적될 사항을 없애는 것이 목표인 무역협회의 업무 스타일도 안정적인 기업을 운영하기 위해서는 참고할 것이 많았다. 나는 이곳에서 3년 반 동안 근무하며 철두철미하게 독립 경영에 대한 준비를 했다. 사업의 업종을 어떤 것으로 선택할 것인지, 또 함께 할 구성원은 누구로 할 것인지, 또 어떤 방향으로 사업을 끌고 갈지를 심사숙고했다. 이렇게 마이웨이는 열리기 시작했다.

나의 삶 나의 도전

제3부

창업,
그 길을 걸으며

창업의
입구에서 만난
삼우중공업

1988년 6월 나는 무역협회를 그만두고 창업의 길에 접어들었다. 대학 졸업 후, 서비스 분야, 제조업 분야, 건설 분야, 마지막으로 공공기관인 무역

133-134 제1공장 전경

협회 근무까지 11년 6개월 동안 직장생활을 했다. 그동안 다양한 부류의 사람들과 어울려 갖가지 업무를 익혀 왔다. 직장을 자주 옮겨 다닌 것이 단점도 되지만, 활용하기에 따라 큰 장점이 될 수도 있다. 내가 그 경험을 어떻게 꿰느냐에 따라 아름다운 보석이 될 수도 있기 때문이다.

나의 창업에는 친구 최면호의 도움이 컸다. 최면호는 1980년에 퇴사한 뒤 전화 매매상, 부동산업, 철재 매매상을 하면서 상당한 재력을 쌓았다. 최면호의 중학동기인 이창성이 1978년 9월 30일 삼우공업사를 설립했다. 4년 뒤인 1982년 9월 30일에 이창성은 삼우공업사를 법인으로 전환하여 상호를 삼우중공업으로 바꾸었다. 김포군 고촌면 신곡리에 우사(牛舍)를 개조해 공장을 만들어 제품을 생산했다. 12월 18일에는 철물공사업 면허도 취득했다.

하루는 최면호가 내게 철재장사를 같이하자고 했다. 나는 무조건 승낙했다. 동업자금을 만들기 위해 시흥동 단독주택을 급매로 내놨다. 그러나 6개

월이 지나도록 팔리지 않았다. 자연스럽게 동업 이야기는 흐지부지되고 말았다. 그 전부터 나는 매달 10만 원씩 69회까지 주택부금을 부었다. 그 정성이 닿아 목동 12단지 20평짜리 임대아파트가 당첨되었다.

1988년 2월에야 시흥동 집이 팔렸다. 최면호가 제안했던 철재사업에 대해 다시 검토해보기로 했다. 그 사이에 최면호는 영등포구 문래동에 공간을 빌려 동생 최면근에게 철재사업을 맡겨놓고 있었다. 그런데 최면근은 나와 동업하는 것을 탐탁하게 생각하지 않는 눈치였다. 나도 더 이상 그 이야기를 진척시키지 않고 접어 두었다.

그 즈음 최면호의 중학동기인 이창성에게서 연락이 왔다. 여의도의 한 호텔에서 나를 만난 그는 자기가 운영하는 삼우중공업을 함께 이끌어가지 않겠느냐고 제안해 왔다. 동업을 했다는 사람치고 그 사업을 성공시켰다는 이야기는 좀처럼 듣기 어렵다. 사업을 해서 성공할 자신이 확고한 사람은 애초부터 동업 이야기를 꺼내지 않는 것이 통념이다. 하지만 나는 며칠 생각할 시간을 달라고 했다.

집으로 돌아와 아내와 먼저 상의했다. 그리고 삼우중공업이 생산하는 제품과 그 업종의 전망에 대해서도 집중해서 살펴보았다. 전망이 있는 사업이었다. 그런데 왜 이창성 대표는 내게 동업을 제안해 왔을까? 그것이 궁금했다. 자금부족 때문인가? 기술개발 부족 때문인가? 아니면 영업력 부족 때문인가? 이창성 대표는 지난 10여 년 동안 삼우중공업을 잘 이끌어 왔으나 고전을 하고 있었던 차였다.

이창성 대표는 동업에 대한 부정적 견해보다 긍정적 시각에서 내게 동업을 제안해 온 것이었다. 우선 절대 부족한 자금을 동업자로부터 확보해야 겠고, 한계를 느낀 자신의 경영력과 영업력을 평소 관찰해 온 나의 됨됨이에서 해결할 수 있다고 생각했던 것이다. 특히 그는 나의 다양한 인맥에 거는 기대가 큰 듯했다.

며칠 후, 이창성 대표와 다시 마주 앉았다. 나는 단도직입적으로 제안했다. "이 대표가 내게서 차용하는 형식이라면 우선 5천만 원을 내놓겠다. 물론 공증도 받을 것이다. 단 몇 개월 동안 회사 내용을 실사한 후 내가 동업을 결심하면 그 돈은 출자금으로 전환하겠다." 이창성 대표는 나의 제안에 흔쾌히 응했다.

그리하여 나는 삼우중공업의 전무이사로 회사 업무를 파악하며 분석해 나갔다. 규모가 작아도, 직원 수가 적어도 그 나름의 독특하고 창의적인 브랜드가 있으면 사업을 성공시킬 수 있다. 당시 나는 새로운 일에 대한 설렘과 욕망이 정말 컸다. 한편 미래에 대한 불안감도 컸다. 설렘과 불안이 교차하는 가운데 실사는 계속 진행되었다.

마침내
대표이사로
취임하다

　1개월 동안의 정밀실사가 끝났다. 사업 아이템은 긍정적이었고, 미래도 보였다. 공장에서 미리 생산한 판넬 등의 건축 부재(部材)를 현장에서 조립만 하는 건축공법을 가리켜 프리패브(Pre-Feb)라고 한다. 가설건물은 물론이고, 공장, 창고, 냉동창고, 군 막사, 학교 및 체육관 등에 이 공법이 이용되고 있다. 종래의 공법에 비해 공기(工期)가 훨씬 단축되고, 균등한 품질이 보장되며, 건축비가 저렴하게 드는 것이 장점이다. 앞으로 기술개발의 여하에 따라서는 건설 현장 등에서 많은 수요가 생길 것이라는 판단이 섰다.

　그런데 회사의 운영 실태는 매우 실망스러웠다. 당장에 뜯어 고쳐야 할 부분도 있었다. 자금을 다루는 경리 시스템이 대표의 호주머니 속에서 주먹구구로 운영되고 있었다. 생산 시스템도 수작업을 벗어나지 못한 채 불안정하게 흘러가고 있었다. 성장 잠재력이 높은데, 회사 시스템이 뒷받침해주지 못하고 있었다. 가능성과 함께 문제점을 파악했으니 내가 무엇을

나의 삶 나의 도전

개선할 것인지를 고민하면 되었다.

먼저 두 가지 문제는 내가 중심이 되어 즉각 시정해 나가기로 약속받았다. 그리고 협력 업체에 지급할 물품대금도 조기에 지급하기로 방침을 바꾸었다. 협력업체가 제때 자재를 납품해 줘야 우리가 제품을 적기에 완성할 수 있다. 협력업체로부터 물품대금이 지연되고 있다는 불평을 듣는 것보다 조기에 대금을 수령하게 되어 고맙다는 말을 들으면, 그것이 곧 우리 회사의 대외적인 신용도를 쌓는 길이 된다.

전무이사가 된 지 6개월 후 나는 차용 형태로 출자된 5천만 원을 투자 형태로 바꾸었고, 50 대 50의 지분으로 공동대표이사로 등재되었다. 이창성 대표 측에서는 민경록이 대행자로 나섰다. 민경록은 이창성 대표의 손위

삼우중공업 단합체육대회

처남인 민경환의 동생이었다. 당시 민경환은 삼우중공업의 감사였다. 나를 대신해서는 김형식이 나섰는데, 내 조카사위로 큰누님의 딸 인희의 남편이다. 김형식은 내 대신 삼우중공업을 꼼꼼하게 살폈다.

그 당시 직원은 이춘주 부장, 오윤삼 차장 김동국, 여직원 두 명, 그리고 내 조카사위인 김형식, 이창성 대표의 처남인 민경환, 민경록 형제 등이었다. 사무실은 화곡동 곰달래길에 있던 민경환 감사의 소유 건물 옥상에 가 건물을 짓고 사용했다. 공장은 김포시 고촌면 신곡리에 있는 우사를 임대해 사용했다. 8개월이 지나자, 회사의 분위기가 확 바뀌었다. 업무 시스템도 바뀌었고, 바뀐 만큼 수익률도 높아졌다. 회사 구성원들의 단합된 모습이 확연하게 눈에 띄었다. 그 사이에 나는 직원들과 눈높이를 같이하며, 소주·막걸리에 삼겹살 파티도 수차례 가졌다. 거창한 회식보다 허심탄회하게 소통하는 자리를 자주 가졌다. 어느 새 직원들은 나를 중심으로 똘똘 뭉쳤다.

그 무렵, 이창성은 고혈압 증세가 도져 절대 안정을 취해야 했기에 일주일의 절반은 출근을 하지 못했다. 경리부에서는 그의 마음대로 빼가던 가수금 지출도 금지시켰다. 이 무렵 영업을 맡고 있던 오윤삼 차장이 스스로 물러나고, 노정식이 새로 입사했다. 조카사위 김형식이 회사 업무의 핵으로 더욱 다가서야 했다. 김형식은 건국대 건축학과를 졸업했는데, 기초지식이 탄탄하게 무장된 사람이었다. 프리패브 영업의 팀장으로서 손색이 없었으나, 좀 더 저돌적인 패기와 도전정신이 강했으면 하는 아쉬움이 있었다. 그는 현재 전무이며, 우리 회사의 오늘을 있게 한 일등공신이다.

당시 김포군 고촌면 신곡리에 있던 공장을 담당한 사람은 노수웅 공장장이다. 절곡 담당은 송수홍, 페인팅 담당은 김기진, 판넬 제작 담당은 이양

균·윤영석, 도어 판넬 담당은 민경록, 골조 담당은 최순배·전산동이었다. 공장 가동 때부터 근무한 노수웅 공장장은 뚝심 있는 기술자였으며, 그의 실력은 달인에 가까웠다. 현재 그는 팔순이 넘은 나이로 우리 삼우의 산증인이다. 세월이 흘러 초창기 멤버들은 하나 둘 떠나갔지만, 그들이 있었기에 오늘의 삼우가 있다.

이 무렵 회사의 매출은 5억 원 정도였다. 이만큼의 매출을 올리기 위해 우리 직원들은 한 몸이 되어 구슬땀을 흘렸다. 내가 공동대표가 된 후, 이창성 대표는 점차 회사 운영에 대해서 소 닭 쳐다보듯 했다.

회사의 주 거래처인 태영건설㈜과 코오롱건설㈜의 관리도 내가 직접 했다. 이창성 대표에게는 공장 부지를 마련하자고 수차례 종용했다. 그때마다 그는 묵묵부답이었고, 오로지 이윤배분에만 신경을 쓰는 눈치였다. 동업 2년차로 접어들 무렵 이창성 대표는 내게 완전 인수를 제안해 왔다. 나는 앞뒤 재지 않고 시흥동 상가 등을 처분해 삼우중공업을 완전히 인수해 버렸다.

1989년 2월 10일에 나는 대표이사로 취임했다. 등기는 3월 14일에 끝마쳤다. 이창성이 회사에서 물러난 후, 2년 동안 나는 그에게 월급 형태로 일정금액을 계속 지급했고, 의료보험 혜택도 그대로 유지했다. 그러나 한 길 사람 속마음은 모를 일이었다. 내가 단독 대표가 된 이후부터 주위에서 들리는 소문이 즐겁지 않았다. 프리패브 분야의 문외한인 내가 곧 도산할 것이라는 악 소문이 떠돌아다녔기 때문이다.

1993년 김포군 통진면 마송리에 소재한 옛 방앗간 터 1천여 평을 매입하고, 급히 공장을 짓고, 판넬(스티로폼) 기계 설치를 했다. 그러자 아무것도 모르는 내가 헛투자를 하고 있다며, 당장 파산할 것이라는 나쁜 소문이 더욱 기승을 부렸다. 동업관계를 정리하고 단독으로 회사를 이끌어가게 된 내 어깨는 무거웠다. 그러나 나는 꿋꿋하게 그 무거운 짐을 지고 일어나 걷기 시작했다.

나의 삶 나의 도전

조립식 건축의
대명사
프리패브

삼우중공업에서 생산하는 프리패브에 대해 설명을 해두어야겠다.

프리패브(Pre-fab), 규격건축, 양산화건축, 공업화건축, 모듈러(modular) 건축 등은 모두 같은 개념의 건축공법이다. 프리패브는 프리패브리케이션 (prefabrication)의 줄임말인데, 미리 가공한 부품을 현장에서 조립하여 만드는 건축을 가리킨다.

1851년 5월 1일, 영국 런던에서 세계 최초 만국박람회가 열렸다. 박람회가 열린 141일 동안 관람객은 600만 명을 넘었으며, 빅토리아 여왕도 열다섯 번이나 박람회장을 다녀갔다. 가장 붐빈 날에는 박람회가 열린 수정궁 (Crystal Palace) 안에 9만 명의 관람객이 몰렸다. 수정궁은 폭 122m, 길이 547m로 약 2만 평의 대지 위에 세워진 조립식 건물이었다. 엄청난 양의 철과 유리가 사용되었는데, 모든 부재(部材)를 규격화해 미리 만들어 놓아 수정궁을 건설하는 데 걸린 기간은 고작 17주였다. 하지만 전 시장 건물에 대해 걱정하는 사람은 아무도 없었다.

수정궁을 설계한 조세프 팩스턴(Joseph Paxton, 1803~1865)은 젊었을 때 정원사로 일했다. 남아메리카에서 씨앗을 가져온 열대 수련 꽃을 피워서 빅토리아 여왕의 이름을 붙여 여왕에게 선물로 바치기도 했다. 이 수련 잎의 지름은 150~160cm나 되었는데, 어린아이를 잎 위에 올려놓아도 거뜬할 정도였다. 팩스턴은 수련 잎이 튼튼한 이유가 둥근 지붕의 서까래처럼 서로 연결되어 있는 엽맥(葉脈) 때문이라는 사실을 깨닫고 이를 수정궁 설계에 응용했다.

1850년 7월, 팩스턴은 수련 잎을 본떠서 철재 들보와 기둥이 유리지붕을 받쳐주는 80평짜리 온실을 지었다. 그리고 이 온실 지붕처럼 유리로 넓은 면적을 덮는 기술, 즉 '산등성이와 골짜기(ridge and valley)' 기술의 특허를 출원했다. 이 독특한 지붕 기술로부터 수정궁의 설계 개념이 나왔다고 한다. 이렇게 만든 지붕은 보기도 아름다웠고, 배수도 잘 되었으며, 모든 재료를 표준화시킬 수 있어 공사하기도 쉬웠다. 수정궁은 처음으로 금속과 유리를 사용했으며, 표준 규격의 부품으로 만든 최초의 조립식 건물이었다.

공학에 예술을 융합한 건물로 평가받은 수정궁은 만국박람회를 성공적으로 마친 뒤, 1852년 여름에 해체되어 교외로 옮겨져 다시 조립되었다. 1866년 화재로 일부가 소실되었고, 안타깝게도 1936년 다시 화재로 완전히 소실되었다.

팩스턴은 제대로 정규교육을 받지 못했던 탓에 당대의 건축가들로부터 무시당하기 일쑤였다. 그러나 수정궁은 가장 위대한 공공건물의 하나로 인정받고 있으며, 수정궁이 건축과 공학에 끼친 영향은 오늘날까지 지속되고 있다.

나의 삶 나의 도전

한편 철근 콘크리트는 1876년 프랑스에서 처음 시작되었는데, 석조(石造)나 벽돌조 건축의 전통에 따라 콘크리트 블록조, 소형 판넬조, 대형 판넬조, 나아가서는 하나의 입체를 미리 제작하는 유닛 형으로 발전했다.

1889년 프랑스 파리에서도 만국박람회가 개최되었다. 그 해 10월 25일 파리 만국박람회장에 높은 에펠탑을 건설했다. 이 프로젝트는 프랑스의 세계적인 공학기술을 알리고, 프랑스혁명 100주년을 기념하기 위해 건립되었다.

파리의 마르스광장에 세워진 이 탑은 높이가 324m로 81층 건물의 높이와 맞먹는다. 이 탑은 박람회를 계획하면서 설계안을 공모했는데, 유명한 교량기술자 귀스타브 에펠의 설계안을 채택하면서 에펠탑이란 이름을 얻게 되었다. 그런데 많은 예술인들은 '추악한 철 덩어리'가 예술의 도시 파리의 미관을 해치고, 문화재를 파괴한다고 에펠탑의 해체를 주상했다. 그리하여 사용기한이 만료되는 20년 후, 철과 나사로만 조립된 에펠탑은 해체하기로 결정되었다. 그러나 에펠탑은 이미 없어선 안 될 통신탑 기능을 하고 있었다. 방송·통신, 기상관측까지 할 수 있는 에펠탑의 철거는 없던 일이 되었다. 오늘날 에펠탑은 파리의 상징물이 되어 있다.

에펠탑은 철골조를 미리 제작하여 조립하는 방식으로 건립되었다. 이 공법은 미국으로 건너가 시카고나 뉴욕의 마천루를 건립했고, 덱 플레이트(deck plate)나 커튼 월(curtain wall)로 상징되는 오늘날의 철골 고층건축의 조립화를 성공시켰다.

조립식 건축 공법이 양산주택(量産住宅)으로 연결된 것은 1923년 독일의 바우하우스에서 W.그로피우스(Walter Gropius, 1883~1969)의 지도를 받은 A.메이어가 설계한 실험주택을 지으면서였다. 이 실험주택을 조립하는 현장에선 일체 물을 사용하지 않았다. 그래서 건식구조로도 불린다.

이후 1950년부터 철근 콘크리트 조립 공법은 본격적으로 일반화되기 시작했다. 당시 유럽은 주택이나 학교, 공장 등이 매우 부족했다. 노동력도 부족했고, 건축자재도 부족했다. 따라서 값싸게 건물을 짓는 공법에 모든 이가 관심을 보였다. 특히 유럽 주택의 대부분 이 벽돌에 의한 벽구조였다. 이때부터 본격적으로 콘크리트로 바뀌었으며, 벽구조의 조립화가 주류를 이루었다.

구성요소(component) 크기의 변화가 조립식 기술의 기본이 되었다. 이것은 크게 두 가지 방향으로 진행되었다. 하나는 유닛의 대형화였고, 다른 하나는 대형 판넬 시스템이었다. 이 중 대형 판넬 시스템의 국제화를 유럽 여러 나라는 시도했다. 1955년부터 1965년까지 10년 동안 유럽에서는 콘크리트를 주재료로 한 아파트 건축이 기업화 단계로 접어들었다. 현재 유럽 각국에서 조립식 건축의 공장생산, 대량생산은 정착된 상태이다.

우리나라는 1956년 처음 한미재단(국제민간협력기구)이 안양에 PSC(Prestressed Concrete) 공장을 세워 부품을 생산했는데, 이것이 국내 조립식 건축의 효시로 알려져 있다. 이 부재로 주택공사가 서울 수유리에 시험용 단독주택을 조립식 공법으로 지었고, 그 결과를 기초로 삼아 서울 갈현동에 단독주택 130호를 PSC 부재를 사용, 조립식 공법으로 건설했다. 그러나 빈약한 기술과 부재의 결함으로 여러 하자가 발생했다.

이후 조립식 주택은 한동안 주춤했다. 그러다가 세계적으로 불고 있는 건축의 공업화 경향에 힘입어 다시 조립식 건축에 대한 관심이 높아졌다. 1971년 대한주택공사가 자회사 격으로 주식회사 한성을 설립해 1978년까지 2만 세대의 조립식 주택이 건설되었다.

1977년 이후 건설업의 중동 진출과 건설 붐에 따라 기능공들이 부족해지자, 민간에서도 조립식 주택 개발에 손을 대기 시작했다. 그렇지만 수요에 대한 보장이 뚜렷하지 않아, 조립식 건축 업체의 선발주자들은 고생이 많았다. 또한 '조립'이란 용어 자체가 신뢰성을 얻기 힘든 것으로 인식되어 소비자들을 설득하는 데 크게 애를 먹었다.

삼우중공업도 이럴 때 출발했기에 똑같은 애로사항에 직면했다. 성장가능성이 있지만, 성장하지 못한 원인이 있었던 것이다. 문제를 정확히 파악하면 답이 보인다. 조립식 건축의 신뢰성 확보가 사업 성공의 핵심 과제였다.

그래서 내가 삼우를 맡으면서 가장 심혈을 기울인 부분이 국내 대형 건설사의 협력사가 되어 건설 현장에 진출하자는 것이었다. 물론 부재의 품질을 국제적 수준으로 높이는 일도 게을리 하지 않았다.

처음으로 만난
배신감

　내가 삼우중공업을 인수 할 당시 주거래 선은 태영건설과 코오롱건설이었다. 태영건설은 1973년에 창립 이후 오늘에 이르기까지 건축·토목·플랜트·주택사업 등 모든 건설부문에서 안정적인 성장과 발전을 거듭해 온 모범기업이다. 코오롱건설의 전신은 1960년에 설립된 협화실업으로, 1978년 코오롱 종합건설로 이름을 바꾼 후 국내외에서 한국의 건설 산업을 이끌어 온 주역회사이다.

　이렇게 탄탄한 거래 선을 잡고 있다고 해서 안심할 수가 없었다. 건설회사 뿐만 아니라 개인 수요에도 영업의 손길을 뻗치기로 했다. 우선 사무실을 민경환 감사의 옥탑방에서 강서구청 부근에 위치한 건물 3층으로 옮겼다. 이춘주 부장을 비롯하여 김형식, 김동국, 노정식, 전향미, 최상순 등이 1인 2역을 하며 서로 뭉쳤다. 나 역시 새로운 거래선을 찾아 열심히 뛰었다.

　이 무렵 김포대교가 착공되었고, 쌍용건설이 이 공사에 참여했다. 쌍용건

나의 삶 나의 도전

설 측으로부터 내화성이 강한 2층 건물과 펜스 등을 수주 받았다. 수주액은 1억 남짓했고, 우리는 이 프로젝트를 무사하게 시행했다. 영업력을 강화하자고 선언한 이후, 첫 번째로 맡은 수주였는데, 기쁨도 있었지만 긴장도 무척 했다. 하자 없이 작업을 해내야 한다는 부담감에 전 직원이 이 프로젝트에 집중했다. 결과는 성공이었고, 스스로 만족했다.

1992년 9월 17일, 나는 별도로 무역업 등록을 하고, 여의도에 고려무역이라는 이름으로 사무실을 냈다. 연세대 출신의 조중현 부사장, 극동건설 해외 현장에서 함께 일했던 중앙대 기계과 출신의 이왕락 부장, 남직원 1명, 여직원 1명으로 팀을 짠 고려무역은 의류 수출, 음료수 수입, 통나무집 자재 수입 등을 주 업무로 삼았다. 하지만 예상보다 실적이 훨씬 못 미쳤다. 이내 사무실을 폐쇄하고, 이왕락 부장만 삼우중공업으로 합류시켰다. 무역업을 빨리 정리하고, 삼우중공업 경영에 전념하는 것을 선택했다. 비록 고려무역은 성공하지 못했지만, 짧게나마 무역회사를 꾸렸던 경험은 유익했다.

그러던 어느 토요일 오후, 나는 고촌 공장에 들렀다. 예고 없이 나타난 나를 보고 일부 직원들이 매우 당황스러워 했다. 토요일에 나도 모르는 자재를 출고하고 있었다. 어디로 출고하는 거냐고 물으니 이춘주 이사가 지시한 것이라고 했다. 이춘주는 당시 이사대우로 영업을 총괄하고 있었다. 그에게는 특별히 회사 지분도 일부 배당해 주려고 한 직원이었다.

회사의 공식적 라인이 아니라 이춘주 개인의 지시에 의해 부정한 출고가 이루어졌던 것이다. 세밀하게 체크해 보니 유사한 방법의 출고가 여러 차례 반복되어 왔다. 내가 너무 믿었던 것이 화근인가. 배신감이 들었다. 내 마음속에서는 분노와 슬픔의 비가 마구 쏟아져 내렸다.

상대방에게 한 번 배신당했을 때는 그 배신한 사람을 탓해도 된다. 하지만 그 사람에게 두 번 이상 배신당했다면 자기 자신을 탓해야 한다고 옛 어른들은 말씀했다. 사람을 신뢰하되 때로는 의심도 해봐야 하는데, 나는 그것을 하지 못했다. 그래서 예부터 오너 자리는 외롭고 힘들다고 하지 않았던가. 사업 초기에 여러 가지 시련들이 있었지만, 나는 이것이 앞으로 성장의 좋은 자양분이 될 것이라고 마음을 고쳐먹었다.

수출의
문이 열리다.

1992년 어느 날, 일본 이와타니상사 서울사무소에 근무하는 김영호 과장이 우리 회사를 찾아왔다. 고려대 화학과 출신 후배였다. 극동건설을 통해 나를 알게 되었다고 했다. 나를 찾아온 용건은 우리 회사가 생산하고 있는 프리패브(Pre-fab)를 홍콩으로 수출하고 싶다는 것이었다. 참으로 반가운 소식이었다. 국내 시장을 넘어 언젠가는 외국으로 우리 제품을 수출해야 한다는 생각을 갖고 있었지만, 이렇게 빨리 기회가 주어질 줄은 몰랐다. 그리고 기회를 잡을 준비도 갖추고 있었다.

김영호 과장의 방문 며칠 후, 나는 이와타니 한국지사장인 오니시 도시유키와 자리를 마주했다. 거래관계는 일사천리로 진행되었다. 그때까지 완전 자동 시스템을 갖추지 못한 공장에서는 밤늦게 까지 수출 물량을 맞추기 위해 직원들이 비지땀을 짜고 있었다. 10년 넘게 해외건설 현장에서 보고 들은 경험과 짧지만 고려무역을 꾸리며 익혔던 무역 업무를 밑천으로, 최초

오른쪽부터 필자, 오니시 도시유키, 둘째 규태

의 수출작업이 순조롭게 진행되었다.

첫 수출자재에 대한 슈퍼바이저(supervisor)로 김형식과 이왕락을 홍콩으로 파견했다. 컨테이너 15대 분량이었는데, 공장까지 진입이 어려워 공장에서 조금 떨어진 한강을 낀 제방길에서 컨테이너에 화물을 채우는 작업을 했다. 몇 배의 힘이 들었다. 수출 물량을 선적한 이후, 나는 김영호 과장을 앞세우고 홍콩으로 날아갔다. 그 당시 홍콩은 주룽 반도 북서쪽 란타우 섬에 378만 평 면적에 2개의 활주로를 가진 신공항을 한창 건설 중이었다. 첵랍콕 공항으로 불리는 이 공항은 지금도 연간 4천만 명 이상의 세계인들이 이용하고 있다. 항공화물 분야에서는 연간 340만 톤을 처리해 세계 최고의 수준이다. 우리는 시내 가까운 공항에 내렸다.

홍콩이와타니에서 가토 대리가 마중을 나왔다. 가토 대리는 공항에서 우

나의 삶 나의 도전

리를 픽업하여 일정을 소화했는데 매우 치밀하고 싹싹했다. 가토 대리는 전형적인 일본인으로, 예의 바르고 친절한 비즈니스맨이었다. 오늘날 일본 정치인들은 보통사람 가토 대리에게서 인성이 무엇인지 한 수를 배워야 할 것 같다. 일본 정치인은 이해할 수 없지만, 일본 기업인들의 반듯한 비즈니스 정신은 누구나 배워야 할 모습이다.

홍콩이와타니의 오하마 사장도 매우 친절했다. 이와타니 한국지사장 오니시, 홍콩현지법인사장 오하마, 그리고 나는 동년배였다. 우리는 금세 삼총사가 되었다. 이와타니는 일본 내에서 특수가스 분야에서는 중견 업체다. 동남아를 비롯해 세계로 사업 선을 늘려가고 있는데, 우리 회사가 그 파트너로 선택된 것이다. 행운이었다. 이와타니가 새로운 국가와 거래 거점

왼쪽 오니시, 필자, 말레이 중국인 앤소니 양, 홍콩인 앤더슨 렁

을 미런힐 때나나 프리패브가 필요했고, 우리는 그곳에 자재를 납품하게 되었다. 자재는 우리가 생산하고, 영업과 시공은 홍콩이와타니가 맡는 시스템이 되었다.

그로부터 1998년까지 나는 매년 서너 차례씩 홍콩을 방문했다. 첵랍콕 공항 건설 현장에도 우리 자재가 일부 납품되었다. 갈 때마다 가토 대리(후에 과장)와 기무라 대리는 업무용 승용차로 나를 맞이했다. 평소 그들은 대중교통을 이용하며, 업무용 승용차는 절대로 사용하지 않는다. 공사(公私) 구분이 확실한 일본인들의 태도는 유별났다. 그 당시 가토 대리는 우리나라 대기업 직원보다 세 배나 많은 월급을 받았음에도, 그의 행색은 매우 검소해 보였다. 항상 근검·절약하며 생활하는 탓이었다.

1997년 7월 1일자로 영국은 자국의 식민지이던 홍콩을 중국에 반환했다. 홍콩 역사의 대전환점이었다. 중국은 홍콩에 특별행정구 정부를 설립하고, 별도의 행정장관이 임명했다. 구 홍콩총독부 기구와 공무원은 홍콩특별행정구 정부로 이양되었다. 주(駐) 홍콩 영국군은 철수하고, 중국 인민해방군 주 홍콩 부대가 주둔했다. 홍콩은 중국에 포함되지만, 자치적으로 활동하는 도시가 된 것이다.

영국의 홍콩 반환 여파는 우리 자재의 수출 물량에도 영향을 주었다. 2002년 마지막 수출을 한 뒤 홍콩이와타니와의 거래는 끝났다. 그럼에도 10년간 홍콩이와타니와의 거래는 프리패브 수출의 길을 열어주었으며, 회사 발전에 큰 도움이 되었다. 그러는 중에 멀리 남미 가이아나에 자재를 수출하게 되었다. SK인터내셔널이 가이아나로 진출하면서 우리의 샌드위치 조립식 판넬(Sandwich Panel)이 필수로 따라간 것이다. 조무성 씨가 슈퍼바이저로 파견되었다.

삼우의 프리패브는 동남아를 비롯한 중동·유럽·아프리카 등 세계 각국
으로 수출되기 시작했다. 좋은 품질이 뒷받침되었기 때문에 가능한 일이었
다. 이제 시급한 과제는 공장 시설을 제대로 갖추는 것이었다.

마송리 공장이
건립되던 날

　내 단독사업으로 전환한 이후, 나의 우선 목표는 임대 우사 공장을 벗어나는 것이었다. 당시 양천구 목동 12단지에 있는 20평 임대아파트가 내 집이었는데, 나는 집보다 번듯한 공장을 먼저 짓고 싶었다. 여기저기 쓸 만한 곳을 찾던 중에, 부동산 사업을 하고 있던 대학 같은 과 동기 문득형이 날 찾아와서 공장용지로 좋은 곳이 있다고 했다. 그는 마침 최적지가 있으니 가보자고 나를 안내했다.

　그는 파주시 교하면 다율리에 있는 임야를 공동으로 구입하는 데 나를 특별히 참여시켜 주겠다고 제안했다. 개인당 2,600평씩 나누어 등기를 했는데, 나는 내심 기대를 크게 했다. 공장부지도 해결되고, 부동산 투자의 맛도 있을 거라는 일석이조의 기대에 나와 아내는 흐뭇한 미소를 지었다. 그러나 그 기대는 금세 물거품이 되고 말았다. 그 지역은 군사보호지역이어서 언제 해지될지 모르는 기약 없는 땅이었다. 거기에 내 몫의 땅은 전체 부지

마송리공장 초기 모습

에서 가장 끄트머리에 붙어 있어 되파는 데만 10년이란 세월이 흘렀다.

친구의 뒤통수를 제대로 친 동기는 오랫동안 나타나지 않다가, 몇 년 전에 캐나다에서 체류하다 귀국해서 만났다. 그 땅을 살 때 3억 원을 주었는데, 10년 뒤 팔 때는 9억 원에 팔았다. 값이 세 배나 뛰었다. 3배 가격이 오른 것이 위안일 뿐, 그때 심정은 너무나 괴로웠다.

당시 공장부지 마련이 발등에 떨어진 불덩이였는데, 그렇게 자금이 묶이고 나니 공장부지 마련은 4~5년 뒤로 밀려날 수밖에 없었기 때문이다. 뛰고싶은 데 두 발이 묶여 있는 것이나 다름없었다. 그로 인해 빚어진 사업의 차질은 이루 말할 수 없었다. 그때는 그 친구가 너무 너무 밉고 원망스러웠다. 사람을 신뢰한다는 것이 얼마나 어려운 일인가를 새삼 깨닫게 해주었다.

생산량이 늘어나자 임대 우사 공장에는 한계가 왔다. 생산 시설을 직접

왼쪽부터 박영자 선생, 김도윤 교장선생, 필자, 아내, 박영자 선생 남편(목사), 김오진 한주 회장(고교 동기)

보고 싶다는 바이어도 점차 늘어났다. 당장에 생산 시설을 확충해야만 했다. 때마침 사회에서 만난 후배 김상배가 통진면 마송리에 위치한 현재 공장 부지를 소개해 주었다. 부지는 1,000평이었고, 방앗간 자리였는데, 평당 30만 원에 매입했다. 그때가 1993년 2월이었다. 김포 지역은 당시만 해도 군사보호지역이 많아 공장 신축허가가 쉽게 나지 않았다. 그렇다고 형질변경이 쉽게 되는 지역도 아니었다. 그런데 방앗간 자리였기에 공장으로 사용하기에는 안성맞춤이었다. 잔금을 치르고, 공장 건물을 개축·완공한 것이 1993년 11월 30일이었다.

판넬기계 전문 제조업체인 일광산업에 자동생산기계를 주문했다. 1994년 2월에 자동기계를 1차로 설치 완료했다. 시험생산도 마쳤다. 공장 이전

증축식은 1994년 4월 29일에 가졌다. 지역 관공서의 높은 분들보다 나는 우리 직원들의 가족, 그리고 내 가족, 친지·친구들을 더 많이 초대했다. 그때 가장 귀하게 모신 분은 내 모교 원이성중학교의 교장이시던 김도윤 선생님과 박영자 선생님이었다. 초등학교 때 담임이던 김학중 선생님은 이미 작고한 터여서 모시지 못했다.

김도윤 교장선생님과 박영자 선생님 내외가 참석하셔서 공장 준공식의 테이프 커팅을 해주신 것은 내 인생의 또 다른 축복이었다. 두 분은 나의 오늘을 있게 해준 너무나도 고마운 은사님들이었다. 가난한 소년이 고등학교 진학을 포기하고 있을 때 얄팍한 자신들의 호주머니를 털어 진학의 길을 열어준 참 스승님이었다. 존경하는 은사님들이 계신다는 것이 너무도 행복하고 고마운 일이다. 나는 마음속으로 진한 감사의 눈물을 펑펑 쏟았다.

준공식 이후, 공장에서는 하루 12시간씩 작업을 했다. 그렇게 해도 주문량을 맞추기가 힘들었다. 그 당시 연매출은 50억 원 정도였다. 국내에선 자동 설비를 갖춘 데가 많지 않아 우리 공장은 늘 활기가 넘쳤다. 태영건설, 코오롱건설, 현대건설, 삼성건설, GS건설 등 국내 유수한 건설회사의 협력업체로 지정되어 일감은 넘쳐나기 시작했다.

홍콩이와타니에 첫 수출을 하고나니 해외 각국으로 수출 선이 연결되었다. 프리패브 판넬만큼은 국내시장의 50% 이상을 우리 회사가 공급하고 있다. 공장 주변의 전답들을 조금씩 사들여 지금은 부지가 1만 평으로 늘었다. 공장 건평만도 3천 평에 이른다. 올해 김포시 월곶면 갈산리 약 3,000평 공장용지에 1,500평 규모의 도장공장을 준공했다.

내가 삼우중공업을 인수한 때부터 거래해 온 태영건설과 코오롱 건설은 지금도 변함없는 주 고객이다. 태영건설의 구매부가 한 차례 다른 거래처

축하 케익을 자르는 필자 내외

(주) 삼우중공업 공장이전기념 94. 4. 29

로 돌렸다가 이내 하자가 발생하여 바로 우리 회사와의 거래를 복원했던 일이 있었다. 우리의 공법이나 설치기술, 가격, A/S 등이 비교를 할 수가 없었던 터라 태영건설은 거래를 원래대로 돌려세운 뒤 오늘날까지 우리와 꾸준하게 협력관계를 유지하고 있다.

40년이 다 되도록 나는 1년에 너덧 차례 정도 태영에 문안인사를 간다. 태영 측에서도 담당자만 실무적 업무로 드나들 뿐, 우리는 불필요한 접대나 인사치레 따위는 하지 않는다. 코오롱건설은 우리 회사가 등록된 협력업체 1호이다. 지금까지 변함없이 거래하고 있는 이 두 건설사는 우리 회사가 성장하는 디딤돌이 되어 주었다.

'수출 백만불탑'
수상

　1964년 11월 30일 대한민국은 처음 1억 불 수출을 했다. 이날을 기념하여 '수출의 날'이 제정되었다. 1980년대 후반 우리의 무역수지가 균형을 맞추면서 정부의 지나친 수출증진정책이 외국과의 무역 분쟁을 일으킬 우려가 있어 1990년부터 '수출의 날'을 '무역의 날'로 고쳤다. 1995년 11월 30일 제32회 무역의 날 기념식에서 나는 '1백만불 수출탑'을 수상했다. 공부든 일이든 열심히 노력한 대가로 상을 받는 것은 영광스럽고 기분 좋은 일이다. 수상을 한다는 것은 자신의 능력을 공개적으로 인정받는 기회도 되기 때문이다.

　1992년 홍콩이와타니로 첫 수출을 할 때만 해도 우리 회사의 생산 시설은 매우 열악했다. 허름한 우사를 개조한 공장에서 직원들의 수작업에 의해 제품을 생산했다. 사람의 손끝에서 만들어졌기에 정성이 깃들었다고 좋은 평판을 받기도 했지만 대량생산이 불가능했다.

　1994년 4월 29일, 통진면 마송리 현재의 위치로 공장을 이전하고, RP(Rip-

제32회 무역의날 1995. 11. 30

오장균 전무와 필자

panel) 판넬 생산 라인을 설치하고 타사들과 차별화하기 시작했다. 1995년
에는 파괴라는 단어가 유행하는 해였다. '시각파괴'라는 시대에 맞는 유행
을 좇아 판넬 컬러를 다양화했다. 새로운 생산라인 설치로 이전보다 엄청
나게 생산성이 높아졌다. 그 결과 1995년에 1백만불 수출이라는 실적을 올
려 상을 받은 것이다. 삼우중공업을 인수한 지 6년 만에 얻은 결과였다. 지
금이야 백만 불이 보잘 것 없지만, 판넬 한 품목으로 백만 불 수출을 했다는
것은 그 당시만 해도 놀라운 실적이었다.

　나는 '1백만불 수출탑'을 수상하면서 더욱 열심히 일하는 기업인이 되겠

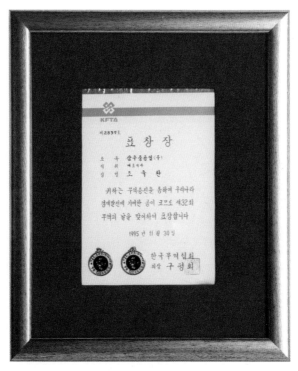

1995년 수상 무역의 날 1백만불수출탑

다고 다짐했다. 이 무렵 우리 회사는 국내영업도 날마다 늘어났고, 수출영
업도 달마다 신장되었다. 그 덕분에 생산라인은 매일 12시간 이상 가동했
다. 기존 시설이 모자라 평소 구입해 놓았던 주변 농지에 일부 간이시설을
설치해 부족한 설비를 보완했다. 1996년 1월 11일 판넬 조립 제2공장을 증
축했다. 실적이 상승하는 것이 눈에 보였고, 전망도 밝았다. 나는 과감하게
투자를 계속했고, 직원들의 사기도 높아졌다. 일하는 재미가 커져만 갔다.

규제의
덫

　호사다마(好事多魔)라는 말이 있다. 좋은 일에는 항상 나쁜 일이 따라오기 마련이라는 뜻이다. 김포는 서해안을 지키는 군사시설이 많은 지역이다. 공장시설을 증축하려면 까다로운 인허가를 먼저 받아야 한다. 특히 토지의 용도 변경은 엄격하게 규제하고 있었다. 그래서 인허가 절차를 밟지 않고 간이시설을 하는 경우가 많았다.

　그러던 중 경기도가 이런 간이시설을 불법건축물로 간주하여 일제 단속령을 내렸다. 우리 공장의 간이시설도 일제 단속에 걸렸다. 이와 같은 획일적 규제가 얼마나 불합리한 일인지 현장에서 일하는 중소기업인이 아니면 실감하지 못한다. 우리 공장에서 지은 간이시설은 내 땅 위에 지었고, 주변 환경을 해치지 않으며, 주민생활에 그 어떤 불편도 주지 않았다. 그럼에도 토지의 용도 변경을 하지 않고 간이시설을 했기 때문에 나는 졸지에 범법자가 된 것이다.

2010. 10. 30 제 47회 무역의 날

이 간이시설을 불법 건축물이라고 신고한 사람이 있었다. 그는 우리 공장 이웃에 살며, 우리 제품을 상당량 구매한 고객이었다. 고객이긴 한데, 가져 간 제품 값을 제때에 갚지 않아 외상값이 상당히 쌓인 불량고객이었다. 외 상값을 갚지 않으려고 벌인 수작이었다. 1995년 여름에는 바르게살기운동 김포시 본부에 상주한다는 정보요원이 한바탕 단속 소동을 벌이더니, 이번

나의 삶 나의 도전

에는 도청이 앞장서서 중소기업 현장을 쑥대밭으로 만들었다. 그 당시에는 공장총량제에 의해 인허가를 개별신청기업에 내주는데, 총량제 물량이 신청물량 보다 턱없이 부족하니 각 기업에서는 궁여지책으로 불법건축물이라도 증축해서 생산시설물을 마련해 내수 및 수출 물량을 확보하는 실정이었다.

《경인일보》와 《김포신문》이 가축업자 한 사람과 우리 공장의 간이시설을 집중보도했다. 김포경찰서 형사과에 나가 조사를 받았다. '1백만불 수출탑'을 수상한 지 한 달여 후에 발생한 일이었다. 토요일에 연락이 왔고, 나는 일요일에 출두해서 조사를 받았다. 수출 물량이 늘어 적기에 선적하려면 서둘러 시설을 늘려야 했다는 사정을 설명하기도 했지만, 인허가를 받지 않은 것은 잘못한 일이라고 인정했다. 그렇다고 해서 내 사업의 불가피성이 행정절차를 어긴 불법을 덮을 수는 없었다.

화요일 10시에 다시 출두하라는 말을 듣고, 일단 경찰서를 나왔다. 내 가슴속에는 새까만 절망이 가득 찼다. 내 머릿속에서는 영일 고등학교 2학년 장남 규욱이, 신서중학교 3학년 둘째 규태의 얼굴이 가장 먼저 떠올랐고, 그 위로 아내의 모습이 겹쳐졌다.

당시 나는 회사를 키우기 위해 모든 부동산을 처분하여 올 인한 상태라 강서구 가양동 대림아파트에서 전세살이를 하고 있었다. 나는 가슴속이 너무너무 답답해 아내를 불러 바람이라도 쐴 겸 자유로를 달렸다. 풀 죽은 목소리로 아내에게 물었다.

"여보, 지금 가진 돈이 얼마쯤 있소?"

"이천만 원쯤 될까……. 그건 왜요?"

아내의 대답에 나는 다소 안도할 수 있었다. 만약 내가 없으면 가족들의 생계가 당장 걱정이었는데, 그 돈으로 우선 호구지책은 되겠다고 생각하니 안심이 되었다. 마음 단단히 먹고, 정신 바짝 차려 이 난관을 극복하자고 다짐한 뒤, 우리 부부는 집으로 돌아왔다. 그날 밤 잠자리는 유난히 괴로웠다. 온 전신이 오그라들고 비틀어졌다. 30년이나 지난 일임에도 그날의 기억은 잊히지 않는다.

월요일 일찍 회사에 나가 몇몇 간부들과 대책을 논의했다. 우선 동요하지 말고 침착하라고 일렀다. 그들은 어두운 낯빛을 쉽게 거두지 못했다. 나는 서울 남부지청에서 수사과장으로 근무하는 김호(61, 법학) 선배를 찾아갔다. 지푸라기라도 잡고 싶은 심정에서였다. 김 선배는 내 대학 및 고향 친구인 이정수 검사에게 전화 연결을 해줬다. 나는 그에게 사건의 자초지종을 말하고, 선처의 길이 없겠느냐고 물었다. 그러자 그는 "법을 어겼으면 법의 처분을 받는 것이 맞다"고 잘라 말했다. 그러는 그에게 더 이상 말문을 열 수가 없었다. 어쩌면 알량한 우정에 기대려고 한 내가 비겁하고 잘못하는 짓일 수 있기 때문이었다.

김호 선배는 나보다 더 조바심이었다. 다른 방 검사들에게 조언을 구하기도 했고, 여기저기 전화를 걸어 정황 분석을 했다. 나는 김 선배에게 인사를 드리고 다시 회사로 돌아왔다. 공장으로 연락해 불법으로 찍힌 간이시설을 즉각 철거하고, 원래의 모습으로 환원시키라고 지시했다.

우리 공장 주변에는 불법으로 지어진 우사나 돈사가 여러 군데 있었다. 지역 행정 당국은 이미 용도변경이 불가피한 지역으로 보고 있어, 단속 대상에서도 비켜나 있던 지역이다. 그랬는데 느닷없이 인근 주민의 고발장이 들어왔기 때문에 민원 차원에서 조사가 진행되었고, 사건이 심각하게 커진 것이다.

저녁 무렵, 김호 선배가 다시 전화를 걸어왔다. 관계되는 분에게 내 사정을 자세하게 설명했는데, 곧 좋은 소식이 갈 터이니 속 너무 태우지 말고 기다리라는 것이었다. 노란 하늘 한쪽이 다시 파랗게 보이기 시작했다. 이튿날 10시, 나는 김포경찰서 형사과로 다시 나갔다. 담당계장이 나를 보자 너스레를 쳤다.

"어서 오시오, 조 사장! 혼 좀 내주려고 했는데, 벌써 손을 쓰셨더구먼."

그러면서 그는 재수사 지시가 내려왔다고 했다. 검찰로 송치되었던 사건이 재수사 지시를 받았다는 것은 초기 조사에 문제가 있었다는 의미이다. 담당계장은 의자에 앉으라고 하며, 아주 은근하게 사건이 좋게 해결될 것이라고 속삭였다. 지난 일요일에는 당장 집어넣겠다고 으름장을 놓던 그가 오늘은 미소로 위로했다. 며칠 사이에 한 입으로 두 가지 말을 하는 그를 나는 멍하니 바라봤다.

그는 보충자료를 요구했고, 나는 서류를 즉시 제출했다. 그날 저녁, 나는 아내와 한결 가벼워진 마음으로 드라이브를 했다. 그때 나눈 아내의 한마디 한마디는 내 마음의 보약이 되어 지금껏 그 효험을 보이고 있다. 자신의 일보다 더 애쓰며 걱정해 준 김호 선배의 고마움은 지금도 잊을 수 없다. 인생은 짧은 것 같지만, 의외로 긴 여정이다. 언제 어떻게 다시 만날지 모른다. 그래서 역지사지하며 사는 마음이 꼭 필요하다.

IMF,
그 위기를
넘다

무허가 공장건축물로 시련을 겪은 후, 1996년 6월 10일 철골제조 공장을 증축했다. 시련은 있어도, 노력은 포기할 수 없었다. 생산도 늘고, 매출도 늘어난 만큼 시설 투자를 계속해야 했다. 공장부지는 3,000평을 넘어섰고, 건평도 300평으로 확대되었다. 8월 22일에는 자본금 2억 원을 증자했고, 12월 11일에 2억 원을 더 증자하여 자본금 총액은 7억 원이 되었다.

9월 1일에는 본사 사무실을 강서구청 앞 네거리에 소재한 고려빌딩 3층으로 이전했다. 10월 30일에는 제2샌드위치 자동라인을 설치했는데, 이로써 스티로폼, 그라스울, 미네랄울을 생산하는 설비를 완벽하게 갖추었다. 장소가 좁아 우레탄 생산라인을 미처 설치하지 못한 것은 지금 생각해도 후회된다. 1996년의 내수 실적은 상당히 올라갔고, 수출 실적은 전년과 비슷했다. 전체적으로는 30% 신장되어 연매출은 90억 원 선을 돌파했다.

1997년에도 강구조물공사업 면허를 취득하고, 벽판과 지붕의 KS인증을

받았다. KS인증을 취득하면 제품이나 포장에 KS마크를 표시할 수 있는데, 소비자에게 신뢰를 주어 구매 선택에 영향을 미친다. 또 산업표준화법 제 33조(표시품의 우선 구매)의 규정에 따라 국가기관이나 지방자치 단체, 정부투자기 관, 공공단체가 물품을 구매할 때 KS인증 제품은 우선 구매토록 혜택을 받는다. 회사의 성장을 위해서 KS인증은 꼭 필요했다.

10월에는 우레탄 판넬기계를 구입하기 위해 독일·네덜란드·이탈리아·벨기에를 차례로 방문했다. 회사는 안정적으로 성장하고 있었고, 나는 시설 투자를 지속했다. 그해 11월 25일 나는 통상산업부와 중소기업중앙회가 공동으로 주관하는 '이달의 자랑스러운 중소기업인상'을 수상했다. 경영 합리화와 수출증대를 위한 기술개발 등에 적극 노력한 우수 중소기업인에게 시상하고 있는데, 그 상을 받은 것이다. 삼우중공업을 경영해 온 지 10년째가 되던 해였다.

1997.11. 자랑스러운 중기인으로 선정된 후 당시 박상희 중소기업중앙회 회장으로부터 표창장을 받고 있다.

1997년 우리 회사는 영업력에 힘입어 전년도 대비 30%의 매출이 신장되어 창업 이후, 처음으로 연매출이 100억 원 선을 넘어 117억 원에 도달했다.

하지만 회사의 성장과 달리 한국경제는 위기를 맞고 있었다. 1997년 1월 23일 재계 14위인 한보철강이 10조 원의 빚을 지고 부도처리 된 사건이 벌어졌다. 대한민국이 외환위기에 빠지게 된 첫 신호탄이 된 사건이었다. 하지만 한보철강 부도 사태가 벌어졌을 때만 해도, 나는 한국경제의 위기가 심각하다는 것을 느끼지 못했다.

그런데 3월 18일에는 철강을 주력사업으로 삼은 재계 26위인 삼미그룹이 자금난을 견디지 못하고 쓰러졌다. 삼미의 부도로 100여 곳의 하청업체도 연쇄적으로 도산하게 되었다. 그러자 정부는 자금난에 시달린 진로그룹의 부도를 막기 위해 서둘러 부실기업 정상화 대책을 발표했다. 하지만 급히 추진한 대책은 제2금융권 등 자금시장에 심각한 부작용을 불러왔다. 또한 정부의 지나친 개입으로 인해 다른 기업들의 부도는 오히려 앞당겨졌다. 대농그룹, 한신공영, 기아그룹, 쌍방울그룹 등이 차례로 무너졌다. 나도 서서히 위기감을 느끼기 시작했다.

그해 10월 국제통화기금(IMF) 조사단이 한국에 들어와 열흘 동안 활동을 한 뒤, 한국경제에 대해 평가를 내렸다. 제2차 세계대전이 끝나가던 1944년 미국의 뉴햄프셔 주 브래튼 우즈에서 연합국 회원인 44개국이 참석하여 회의를 통해, 세계대전 이후 국제 경제의 기틀을 마련하는 과정에서 국제부흥개발은행(IBRD)과 함께 국제통화기금(IMF)을 설립하기로 결정했다. 국제적인 통화 협력을 통해 환율안정과 국제 유동성 확대를 보장하고, 자유무역의 안정적인 성장을 유지하기 위해 1947년에 설립된 IMF(International Monetary Fund)는 세계 자본주의체제를 지탱하는 기관이었다. 현재 본부는 미국 워싱턴 D.C에 있으며, 118개국이 가입해 있다. 우리나라는 1955년 8월에 가입했다. 그런데 한국인에게 IMF는 기억하고 싶지 않은 이름이다.

IMF 조사단의 내방에 이어, 신용평가회사인 S&P사가 10월 24일 한국의 국가신용등급을 하향조정했다. 그러자 환율이 급등하고, 주가가 붕괴되면서, 한국의 외환시장과 증시는 사실상 마비상태에 빠졌다. 11월 1일부터 유가가 오른다는 소식이 돌자, 주유소마다 기름을 넣기 위해 북새통을 이루었다. 해태그룹, 뉴코아그룹이 부도처리 되면서 한국 경제의 위기가 현실화되기 시작했다. 11월 16일 IMF총재 미셸 캉드쉬가 극비리에 한국을 방문했다. 결국 11월 21일 한국은 IMF에 구제금융 신청을 공식적으로 발표했다.

1997년 12월 3일, 서울 세종로 정부종합청사에서 IMF의 긴급구제자금지원

1997년 수상 자랑스러운 중소기업인상

을 위한 협상이 최종 타결되었고, 550억 달러를 지원받게 되었다. 이로써 한국의 경제주권은 IMF에 넘어갔다. 대한민국 정부가 할 수 있는 일은 아무것도 없었다. 1997년 한 해 동안에만 무려 하루 평균 40개 기업이 쓰러졌다.

IMF는 한국에 자금을 빌려주면서 몇 가지 조건을 제시했다. 그 조건은 긴축재정, 통화정책 고금리 유지, 무역과 자본의 이동 확대, 한국기업의 구조조정 등이었다. 이러한 IMF 경제체제 하에서 기업들의 구조조정과 정리해고가 이루어졌다. 1999년 실업자는 180여만 명에 육박했고, 수많은 가정이 파탄 났다. 또한 비정규직이 양산되었고, 부익부 빈익빈의 양극화 문제가 심각하게 대두되었다.

도대체 한국경제가 IMF체제로까지 가게 된 원인은 무엇이었을까?

나는 가장 큰 원인이 차관경제에 있었다고 본다. 경제개발 과정에서 투자를 해야 할 자금이 부족한 우리나라는 국제금융기구로부터 차관을 많이 빌렸다. 만성적인 외채가 1997년까지 이어지면서 결국 IMF체제를 맞이한 것이다.

두 번째 원인으로 정경유착이 너무 지나쳤기 때문이다. 1997년 1월 한보그룹이 부도처리 되었을 때 한보의 자기자본은 2,200억 원에 불과했다. 그

나의 삶 나의 도전

런데 금융기관의 여신은 5조 원에 달했다. 이러한 비리에 대해 국정조사가 이루어졌다. 그 결과, 한보그룹의 정태수 총회장과 국회의원, 은행장, 그리고 김우석 내무부장관 등 9명이 구속되었다.

그리고 가장 중요한 원인은 김영삼 정부의 환율정책 실패 때문이라고 본다. 김영삼 정부 때 한국은행은 1996년부터 1997년에 걸쳐 환율방어정책을 시행했다. 이 정책으로 경상수지 적자와 환율보유고 감소현상이 이어졌다. 1996년 말 844원이던 환율이 1997년 10월 말에 965원으로 올랐다. 그해 11월 17일 외환 당국은 환율에 대한 개입포기선언을 했다. 1997년 환율방어에 쓴 외화만도 260억 달러에 이르렀다. 김영삼 정부가 환율방어에 집착했던 것은 1995년 국민소득 1만 달러를 달성했는데, 이를 임기 말까지 이어가겠다는 정치적 목적 때문이었다.

외화가 부족해 국가가 파산 직전에 이르자 김영삼 대통령은 1997년 11월, 미국과 일본에게 도움을 요청했다. 하지만 미국 클린턴 대통령은 일언지하에 거절했다. 한국경제의 바탕부터 뜯어고치지 않으면 도움을 줘도 회생 자체가 힘들다고 판단했기 때문이다. 그 뒤, 미국은 IMF체제에 깊이 개입했다.

IMF의 회오리가 휘몰아치는 1997년 12월 18일, 대한민국은 대통령선거를 치렀다. 제15대 대통령으로 김대중이 당선되었다. 한국경제의 실상은 생각보다 훨씬 심각했다. 이 심각한 외환위기를 극복해내기 위해 국민들도 팔을 걷고 나섰다. '금 모으기' 운동과 아껴 쓰고, 나눠 쓰고, 바꿔 쓰고, 다시 쓰자는 '아나바다' 운동이었다.

IMF의 파고는 우리 회사에도 자금 압박을 가해 왔다. 하룻밤을 자고 나면 거래처에서 받은 어음은 휴지조각으로 변했다. 개인사업자들로부터 받은 어음은 100% 부도였다. 우리 회사가 발행한 어음도 자금난으로 부도 직전까지 갔지만, 거래은행이 우리의 신용도를 높이 보고 있던 터라 위기를 모면하게 해줬다.

그 무렵, 홍콩이와타니를 방문하기 위해 홍콩으로 가서 한 호텔에 숙소를 정했다. 엘리베이터 안에서 오스트리아인과 마주쳤다. 그는 내가 한국인인 줄 대뜸 알아보고 매우 냉소적인 표정을 지어보였다. IMF의 구제 금융을 얻어 쓰는 거지나라 국민이라고 깔보는 표정이 여실했다. 순간 나는 심한 모멸감을 느끼지 않을 수 없었다. 조국이 떳떳하지 못하면 객지로 다니는 국민들마저 천대받는다는 사실을 실감했다.

다행히 IMF 영향은 오래 가지 않았다. 내수시장에서의 고전은 해외시장의 신장으로 어느 정도 덮을 수 있었다. 2001년 8월 23일, 우리나라는 IMF로부터 빌린 돈 중에 나머지 195억 달러를 갚음으로써 3년 9개월 만에 외환사태에서 완전히 벗어나게 되었다. 하지만 IMF 금융위기 동안 나와 우리 회사가 겪은 고통은 적지 않았다.

나의 삶 나의 도전

어머니,
사랑하는
내 어머니

　내가 '이달의 자랑스러운 중소기업인상'을 수상하고 며칠이 지난 후, 우리 나라는 IMF로부터 구제 금융을 지원받는 참담한 지경이 되었다. 나 자신에게 영광스러운 순간은, 한국 경제의 참담한 현실에 묻혀 버렸다. 당장 기업 경영에 심각한 타격이 왔다. 한 달 사이에 나는 천당과 지옥을 넘나든 셈이다. 예부터 큰일은 한꺼번에 닥친다고 했다. 내 생애 중 가장 슬픈 일이 생기고 말았다. 1997년 12월 31일 어머니가 이 세상을 떠나셨다.

　12월 30일 저녁 8시 30분 경 귀가했더니 목욕탕에서는 아내가 어머니를 씻기고 있었다. 어머니는 대변을 멈추지 못하셨다. 심상치 않은 징조였다. 새벽 1시쯤에 잠자리에 들어 가까스로 눈을 붙였다 싶었는데, 3시가 될 무렵 아내가 급히 흔들어댔다. 어머니 상태가 영 안 좋다는 것이었다. 즉시 누님·매부들에게 연락했고, 인천에 사는 형수님과 조카들에게도 알렸다. 아침 일찍 119구급차로 삼성의료원 응급실로 어머니를 옮겼다. 그러나 결

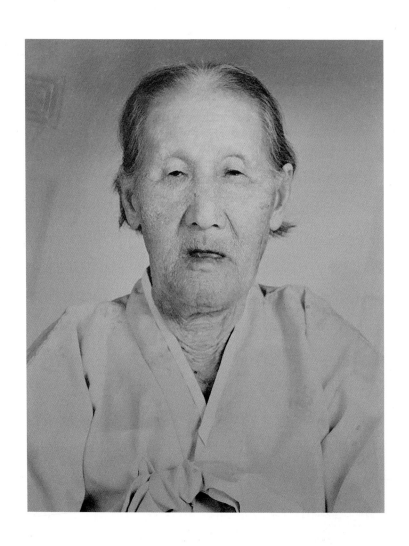

나의 삶 나의 도전

국 1997년의 마지막 날 8시 30분에 어머니가 운명하셨다. 향년 95세였다.

새벽닭이 울면 부스스 일어나 어둠 속에서 주섬주섬 옷을 챙겨 입고 살며시 방문을 밀고 나가시던 어머니의 뒷모습이 문득 떠올랐다. 땅거미가 내려앉은 부엌에서 군불을 지피며, 매캐한 연기에 눈물 콧물 훔치며 부지깽이로 아궁이를 살피던 어머니의 모습도 떠올랐다.

마흔일곱일 때 남편 먼저 떠나보내고, 우리 5남매를 혼자 손으로 키워낸 억척 어머니였다. 6·25전쟁 속에서도 자식들에게 끼니 거르지 않게 하려고 아등바등하던 어머니였다. 어머니의 일생은 오로지 가난만을 벗 삼은 길이었고, 단 한 번도 자신의 삶을 산 인생이 아니었다. 희생을 숙명처럼 받아들이고 살다 떠나셨다. 그래서 내 가슴은 더욱 미어터졌다. 1998년 1월 3일, 고향집 뒷동산 아버지 옆에 나란히 어머니를 모셨다. 서울에서 사시면서도 항상 고향을 그리워하고, 늘 그곳에 가시기를 소원하던 어머니였다.

장례가 끝나고 몇몇 인척들은 내게 시비를 걸었다. 궂은일을 하면서 쓸데없는 시비라도 걸지 않으면 입에 가시라도 돋는지 말씀들이 뾰족뾰족하고 감정들이 실려 있었다. 하지만 어머니를 편하게 모시지 못한 죄인이기에

가양동에 살 때의 어머니

그 어떤 시비에도 꾹꾹 눌러 새겨야 했다.

어머니를 떠나보낸 그 날, 나는 집으로 돌아와 어머니가 지내시던 방문을 열었다. 텅 비어 있었다. 문을 다시 닫았다. 잠시 뒤 또 열어봤지만, 역시 어머니는 안 계시고 텅 비어 있었다. 그날 밤 나는 열 번도 넘게 그 방문을 열었다 닫았다.

1월 4일, 회사에 출근해 공장을 한 바퀴 둘러보고, 며칠째 못 간 목욕탕에도 다녀왔다. 피로가 조금 가신 듯했고, 몸도 한결 개운해졌다. 산 사람은 또 열심히 움직여야 했다.

1998년 1월 5일 규욱이가 상근예비역 판정을 받고 5주 동안 기본 군사훈련을 받으러 떠났다. 어느 새 훌쩍 커서 나라를 지키는 국방의 의무를 지키려 가는 장남의 모습이 대견해 보였지만, 헤어진다는 사실은 섭섭하기도 했다. 무사하게 훈련받고 돌아와 근무하기를 마음속으로 빌 뿐이었다. 바로 다음날은 차남 규태가 지원한 대학의 예비소집 날이었다. 1월 7일은 시험, 1월 8일은 면접을 끝냈다. 규태의 인생에서 대학 입학은 정말 소중한 과정이다. 대학에서 규태가 자신의 기본적 인격을 만들 수 있다고 믿기 때문이다.

1월 9일에는 고려대의 행사준비 모임에 참석했다. 고려대 법대 교우들이

나의 삶 나의 도전

서울로 모시기 직전, 사돈집 정원에서

해마다 주최하는 '법대인의 날' 행사준비를 위해 모임을 갖고 의견을 나누는 자리다. 내게 인격을 부여해 준 모교이기에 그 어떤 모임보다 나는 애정을 가지고 능동적으로 참여해 왔다. 그것은 내가 반드시 할 일이라고 생각했기 때문이다. 다른 일들을 함으로써 슬픔을 잊고자 했다.

어머니가 이 세상을 떠나신 지 열흘이 지나도 아직 어머니가 떠나신 데 대해 실감을 못했다. 집에 들어가면, "아범 들어오냐" 고 반겨 주실 것만 같았다. 하루 종일 머릿속에서 어머니 생각을 채우고 있으면서도 점심식사는 서울시 공무원과 함께했고, 오후에는 지나다 들렀다는 공무원을 접견했다. 불시에 찾아오는 그들을 어떤 마음으로 맞아야 할지 여전히 모르겠다. '어서 오시오'라고 반겨야 할지, '무엇 때문에 왔느냐'고 따져야 할지 갈피를 잡을 수 없다. 나는 기장 업무 착실히 하고 있으며, 부과된 세금 꼬박꼬박 내는 성실 납세자였다. 그런데도 그들은 불쑥불쑥 나타나는 것이다.

IMF의 직격탄이 신년 초부터 날아들었다. 1998년 중반까지 도산하는 건설회사가 줄을 이었고, 중견회사들도 수없이 문을 닫았다. 물품대금으로 받은 어음은 휴지조각이 되었다. 부도 난 어음의 총액은 20억 원이 넘었고, 미수금도 10억 원을 훨씬 넘어섰다. 심한 자금 압박이 왔다. 부도어음들을 보며 깜깜한 절벽을 느꼈지만 깜깜한 밤이면 별이 더 잘 보인다고 했다. 이 절망 속에서 나는 반짝이는 별을 반드시 찾을 것이라고 믿었다. 부도를 낸 거래처를 찾아가 수습책을 의논하기도 했다. 한편, 신규 거래처에서는 수주 물량을 놓고 의견을 나누기도 했다.

둘째 규태가 2차로 지원한 대학에서 시험을 보았는데, 많이 지치고 흔들리는 모습을 보였다. 규태에게 파이팅을 외쳐 주었다. 실패에서도 배울 것이 있다는 것을 알았으면 좋겠다고 생각했다. 같은 날 처남 상현 씨가 사망했다는 전갈이 왔다. 서둘러 서산으로 내려갔다. 죽음은 목숨이 끊어졌다

80년 초 고향집 마루에 앉아

나의 삶 나의 도전

인천 형님댁에 어머니가 계실 때 두 아들이 방문하여 재롱을 떨고 있다.

는 것이지 인연이 끊어진 게 아니다. 우리는 처남의 죽음 앞에 모여들었다. 어머니가 돌아가신 지 얼마 안 되어 또 다시 맞이한 인척의 죽음 앞에서 나는 여러 가지 생각이 교차했다.

　죽은 사람 앞에서, 영원한 이별 앞에서 슬프게 우는 것은 당연하다. 하지만 산 사람들을 위해서 흘리는 눈물도 귀한 것이다. 사람은 누구나 한 번은 죽는다. 그런데 죽어서 땅에만 묻혀버리고 살아남은 사람의 가슴에 묻히지 못한다면 그거야말로 진짜 죽는 것이라는 생각이 든다. 삶이 차곡차곡 쌓여서 죽음이 되는 것처럼, 모든 변화는 대수롭지 않은 것들이 보태어져 이루어지는 법이다. 죽는 것이 결코 무서운 일은 아니다. 오히려 잘 살아간다는 것이 더 어렵고 힘들다. 처남의 편안한 영면을 빌고 빌었다.

미증유의 IMF가 한국경제를 짓밟고 있어서 우리의 중소기업들은 숨소리조차 제대로 못 쉬고 있었다. 그 기간이 길면 우리 중소기업은 모두 질식사하고 말 것이다. "기필코 이 난관을 극복해 낼 것이다. 하늘나라에 계신 어머니가 나를 반드시 지켜 줄 것이다." 나의 이러한 희망과 믿음 덕분인지 대우건설로부터 새로운 수주가 들어왔다. 제법 큰 물량이었다. 공장에 활기가 돌기 시작했다.

금강산 프로젝트와
개성공단에
참여하다

   IMF쇼크는 한국 중소기업을 뿌리째 흔들어댔다. 기업을 경영하는 모든 이들에게 위기였다. 오늘도 무사히 부도가 나지 않고 버텨주기를 기업을 경영하는 사람이나. 직장에 다니는 사람이나 모두 같은 마음이었다.

   기업 경영은 위기 때 하는 것이다. 위기를 잘 극복해야, 호황기에 더 크게 기업을 성장시킬 수 있다. 위기는 곧 기회다. 평소에 신용을 잘 쌓았기에 회사 발행 어음의 부도위기도 거래은행의 도움으로 극복하고 버텨낸 보람이 있었다. 뜻하지 않은 곳에서 기회가 다가왔다. 모든 물자가 부족하던 터라 우리가 만드는 조립식 판넬 분야는 그 어느 때보다 주목을 받기 시작했다.

   1998년 김대중 대통령은 국민의 정부를 출범 초기부터 대북화해협력정책을 펼쳤다. 이른바 햇볕정책을 적극적으로 추진했다. 그해 6월 16일 현대 정주영 명예회장은 서산농장에서 키운 소 500마리를 몰고 판문점을 넘었다. 이 이벤트는 세계 언론의 주목을 받았다. '통일 소'로 불린 소떼는 10

금강산을 방문한 필자

월 27일 다시 501마리가 정 명예회장의 고향인 통천으로 갔다. 정 명예회장의 고향 방문은 10년 전부터 준비되고 있었다. 1989년 1월, 남한의 기업인으로서는 최초로 방북하여, 조선대성은행 이사장 겸 조선아시아무역촉진회 고문 최수길과 '금강산 관광개발 및 시베리아 공동 진출에 관한 의정서'를 체결했다. 현대그룹이 대북 경제협력 사업에 물꼬를 내면서, 북한은 새로운 기회의 땅이 되었다. 현대그룹이 북한과 금강산 관광 사업에 합의하면서, 1998년 11월 18일 금강산 관광이 본격 시작되었다.

처음에는 강원도 동해항을 출발해 유람선을 타고, 금강산 앞 장전항에 입항한 뒤, 낮에는 소형 선박으로 옮겨 타고 육지로 이동하여 관광을 하고, 저녁에는 유람선으로 돌아와 숙박하면서 4박 5일간 관광하는 형태였다. 금강산에 숙박시설이 없었기 때문이었다. 현대그룹은 계열사인 현대

나의 삶 나의 도전

금강산을 방문한 필자

아산을 설립해 금강산에 관광호텔을 비롯한 각종 시설물을 짓기 시작했다. 2003년 9월부터 육로관광이 시작되고, 금강산 당일 관광, 1박2일 관광, 승용차 관광 등으로 발전할 수 있었던 것은, 금강산에 여러 시설물이 들어섰기 때문이다.

현대그룹의 금강산 건설 현장에서 가장 먼저 준비해야 하는 것은 현장 사무실, 자재창고, 근로자 숙소 등이다. 이런 현장에는 우리 회사가 생산하는 조립식 판넬은 적격이었다. 여러 시설물 건설에 우리의 조립식 판넬이 필수 자재가 되었다. 나는 다섯 차례나 금강산 현장을 들락거렸다. 금강산 현장이 아닌 진남포의 평화자동차 통관사무실 건립에도 우리 판넬 자재가 들어갔다. 그때는 우리 자재에서 Made in Korea라는 원산지 표시를 전부 없앤 후에 선적해 진남포로 향했다.

나의 삶 나의 도전

2004년에는 개성공단에 우리의 판넬 자재가 다량으로 공급되었다. 개성공단은 개성시 봉동리 일원에 2천만 평에 한국과 북한이 공동으로 조성하는 공업지구다. 이 개성공업지구는 2000년 8월, 현대아산과 북한의 김정일 국방위원장 간에 공업지구 건설이 합의되면서 추진되기 시작했다. 2007년 10월 16일, 개성에 100만 평에 달하는 1단계 공단이 준공되어 한국의 45개 업체가 입주했고, 2009년 1월에는 93개 업체가 입주 했다. 개성공단에서 남측 근로자는 1,225명, 북측 근로자는 38,594명이 일했다.

2004년 나는 개성공단 건설 현장을 몇 차례 방문했다. 현대아산의 협력사로 개성공단 건설에 참여한 것이다. 우리 회사의 조립식 판넬 품질이 우수하고, 가격이 저렴하며 대량생산을 했기 때문에 이 프로젝트에 참여할 수 있었던 것이다. 내가 삼우중공업을 창업한 이래 가장 의미 있던 현장이었다.

금강산 프로젝트 때나 개성공단 공사 때 간간이 북한 주민들을 볼 수 있었다. 신작로를 따라 걸어 다니거나, 더러 자전거를 타기도 하고, 가끔 소달구지를 끌고 가는 주민들을 볼 수 있었다. 엔진 부분이 앞으로 튀어나온 트럭이 아주 드물게 신작로를 지나가기도 했다. 50년대 우리 농촌 풍경을 그대로 재현해 놓은 듯 했다. 그들의 표정은 어둡고 굳어 있었다. 우리들이 지나는 길에는 항상 앳된 모습의 군인들이 보초를 서고 있었다. 같은 언어, 같은 습관, 같은 생김새의 동족들이 이념이 다르다고 60년 넘게 담을 쌓고 살아간다는 것은 비극이다. 어떻게 해서든지 그 담을 허물고 자유롭게 왕래하며 섞여 살아야 한다.

나는 현대건설의 협력업체협의회의 회장직을 수행도 했다. 창업주 정주영 명예회장님이 남기고 간 신화는 우리나라에서 경제 활동을 하는 모든

사람들에게 회자되고 있다. 나는 그 중에서 "시련은 있어도 실패는 없다"고 말씀한 것을 가장 좋아한다. 나는 위기가 닥칠 때마다 그 위기를 억지로 피해 보려고 궁리하지 않았다.

오히려 위기를 성장과 발전하는 디딤돌로 삼으려 노력했다. 그 위기를 관리하는 과정에서 내 인생도 성장하고 완숙해져갔다. 삼우중공업을 창업할 때 금강산, 개성, 진남포에 삼우의 판넬이 공급될 것이라고 상상하지도 못했다. 하지만 현실이 되었다. 어머님의 선물이었을까? 북한 땅에 삼우의 판넬이 공급된 것이. IMF를 겪으며, 위기와 기회는 세트로 찾아온다는 사실을 깨달았다. 그리고 보면 위기(危機)라는 말 자체가 위험(危險)과 기회(機會)를 동반하고 있다. 그래서 위기는 시련일 뿐이며, 성공으로 가게 하는 지렛대다. 기회는 언제 어떻게 올지 모른다. 늘 준비하고 있어야 한다.

나의 삶 나의 도전

<h1>IMF 위기를
넘어서다</h1>

 1998년 IMF 위기 속에서도 우리 회사는 현대건설의 동반자로 금강산 프로젝트에 참여함으로써 생산라인을 활기차게 돌릴 수 있었다. 8월 26일에는 지붕 및 판금공사업 면허를 따내 회사가 제2의 도약을 할 수 있는 발판이 생겼다. 당시 권오진 이사가 이 부서를 맡아 비약적으로 발전을 시켰다, 가설에서 본 공사까지 일괄작업을 함으로써 회사의 일거리가 다양화되었다. 12월 31일에는 가설흡음판넬을 의장등록을 했다. 또한 12월 31일에 자본금 3억 원을 더 증자하여 총액을 10억 원으로 맞추었다. 물론 IMF 직격탄으로 매출은 95억으로, 전년에 비해 22억이나 줄어들었다. 그럼에도 위기 속에서 희망을 본 한 해였다. 환율이 크게 오른 덕에 가격 경쟁력이 생겨 수출 물량이 꾸준히 늘어나고 있었고, 새로운 사업도 진행하고 있었다. 이럴 때일수록 내실을 기한다면, 경기가 좋아질 때면 회사도 크게 성장할 것이라고 믿었다.

나의 삶 나의 도전

1999년 ISO 9002 인증을 획득했다. ISO(International Standards Organization, 국제표준화기구)는 국제적으로 상품이 유통됨에 따라 국제규격을 정하여 품질을 보증하는 제도이다. 1987년에 제정(1994년 1차 개정)된 ISO 9000 시리즈는 품질관리와 품질보증 규격을 가리키는데, 이는 제품 자체가 아니라 기업의 품질보증체계에 대한 요구 사항을 규정한 국제규격을 말한다. ISO 9002는 품질시스템 제조·설치 및 서비스의 품질보증제도를 가리킨다. 다시 말해 국제표준화기구에서 발행한 품질보증규격에 따라 기업의 품질경영 활동 상태를 제3의 인증기관이 적정성을 심사하여 품질을 보증하는 제도이다. ISO인증을 획득하는 이유는 기업이 소비자에게 좋은 이미지로 다가서려는 목적이 가장 크다.

안과 밖의 위기 속에서도 나는 기업의 가치를 높일 수 있는 혁신을 지속했다. IMF 위기 속에서 대다수 기업들은 인력을 축소하고 방어적인 경영을 했다. 하지만 삼우는 달랐다. 지난해부터 본격적으로 가동된 지붕 및 판금업공사에 대한 수주가 늘어나면서 직원을 대폭 보강했다. 99년 말에는 서서히 IMF 위기 여파도 한결 수그러들었다. 회사도 점차 안정을 찾아 내수와 수출 모두 전년도 수준을 유지했다. 연매출은 98억 원 정도로 소폭 증가하는데 그쳤지만, 삼우의 내실이 다져진 한 해였다.

새로운 천년이 시작되는 2000년. 김대중 대통령은 이른바 햇볕정책을 펼쳐 6월 13일에서 6월 15일까지 평양에서 남북 정상회담이 열렸다. 이로 인해 현대건설의 동반자로 참여한 우리 회사도 덩달아 바빠졌다.

2000년 12월 31일, 사이딩(siding) 판넬 제3라인을 설치했다. 외벽 모양을 획기적으로 변화시킨 제품이다. 새로운 제품을 생산하기 위한 투자는 아끼지 않았다. 조립 부문의 내수시장이 활성화되면서 많은 수주가 있었고, 판

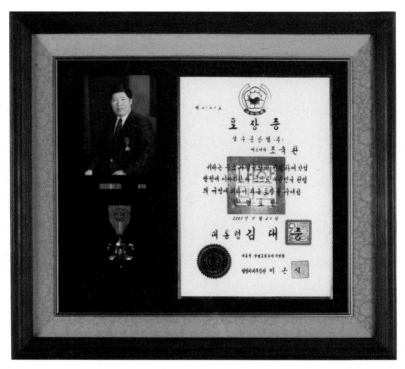

2001년 수상 산업포장상

금부문에서는 농심 쇼핑몰, LG마트의 본 공사와 판넬 공사를 동시에 수주함으로써 매출이 크게 신장했다. 연매출이 139억 원으로 전년에 비해 약 40%가 성장했다. 투자를 계속하고, 내실을 다진 결과가 실적으로 나타난 것이다.

2001년 5월 21일 나는 산업포장(産業褒章)을 수상했다. 산업포장은 상훈법 제26조로 규정된 포장의 하나인데, 산업의 개발 또는 발전에 기여하거나 실업(實業)의 증진에 기여한 공적이 뚜렷한 자에게 수여하는 포장이다. 우리 회사가 IMF 위기 속에서도 큰 성장을 이뤄냈기에 받은 상이라고 생각한다.

나의 삶 나의 도전

그해 8월 23일 정부가 IMF 구제 금융을 완전히 상환하면서 IMF 위기는 극복되었다. 어둠이 걷히고 햇살이 밝게 비출 것으로 기대되었다. 그런데 9월 11일 알카에다의 요원들이 미국 민항기를 공중 납치해 미국의 심장부인 뉴욕 맨해튼의 세계무역센터와 워싱턴 D.C.의 미국 국방부에 충돌시키는 자살 테러를 저질렀다. 이 테러로 3,000여 명이 희생당했고, 수만 명이 부상당했다. 이로 인해 국제경제가 급격하게 위축되었다. 다행히 테러는 우리 회사 영업에 별다른 영향을 끼치지 않았다.

우리 회사의 조립부서는 한국도로공사가 시행하는 국책사업공사를 수주했다. 판금 부서는 인천국제공항공사, 금강산 통관 사무실, 코스트코 쇼핑몰 공사를 수주했다. 공장의 생산라인은 매우 분주하게 돌아갔다. 연매출액도 150억으로 8% 증가했다.

2002년 1월 15일에는 그라스울 및 미네랄울, 샌드위치 판넬 라인을 설치했다.

우리 회사의 그라스울은 내부 단열재인 유리섬유의 결을 수직결로 구성해서 열 압착식 판상으로 만들어 샌드위치 형태로 위아래에 강판을 부착한 것이다. 그라스울은 화재로 인한 피해를 최소로 줄여준다. 또 유공흡음 판넬을 사용하여 내부 단열재의 입자들이 음의 진동을 완충시켜 차음·방음·흡음 성능이 뛰어난 단열 판넬이다.

미네랄울은 규산 칼슘계의 광석을 고온(1,500~1,700℃)에서 용융액화시켜 고속회전 원심공법으로 만든 내심재이다. 단열은 물론, 불연성·내후성·내구성 등 모든 면에서 다른 단열재보다 아주 우수한 제품이다. 화재 시에 불에 타지 않는 재료의 등급을 의미하는 난연 2급을 획득한 제품이다. 화재에 강한 제품을 만들려는 노력의 결과 2002년 11월 19일에는 내화구조인정을 획득하기도 했다.

　품질 향상에 노력한 결과 내수는 물론, 수출도 늘었다. 홍콩, 팔라우군도, 나이지리아, 리비아 등지로 거래선이 넓어졌다. 특히 대만의 Chenkee사와의 거래가 튼튼하게 되면서 매출도 크게 신장되었다. 2002년 연매출이 200억 원을 넘었다. 1999년 연매출이 99억이었는데, 3년 만에 2배 이상 신장된 것이다. IMF 위기를 완전히 극복한 셈이었다. 자본금도 2억 원을 더 늘려 15억 원으로 늘어났다. 위기를 겪으며 회사도 나도 함께 성장했다.

최대 고객
Chenkee와의
거래

홍콩이와타니와 거래를 시작으로 해외 수출을 한 이래, 우리 회사는 국내 대형 건설사들이 해외 수주를 할 때 동반하여 해외로 제품을 수출하는 기회가 잦아졌다. 우리 회사 단독으로 진출하는 데는 현실적 제약과 한계가 있었다. 대형 건설사의 협력업체로 참여하는 것이 실속도 있고, 제격에 맞았다.

대만에 있는 Chenkee Construction Co., Ltd(玉逢工程有限公司)와 거래는 삼우의 발전에 큰 도움이 되었다. Chenkee는 대만에서 제일 규모가 큰 프리패브 및 각종 외장 판넬 공급회사다. 이들이 우리 회사 제품을 전량 수입해 쓰겠다는 제안해온 것이다. 그야말로 호박이 넝쿨째 굴러들어온 셈이었다.

대만 Chenkee의 창업주는 그동안 대만이와타니와 거래해 왔다. 그런데 창업주의 아들인 진청명(陳淸銘)과 진건영(陳建榮) 형제가 우리 회사와 직거래를 하겠다고 한 것이다. 나는 우리 회사의 중역인 이왕락 부장과 조무성

을 슈퍼바이저로 파견했다. 첫 번째 거래이므로 하나에서 열까지 여물게 일처리를 해야 한다고 신신당부를 했다.

　직원들 가운데 회사의 입장에서 일하지 않고, 자기 개인의 입장에서 일을 할 때가 종종 있다. 이 부장은 극동건설 사우디아라비아 외교단지 내 한국 대사관공사 설비담당이었던 직원이었다. 그 때 인연을 맺어, 내가 무척이나 아끼고 믿었던 사람이다. 여러 가지 실무, 특히 무역 업무를 선임인 내게서 배웠다. 내가 믿은 만큼, 그 역시 내 입 안의 혀처럼 따르게 굴었다.

　그런데 이 부장은 현장에서 부딪치는 외국인 고객들에게 앞으로 자기가 독립하면 꼭 거래를 해달라고 부탁하며, 당장 진행하고 있는 일 따위에는 신경을 쓰지 않았다. 그 결과는 뻔했다. 후속 수주도 없었고, 연락마저 끊어져 버렸다. 나는 또 한 번 절망했다. 중소기업 오너의 비애가 이런 것이

　　　　　　　　　　　　　　　　　　　　　　　　나의 삶 나의 도전

었다. 애써 키워놓은 인재가 손바닥을 뒤집을 때 오너는 혼란스러워진다. 이 세상에 믿을 사람이 하나도 없는 것 같아 정말 외롭다. 그렇다고 새로운 거래처마다 오너가 직접 뛸 수도 없는 노릇이어서 더욱 갑갑했다.

그러던 중 한동안 연락을 끊었던 Chenkee의 진청명 대표가 한국으로 오겠다고 전갈을 보내왔다. 대만의 타이중(台中)에 지진이 일어나 엄청난 피해가 발생한 2000년 겨울이었다. 나는 공항에 나가 그를 맞이했다. 서울시내로 들어오는 내내 함박눈이 펑펑 쏟아졌다. 그는 차 안에서 필요한 자재 물량을 말하며 납품이 가능하겠느냐고 물었다. 나는 오케이 사인을 주며, 거래 사항에 대해서 자세하게 확인했다. 함박눈만큼 수주량이 쌓였다.

진 대표와 협약한 날짜에 딱 맞춰 선적했고, 그 물량이 대만에 도착할 즈

Cheenkee의 베트남 동호이 사무실

포노사 동호이 철강·석유화학단지 조성

음 나는 이종우 부장과 조무성을 데리고 대만으로 날아갔다. 지진이 발생
한 타이중 현장도 둘러봤다. 진청명·진건영 형제와 앞으로 거래할 종합적
계획표도 만들었다. 그들 형제는 창업주인 아버지와 별도의 법인을 만들어
운영했는데, 우리 회사의 도움을 간절하게 바라고 있었다. 그들은 나를 '따
거(형님)'라고 부르기 시작했다. 지금까지도 우리는 친형제보다 진한 우정을
나누며 가족 행사가 있을 때 상호 방문하며 상대방을 챙기곤 한다.

　지금은 우리 회사보다 훨씬 덩치가 큰 중견회사로 발돋움했다. 10여 년
전부터 매년 수백만 달러 이상 우리 제품을 수입해 가고 있다. 진청명·진건
영 형제는 베트남 하노이에 현지법인을 설립했다. 베트남 동부 동호이에도
회사를 설립했다. 또 필리핀에도 연락 사무실을 개설하고 있다. Chenkee

　　　　　　　　　　　　　　　　　　　　　　　　나의 삶 나의 도전

의 주거래선은 동남아 지역에 집중되어 있다. 그 덕분에 우리 회사는 심심찮게 인도, 싱가포르, 남태평양 군도 등지로 우리가 생산한 각종 판넬 자재를 수출하고 있다.

대만에는 플라스틱 제품을 생산해 대기업이 된 포모사(Fomosa) 그룹이 있다. 이 그룹이 동남아 시장으로 발을 뻗칠 때마다 Chenkee가 동반자로 참여한다. 이것이 Chenkee가 성장한 배경이며, 포모사의 신뢰를 받은 Chenkee는 건실한 회사였다.

그에 비하면 우리 회사는 무한경쟁을 해야 하는 중소기업이다. 그뿐 아니라, 정치적·행정적 눈치도 봐야 한다. 이를 무시하면 눈 깜빡할 사이에 오가리 신세가 될 수도 있고, 재빠르게 줄을 잘 잡으면 하루아침에 대박을 터트리는 행운도 차지할 수 있다. 하지만 그것이 정도(正道)가 아니기에 나는

대만에서 Cheenkee (형)대표 부인, 진청명, 동생 부인, 이 상무, 필자, (동생)진건영과 즐거운 회식

이종우 상무, (형)대표 진청명, 필자

그런 모험을 하지 않았다.

대만에는 Chenkee가 있기에 자주 출장을 간다. 2013년에는 Chenkee의
동반자로 필리핀에도 진출했다. 앞으로도 기한 없이 거래가 이어질 것이다.

판넬 자재는 해외로 수출하기가 까다로운 품목이다. 끊임없이 기술개발
을 해야 하고, 변화하는 건축 환경에 맞춰 수시로 제품의 패턴을 바꿔야 한
다. 그리고 해외의 관련자재 시장조사도 꼼꼼하게 해야 한다. 그 결과가
1995년 11월 30일의 '1백만불 수출탑' 수상이었고, 2010년 11월 30일의 '5백
만불 수출탑' 수상이었다. 아직 국내 건설업체가 진출하지 못한 유럽과 미
국에는 수출 실적이 없지만, 일본·중국·요르단·앙골라·코트디부아르·페
루 등 세계 각국에서 수주가 들어오고 있다. 중동 또는 동남아시아에 생산
공장 건설이 필요한 시기를 검토하고 있다.

나의 삶 나의 도전

오른쪽 진청명(형) 사장, 필자

손자 승현이 돌 때 방한한 Cheenkee 사장 진청명과 남이섬 방문

나의 삶 나의 도전

내부고발로
세금 폭탄을
맞다

진실을 밝힐 목적으로 자신이 몸담고 있는 기업이나 조직이 저지른 비리를 폭로하는 행위를 내부고발(whistle blowing)이라 한다. 내부고발에 대해서는 찬성과 반대의 의견이 있을 수 있다. 한때 각국 정부와 주요 기업들의 민감한 문서를 공개하는 웹사이트 위키리크스(wikileaks)가 세상을 떠들썩하게 한 적이 있다. 위키리크스는 미국 정부가 반기문 유엔 사무총장을 비롯하여 유엔의 고위직들에 대한 정보 수집을 했다는 사실을 폭로했다. 특히 세계 각국 지도자들의 사생활을 공개하여 큰 파문을 일으켰다. 우리나라 정부의 가장 민감한 사안인 대북 퍼주기에 대해서도 낱낱이 밝혀졌다.

위키리크스를 만든 줄리안 어샌지를 세상 사람들은 '민주주의의 수호자'라고도 하고, '세계 안보를 위협하는 공공의 적'이라고도 한다. 어샌지는 "위키리크스는 내부고발자와 언론인들의 감춰진 정보를 대중에게 공개하도록 도와주는 국제적 공공서비스이고 민주주의의 도구"라고 주장한다. 그에 대한 평가가 극과 극으로 엇갈리고 있다.

　내부고발의 문제는 간단하지 않다. 법적 문제도 다르고, 인간 내부에 잠재된 심리적·철학적 문제도 짚어봐야 한다. 개인의 욕심이나 사심을 결부시켜 내부고발을 하는 것은 고자질에 지나지 않는다. 건축물을 부실하게 만들어 붕괴될 위험에 빠뜨리거나, 함량 미달의 휘발유나 석유를 판매하거나, 인체에 해로운 식품이나 의약품을 만들거나, 상수원에 폐수를 무단 방류하여 식수를 오염시키는 일 등은 내부고발해 마땅한 사례들이다. 특히 계속해서 반복하는 비리라면 당연히 고발해야 한다.

　내부고발을 하더라도 절차를 밟는 게 정상이다. 먼저 비리를 발견하면 직속상관에게 보고하여 조직 내부에서 자정이 가능한지를 타진해야 한다. 그런 과정 없이 곧바로 내부고발을 하는 것은 십중팔구 개인의 욕심이나 사심에서 비롯된 것으로 봐야 한다. 내부고발은 조직원으로서 가져야 할 충직의 의무를 상실했다는 근본적 모순을 안고 있다. 내부고발자는 심판이 아닌데도 자신이 속한 팀에 파울을 선언하기 위해 호루라기를 부는 것과 같다. 방금까지 같은 팀으로 뛰다가 갑자기 심판이 되어 파울을 선언하는 행동은 결코 바람직한 일은 아닌 것 같다.

　내부고발에 대해 여러 생각을 하게 된 것은 내부고발로 인해 우리 회사가 큰 피해를 입었기 때문이다. 2002년 7월 어느 날, 조선호텔에서 고려대 노동대학원 교우회 조찬회 모임을 갖던 중이었다. 모임이 끝난 무렵, 회사의 오장균 전무로부터 전화가 걸려 왔다. 오전무는 경희대 경영학과 출신으로, 현대와 아남을 거쳐 1995년 10월에 우리 회사에 입사했다. 관리와 경리 업무를 맡아왔고, 다른 업무에도 식견이 높아 회사 내에서 발생하는 크고 작은 일들을 깔끔하게 처리하는 충직한 참모였다. 그는 국세청에서 사람들이 나왔다며, 매우 다급하고 당황하는 목소리로 말했다.

그 순간 내 뒷덜미가 굳어졌다. 국세청 조사4국에서 들이닥쳐 내 방만 놔두고 전 부서의 장부를 압수해 가버렸다는 것이다. 조사4국은 국세청의 중수부로 불리는 곳이다. 조사4국은 법인이나 개인 세무조사를 하는 1~3국과 달리 대규모 비리나 대기업 총수의 비리 같은 굵직한 사건들만 조사하는 곳이다. 그런 파트에서 어찌해서 나 같은 중소기업인을 조사하러 왔단 말인가?

2001년 우리 회사의 매출액은 150억 원 정도였다. 그 정도 규모의 회사를 상대로 국세청 조사4국이 특별 세무조사를 한다는 것은 이례적이었다. 아무리 머리를 굴려도 의아할 뿐이었다. 회사에 도착하니 그때까지 국세청에서 나온 담당 사무관과 직원이 기다리고 있었다. 그들은 내가 입회한 가운

데, 자료가 될 서류를 몽땅 쓸어 담아 갔다. 그리고 내부고발이 들어왔다고 했다.

이따금 우리가 생산하는 자재를 구입하려고 직접 공장으로 오는 고객들이 있다. 이들 고객이 구매하는 물량은 소량이어서 그때그때 영수증만 떼어주고 매출대장에서 누락하는 경우가 있었다. 이것이 화근이었다. 이른바 무자료 판매를 함으로써 세금 포탈을 했다는 혐의였다. 그로부터 조사기간을 연장해 가면서 휴일을 제외하고 100일 동안 이를 잡듯이 정밀조사를 했다. 나는 창업 이후 자료를 모두 내놓았고, 그들은 현미경을 들이댔다. 나는 성실하게 조사를 받았다. 요구하는 자료는 숨기지 않고 다 내놓았다.

나는 국세청에 들어가 과장·국장에게 허리 굽혀 선처를 구했다. 탈세를 목적으로 한 의도되거나 계획된 누락이 아니라는 사실을 간절하게 탄원했다. 100일 동안 털어댄 탓인지 더 이상 털 먼지가 없을 즈음, 그들의 조사가 끝났다. 매출대장에서 누락된 액수가 그리 크지 않았으나 법의 잣대는 엄격했다. 한두 번의 누락이 아니라 액수는 적어도 누락한 횟수가 반복되었다는 것은 크게 잘못된 행위라고 지적 받았다. 그로 인해 나는 큰 세금 폭탄을 맞았다. 일시에 그 금액을 감당하기는 버거웠다.

나는 돈이 될 만한 것은 모두 처분하여 11월 말 조사가 끝난 직후부터 이듬해 11월까지 세금을 분할 납부했다. 참으로 힘든 과정을 겪었다. 무엇보다 중소기업인의 애로가 전혀 반영되지 않고 획일적 제재를 강요당한 것이 억울했다. 중소기업을 육성해야 국가경제가 살아난다고 대통령도, 국회의원도 한목소리로 외쳐댄다. 그러나 중소기업인들이 현장에서 어떤 애로를 겪고 있는지, 어떤 규제의 덫에 걸려 고통을 당하고 있는지 전혀 모르고 있다.

다행히 그런 위기에도 우리 회사의 영업은 큰 영향을 받지 않았다. 직원

오백만불 수출탑을 수상하다.

들은 전혀 동요하지 않고 전보다 더 열심히 일했다. 나의 심정을 아는 듯 불평하거나 염려하는 기색 없이 각자 자기 맡은 일을 묵묵히 해나갔다. 그들이야말로 회사와 함께 살아가려는 성실한 사람들이었다. 그들이 있었기에 회사는 활기차게 움직였다.

일추탁언(一鰌濁堰)이란 말이 있다. 미꾸라지 한 마리가 온 방죽을 흐린다는 뜻이다. 한 사람의 비뚤어진 행동에 의해 회사가 100일 동안 발칵 뒤집

혔고, 회사 경영에도 큰 타격을 주었다. 회사 대표인 내게 막대한 경제적 손실도 입혔다. 하지만 나는 이번 일을 통해 보다 철저하게 회사를 운영해야 겠다는 교훈을 얻었다.

내부고발자가 누구인지, 왜 그런 행동을 했는지 소상하게 밝혀졌다. 내부고발자의 동조자가 뒤늦게 잘못을 뉘우치고 양심고백을 했다. 그러나 나는 모른 척하고 넘어갔다. 더 이상 그 일로 마음을 상하고 싶지 않았다. 사건 당사자는 아무렇지도 않게 2년이란 세월을 회사에 다니다가 스스로 떠났다. 퇴사 후 그는 우리 제품과 유사한 판넬을 판매했는데, 지금은 우리 업계에서 아예 사라져 버린 것 같다.

그가 고자질을 한 이유는 단순했다. 자신의 영업력을 과신한 나머지, 자기가 몸담은 회사를 해코지하여 그 틈새에서 자기 욕심을 챙기겠다는 야심에서 만들어진 음해사건이었다. 그로부터 나는 하루 일과를 끝내고 잠자리에 들기 전, 그날 하루를 되짚어보는 버릇이 생겼다. 증자(曾子)가 말한 일일삼성(一日三省)을 내 나름대로 지켜보았다.

첫째, 우리 직원들을 위해 나는 오늘 최선을 다했는가? 둘째, 회사 거래처에게 오늘 나는 신뢰를 잃는 일을 하지 않았는가? 셋째, 오늘 배운 것을 내 몸에 익혔는가? 나는 날마다 이 세 가지를 검증하고서야 잠자리에 들었다. 궂은일을 겪을 때마다 나는 낙담도 했지만, 오히려 더 단단하게 각오를 다졌다.

고정관념을
깨라!

　성공을 이루는 습관 중 하나는 생각을 다르게 하는 것이다. 고정 관념을 깨면 또 다른 길이 보인다. 고정관념을 깨고 자유롭게, 다른 각도로 생각하면 성공을 불러들이는 길이 나타난다. 대다수의 사람들은 대다수가 가는 길을 가며, 서로 비슷한 형태의 삶을 약속이나 한 듯이 살아간다. 하지만 성공은 변화를 요구한다. 그래서 '다르게 생각하는 것'이 우리 시대의 성공 키워드고, '고정관념을 깨는 것'이 성공의 코드라고 한다. 고정관념을 깨야만 다르게 생각하는 것이 가능해진다고 한다.

　1992년 2월에 입사한 권오진은 내 조카사위이다. 그는 입사 초기부터 매우 의욕적으로 기존 거래처 관리에 나섰다. 흐르는 물처럼 부드럽게 거래를 관리해 회사의 이미지마저 부드럽게 만들었다. 그런가 하면 새로운 거래처 개발에도 매우 적극적이었다.

　우리 회사는 1998년 8월 지붕판금공사 면허를 취득하고, 2000년 이후 지붕판금 분야로도 진출했다. 권오진은 이 분야 마케팅에 빼어난 실력을 과시했다. 그는 이 분야의 전문지식으로 무장해 자기가 목표로 삼은 타깃은 꼭 성공시켰다. 지금 권오진은 우리 회사의 부사장으로, 여전히 경쟁사와 조화로운 관계를 지키면서 영업력을 넓혀가고 있다.

권오진 부사장이 과장이던 때 그는 현대건설을 전담했다. 그 무렵 현대건설은 고속철도(KTX) 건설 수주회사로 경기도 화성 지역 구간을 맡았다. 우리 회사는 현대건설의 협력사로 참여했다. 어느 날 권오진이 급히 전화를 해왔다. 이 건설현장의 주요 건물은 모두 타사의 제품이 들어가고, 우리 회사는 창고·식당 등의 부속건물만 맡게 되었다고 보고했다. 권오진은 매우 자존심이 강한 사람인데, 아주 의기소침한 목소리로 말했다. 순간 내 자존심도 움찔했다.

나는 한걸음에 현장으로 달려갔다. 타사 제품과 우리 제품의 차별성을 확인하기 위해서였다. 변화가 필요했다. 고정관념을 깨야 했다. 다르게 생각해야 했다. 판넬기계 제작사인 일광산업(대표 윤석봉)에 재빨리 주문을 넣었다. 판넬 상하를 다르게 한 RP판넬과 사이딩판넬이 다른 제품보다 파형을 깨끗하게, 그리고 코너마다 다양한 색상을 부여하도록 했다.

이렇게 제품의 모양을 확 바꾸었더니 현장에서의 반응은 폭발적이었다. 서울외곽순환고속도로 11공구 현장부터 도로공사 현장에서는 우리 제품이 싹쓸이를 했다. 나는 변화가 필요한 시점에서는 주저하지 않았다. 고정관념을 깨부수었고, 다르게 생각했다. 기업이 시장을 선도하는 확실한 방법은 없는 시장을 새로 만드는 것이다. 하지만 모든 기업이 없는 시장을 다 새로 만들 수는 없다. 이때는 차선을 택하게 된다. 그것은 기존 시장을 정복하는 것이다.

나의 삶 나의 도전

그런데 새로운 시장을 개척하는 것보다 기존시장을 정복해 선도 기업이 되는 방법은 더욱 어렵다. 기존의 강자보다 월등히 강한 경쟁력으로 이미 자리 잡은 경쟁사를 이겨 내야하기 때문이다. 이럴 때 필요한 것이 다르게 생각하고 고정관념을 깨는 것이다. 이렇게 혁신을 하려면 기술에만 국한되지 않는다. 유통, 프로세스, 원가, 가격 등 모든 영역에서 혁신이 동시다발로 이루어져야 한다.

2014년 2월 3일, 글쓰기 병에 걸린 어느 선비의 일상을 담은 『자저실기(自著實記)』가 안대회 교수팀의 번역으로 출간되었다. 이 책을 쓴 사람은 효전(孝田) 심노숭(沈魯崇, 1762~1837)인데, 그는 정조·순조 연간의 학자이자 문인이다. 이 책 속에는 노인에 대한 다섯 가지 형벌과 다섯 가지 즐거움에 대해 논한 대목이 있는데, 흥미를 끈다.

제2공장 건물 전경(김포 월곶면 갈산리)

사람이 늙으면 어쩔 수 없이 다섯 가지 형벌을 받게 된다고 했는데, 첫째, 보이는 것이 뚜렷하지 않으니 목형(目形)이요, 둘째, 단단한 것을 씹을 힘이 없으니 치형(齒形)이요, 셋째, 다리에 걸어갈 힘이 없으니 각형(脚形)이요, 넷째, 들어도 정확하지 않으니 이형(耳形)이요, 다섯째, 궁형(宮刑)이 그것이라고 했다. 눈이 흐려져 책을 못 읽고, 이는 빠져 잇몸으로 호물호물하고, 걸을 힘이 없어 집에만 박혀 있고, 보청기의 도움 없이는 자꾸 딴소리만 한다. 마지막 궁형은 여색을 보고도 아무 일렁임이 없다는 뜻이다.

승지(承旨) 여선덕(呂善德)이 이렇게 말하자, 심노숭은 정반대의 의견으로 반격했다. 첫째, 보는 것이 뚜렷하지 않으니 눈을 감고 정신을 수양할 수 있고[目樂], 둘째, 단단한 것을 씹을 수 없으니 연한 것을 씹어 위를 편안하게 할 수 있고[齒樂], 셋째, 다리에 걸을 힘이 없으니 편안히 앉아 힘을 아낄 수 있고[脚樂], 넷째, 나쁜 소식 듣지 않으니 마음이 절로 고요하고[耳樂], 다섯째, 반드시 망신을 당할 행동에서 저절로 멀어지니 목숨을 오래 이어갈 수 있다[宮樂]고 했다.

생각을 다르게 먹으면 불행과 좌절이던 것이 행운과 기쁨으로 변한다. KTX 공사에서 위축된 권오진 과장의 말에, 낙담만 했다면 우리 회사의 미래는 없었다. 나는 그때가 변화할 때라고 보았다. 생각을 바꾸니 행동이 달라졌고, 우리 제품도 달라졌다.

나의 삶 나의 도전

자랑스러운
중소기업인상을
받으며

　정부와 중소기업중앙회는 중소기업인의 경영의욕과 자긍심을 높여 주기 위하여, 1994년 4월부터 중소기업의 발전과 기업경영에 남다른 노력을 하고 있는 중소기업인을 선정하여 '이달의 자랑스러운 중소기업인상'을 수여해 왔다.

　나는 1997년 11월에 '이달의 자랑스러운 중소기업인'으로 선정되어 통상산업부 정해주 장관의 표창과 박상회 중소기업중앙회 회장의 상패를 받았다. 중소기업인이 받는 가장 영예로운 상을 받자, 신문사에서 나를 찾아왔다.

"3년간 연 66.7% 고속성장, 경영성적 A+, 은행 부채비율 30%에 그쳐. 적극 환관리로 환차익 내기도.

극심한 경기침체 와중에서도 기술 개발을 통해 연평균 66.6%라는 경이적 성장을 일궈낸 기업이 있어 화제다. 바로 건축물 구조용 샌드위치 패널 및 방음벽 제조업체인 삼우중공업(주)이다. 지난 82년 설립된 삼우중공업은 94년 45억 원의 매출을 올려 전년 동기 대비 118%의 매출신장률을 기록한데 이어 95년에는 51.4% 늘어난 68억 원, 그리고 지난해에는 30.3% 늘어난 89억 원의 매출실적을 기록 했다. 이를 연평균 매출신장률로 환산하면 66.6%에 달한다. 삼우중공업이 이처럼 고속성장을 나타내고 있는 것은 조욱환 사장(48)이 노력한 결실이다. 지난 89년 연매출 6~7억 원에 불과하던 삼우중공업을 인수한 조사장은 기술개발에 필요한 투자자금 마련을 위해 시흥에 있는 연건평 70평의 자택을 처분했다. 이 같은 노력 끝에 햇빛을 본 것이 횡패널이다.

횡패널은 기존의 종패널에 비해 골이 많고, 이로 인해 하중을 떠받치는 강도 역시 뛰어나다. 조사장은 여기서 머물지 않고 내화성 및 내구성이 향상된 방음벽을 개발하는 한편, 방수조인트시스템 구축으로 제품의 불량률을 감소시켰다. 사실 조사장의 경영성적표는 품질 및 생산성 외에 판매, 재무관리, 인력관리 등에서도 A플러스를 받기에 부족함이 없다. 조사장은 거래선 다변화 및 공격적 판매 전략을 통해 거래선을 두 배로 늘렸으며, 해외시장 개척에도 심혈을 기울여 지난 95년에는 1백만 달러 수출탑을 수상했다. 특히 은행 부채비율을 30%선으로 묶고, 안정적인 자금관리를 통해 회사를 운영해 나가고 있다. 이와 함께 최근에는 환관리에도 적극 나서 환차손이 일반화된 중소업계에선 보기 드물게 환차익을 보고 있기도 하다. 조사장은 이 같은 일련의 공로를 인정받아 25일 기협중앙회(회장 박상희)로부터 이달(11월)의 중소기업인으로 선정됐다."

1997년 11월 26일자 『서울경제신문』은 나의 수상을 이렇게 보도해주었

다. 『매일경제』 등 여러 언론사와 인터뷰도 했다. 인터뷰에서 기자가 경기 불황을 극복할 수 있는 방법을 물었고, 나는 확고한 신념을 갖고 이렇게 답했다.

"경기 불황을 극복할 수 있는 유일한 방법은 기술 개발 뿐입니다. 끊임없는 연구개발을 통한 신제품 개발만이 기업을 살아남을 수 있게 합니다. 95년부터 2년간 3~5명으로 된 기술개발팀을 구성하고, 독일과 프랑스 등에 연구원을 보내는 등 기술개발에 박차를 가했습니다. 앞으로 더 나은 기술개발을 위해 대기업의 생산직에서 일했던 전문직 명퇴자 6~7명을 채용할 계획입니다."

나는 젊었고, 일을 사랑했고, 기업을 경영하는 재미에 빠져있었다. 나는 연매출 100억에 만족할 수는 없었다. 삼우를 더 키우기 위해 노력했다. 하지만 어려움도 있었다. 중소기업의 가장 큰 어려움은 기술개발을 할 수 있는 자금력과 인력 확보가 어렵다는 것이다. 기술개발을 위해 집까지 팔아야 하는 중소기업의 현실에서, 은행 대출을 거의 무제한으로 받는 대기업과의 경쟁에서 이기기는 매우 어렵다. 자금력보다 더 어려운 것은 우수한 인력 확보다. 대기업 가운데는 중소기업 시기를 거쳐 성장한 기업들도 많다.

중소기업이라고 해서 대기업과 경쟁이 안 된다고 지레 겁을 먹을 필요는 없다. 대기업과 동반해서, 거인의 어깨 위에서 함께 발전하면 된다. 중소기업의 연구 인력에게도 충분한 지원과 새로운 혁신의 동기를 부여해주면 자신들이 가진 능력을 더 발휘하게 할 수 있다. 물론 그럼에도 대기업에 비해 인재가 부족한 것은 어쩔 수 없다. 그래서 나는 퇴직자 등을 적극 채용하기도 하고, 일할 수 있으면 나이를 따지지 않았다. 삼우에는 정년제도가 없다.

연구 개발로
다시
질주하다

　중소기업이 오래 장수하려면 자신만의 독특한 강점을 갖고 있어야 한다. 삼우가 프리패브 시장에서 살아남기 위해서는 우수한 품질의 제품을 생산할 수 있어야 한다. 나는 우리 회사의 강점, 경쟁력을 지속시키기 위해 연구개발에 많은 투자를 했다. 앞서 신문사와 인터뷰한 것처럼 나는 연구개발에 많은 투자를 했다.

　2003년의 경우를 예를 들어보겠다. 우수한 직원들의 노력 덕분에 2003년 2월 2중 결합구조를 가진 벽체용 조립식 판넬에 대한 실용신안 등록을 마쳤다. 4월 30일에는 내화구조인정 획득해, 우리 판넬이 불에 강한 좋은 자재임을 공식적으로 인정받았다. 6월 10일에는 판넬을 이용한 조립식 벽체 및 구축공법을 특허 등록했다. 같은 날 조립식 판넬용 보강재도 의장 등록되었다. 8월 26일에는 벽체용 조립식 판넬이 실용신안등록을 했다. 8월 30일에는 SW-500 루핑 시스템을 도입했다. 12월 1일에는 Clean Room&SGP

칸막이 판넬라인을 설치했다. 클린 룸이란 실내에 부유하는 먼지뿐만 아니라 온도·습도·조도·기류·공기압 등 실내 환경 규정에 따라 자동적으로 제어되는 밀폐된 공간을 말한다. 또한 클린 룸은 필요에 따라 실내의 유해가스, 진동, 소음의 제어도 가능하다.

시대 변화에 맞춰 새로운 기술을 개발하기 위해 투자를 지속해야 한다. 시대 변화를 따라가지 못하면 뒤처지게 되어있다. 기업을 경영하는 것은 살얼음판을 걷는 것과 같다. 치열한 생존경쟁이 벌어지는 산업 생태계에서 살아남을 수 있는 나만의 무기를 반드시 갖추어야만 한다. 기술 개발 투자는 당장 효과를 볼 수 없는 경우도 있고, 개발 실패로 투자금을 날리는 경우도 있다. 대기업에 비해 자금이 부족해 더 큰 연구를 못하는 경우도 있다. 하지만 중소기업이 살아남기 위해서는 확실한 자기만의 장점을 가져야 한다. IMF 위기를 겪으며 나는 기술개발에 힘쓰는 등 삼우의 실력을 다지는데 노력했다.

이렇게 생산라인 개선에 투자를 하는 한편, 8월 5일 미국의 CENTRIA사와 협력업체 체결을 했다. 풍림건설㈜을 통해 사할린에 그라스울 판넬을 수출했는데, 이 공사는 우리 회사가 시공까지 했다. 영업1부, 영업2부도 열심히 뛰어 2003년 연매출은 220억 원을 올렸다. 전년보다 10% 성장했다.

'ISO 9001'인증은 ISO에서 품질경영 시스템에 관한 국제규격으로 고객에게 제공되는 제품 서비스 체계가 있는데, 여기서 규정한 요구사항에 만족할 만하고, 지속적으로 유지 관리될 수 있는 조직을 갖추고 있는지를 객관적으로 평가해 인증해 주는 제도이다. 삼우는 2004년 3월 19일, ISO 9001인증을 획득함으로써, 국제적인 모델의 품질 경영 시스템을 갖추었음을 인정받았다. 이러한 노력 덕분에 2004년 매출액은 260억으로 18% 성장을 할 수 있었

풍림건설을 통해 수출한 그라스울 판넬(러시아 연해주 블라디보스톡)

다. IMF 금융위기가 닥친 1998년을 빼고는 매년 삼우의 매출이 성장했다.

안정된 성장 덕분에 2005년 신용 평가 등급이 대기업에 못지않은 BBB+
를 받았다. 공장부지도 늘리고, 기계 시설도 많이 보완했으며, 메탈 판넬 라
인도 추가로 설치했다. 자금 흐름이 양호하며, 품질이 우수한 판넬을 생산
하는 회사로 평가받은 덕분에 삼우는 국내의 모든 건설회사와 거래 등록을
할 수 있게 되었다. 따라서 영업 기반도 한결 탄탄해졌다. 리비아, 예멘, 가
이아나 등으로 수출국도 늘어났는데, 쇼핑몰, 냉동·냉장창고 수주가 많았
다. 국내에서는 도로공사, 주택공사, 토지공사, 수자원공사 등의 관급 공사
를 대량 수주함으로써 매출이 크게 늘어났다. 2005년에는 연매출이 30%

늘어난 340억 원에 달했다.

　2006년 세계 굴지의 유통기업인 영국의 TESCO가 경남 함안에 대형 물류 센터를 건립했다. 이 공사를 삼성물산이 맡았는데, 우리 회사는 지붕 및 내 외장재공사 수주를 받았다. 국내에서는 처음으로 시공되는 냉동·냉장창 고였다. 첨단 공법에 의한 시공이어서 우리 회사는 영국 기술자를 초빙해 기술을 배웠다. 권오진 상무와 조규태 과장이 주축이 되어 냉동·냉장창고 공사를 무사히 완공했다. 이 분야의 공사로는 국내 신기원을 이룬 셈이다. 이때 기술을 익힌 우리 회사 실무팀은 이후 많은 공사를 수행했다. 3월 7일 에는 냉동·냉장고의 조립식 판넬 연결구조가 실용신안 등록되었는데, 고려 대 기계공학과 김호영 교수가 많은 도움을 주었다.

　2006년 11월에는 독일 비즈니스 파트너인 오테를 통해 벨기에의 벤베소 공장을 방문했다. 권오진 상무와 조규태 과장이 동행하여, 성공적인 협상 을 하였다. 그때 우리 회사는 벤베소의 한국 에이전트가 되었고, 벤베소 제 품을 수입하여 국내에 보급하게 되었다. 2006년에는 TESCO 공사 수주로 매출액이 350억으로 전년보다 소폭 증가했다.

회사명을
바꾸다

2007년 1월 2일부터 그 동안 사용해 왔던 상호이던 삼우중공업을 '㈜삼우이앤아이(SAMWOO ENI Co., Ltd)'로 변경했다. 중공업이란 용어가 가진 묵직한 이미지는 좋았지만, 점차 시대에 뒤쳐진 이름이 되고 있었다. 현대적인 기업이미지가 필요해진 시점이어서, 기업명을 바꾸게 된 것이다. 국내 영업 1부와 2부는 서로 경쟁하듯 열심히 일했다. 정부투자기관 공사를 대량 수주했고, 로지스틱 창고, 첨단공법에 의한 냉동·냉장창고 등을 계속해서 수주를 받아 완공시켰다. 해외시장인 칠레·리비아·대만 등지에서도 계속 수주가 이어져 우리 공장은 풀가동했다. 나는 권오진과 둘째 아들 규태를 대동하고 독일과 벨기에를 방문했다. 벨기에의 Van Besouw사와 Besotec 방수재 Sole Agent 협정을 맺어 방수재 공급을 받게 되었다. 이해 연매출은 364억으로, 작년 대비 5% 정도 늘어났다.

2008년 1월 2일, 본사 사무실을 김포시 통진면 마송리 소재 공장으로 이

전했다. 본사로 쓰던 금천구 가산동 소재 우림라이온스밸리 B동 1507호는 서울사무실로 사용했다. 4월 28일 냉동·냉장창고의 조립식 판넬 연결구조체에 대한 특허등록이 되었고, 9월 29일에는 금속구조물(창호공사업) 면허를 취득했다. 김해의 롯데 냉동 창고, 삼성SDI 천안공장, 부산 신세계백화점 등 대형 프로젝트를 수주 받아 빈틈없이 시공·완료했다. 논란의 대상이던 4대강 사업과 아라뱃길 사업에도 참여했다. 그리고 현대건설의 동반자로 스리랑카 콜롬보 항만공사에 참여했고, 대만 Chenkee를 통한 여러 건의 공사를 마무리했다. 이렇게 열심히 일한 결과 연매출은 405억 원을 넘겼다.

2009년 연초부터 대우건설㈜을 통하여 알제리에 많은 제품을 수출했다. 김강수 이사를 슈퍼바이저로 파견했다. 대만의 Chenkee는 여전히 수주 물

부산 센텀 신세계백화점 시공

나의 삶 나의 도전

량을 늘여갔으며, 우리 회사도 그에 따라 수출 실적이 신장되어갔다. 벨기에 벤베소에서 수입하는 자재의 국내 보급 마케팅도 먹히기 시작했다. 그 보급률도 수직으로 상승했다. 이명박 대통령의 공약 사업인 4대강과 아라뱃길 공사에 대형 건설회사들의 동반자로 참여할 수 있었다. 이렇게 일한 2009년의 연매출은 520억 원이었다. 작년대비 28% 이상 신상된 것이다.

우리는 모두 성공하기를 희망하면서 살아간다. 성공은 사람마다 희망하는 꿈이자 인류의 본능이다. 남들이 하니까 나도 따라 하면 편안하기는 해도 지혜로운 판단은 아니다. 누구나 자신이 간절히 바라는 것을 이루기 위해서는 피나는 노력과 인내가 필요하다.

소치 동계올림픽을 치르고 은퇴한 나의 고려대 후배 김연아 선수도 피겨의 세계 여왕이 되기까지 고달프고 혹독한 연습을 견뎌냈다. 내가 사업을 시작한 이후, 회사의 매출액은 IMF 위기 2년간을 제외하고, 매년 지속적으로 늘어왔다. 여러 가지 힘겨운 일들도 많았다. 하지만 나와 직원들 모두 열심히 일한 덕분에 위기를 극복할 수 있었다. 변화를 두려워하지 않고 제품 개발과 생산 시설 투자에 노력했던 것이 결과로 나타났다.

1999년 매출액 98억이었던 회사가, 2009년 520억을 넘겼으니, 매출액이 10년 사이에 5배 증가한 셈이었다. 이제 매출액 1000억을 넘기는 날도 곧 오리라고 생각했다. 하지만 더 발전하기 위해서는 또 다른 변신이 필요하다는 것을 2009년 10월에 열린 제4회 베이징국제건축박람회에 참여하면서 크게 절감했다.

나는 권오진 전무와 조규태 차장과 함께 10월 14일 오후 베이징에 도착해 하룻밤을 자고, 15일 오전 10시쯤 전시회장에 도착했다. 우리는 전시장 부스를 하나하나 살폈다. 우리의 시선과 관심은 아무래도 건축자재 부스였다. 강철구조, 콘크리트 구조, 벽돌 구조, 알루미늄 합금구조, 멤브레인 구조, 나무·플라스틱 구조 등이 전시되어 있었고, 벽재료, 지붕재료, 벽단열, 방수재료, 단열재료, 화재예방재료, 창문, 문 등도 우리의 관심을 끌었다.

중국에서 한창 건설 붐이 일고 있는 터여서 세계 굴지의 자재 회사들이 총출동한 듯했다. 우리는 베이징 방문이 초행이어서 가이드의 안내에 귀 기울였다. 방문하기 잘했다는 생각이 들었다. 사실 이 분야 제품들이 가진 라이프 사이클은 2~3년이라고 봐야 한다. 따라서 최신 기술에 의해 생산된 제품을 눈으로 확인하려면 이런 전시회장을 방문하는 것이 1차적인 정보 수집이 된다. 오후 4시경 전시장을 떠나 숙소로 돌아왔다.

많은 이들이 즐겨보는 드라마에 등장하는 회사를 경영하는 사람들은 대부분 시간이 많아 보인다. 한가롭게 연애나 한다. 하지만 제대로 된 기업을 경영하는 사람은 무척 바쁘다. 회사를 어떻게 하면 발전시킬 수 있을지를 고민해야 하고, 스스로 처리해야 할 일들이 많다. 나는 늘 삼우이앤아이가 절대로 망해서는 안 된다는 생각을 갖고서 기업을 경영했다. 기업이 망해도, 나 혼자만 망하면 되었지, 다른 사람에게 피해를 주고 싶지 않았다. 기업이 망하면 회사에 다닌 직원들의 삶이 무너진다. 회사가 망해 내가 다시 가난했던 시절로 돌아가는 것은 내가 결코 용납할 수 없다. 나의 가족들에게 힘겨운 삶을 살게 하고 싶지 않았다. 나는 잠자리에 들기 전까지 삼우이앤아이의 내일을 어떻게 가꾸어 갈 것인지를 이리저리 생각하다가 잠들었다. 나의 삶은 늘 긴장과 바쁨, 고민의 연속이었다.

제4부

나의
기업 이야기

우정과
아이볼루션

우정이란 사람이 살아가는 과정에서 맺게 되는 인간과 인간 사이의 밀접한 관계를 가리킨다. 어려서부터 함께 자라며 사귄 친구를 죽마지우(竹馬之友)라 한다. 내게는 죽마지우는 아니지만, 물과 고기 사이처럼 깊은 인연을 맺어온 수어지교(水魚之交) 같은 친구는 있다. 그와 나는 서로 뜻이 잘 맞고 허물이 없어 막역지교(莫逆之交)라고 하는 것이 더 어울리겠다. 최면호에 대한 이야기다. 그는 1996년에 미국으로 건너가 살다가 2004년 여름에 귀국했다. 오랜만에 만난 최면호는 대뜸 이렇게 물었다.

"어이 친구야, 넌 지금 어디서 사냐?"
"강서구 가양동 대림아파트에서 산다. 왜 그러냐?"

다짜고짜 호구조사부터 하는 말투에 나는 심기가 불편해 다소 퉁명스럽게 대꾸했다.

"야, 격 좀 높여라. 사는 데도 가양동, 사무실도 화곡동의 임대……. 이러면 사회 생활하는 데 너를 한 수 아래로 볼 수 있어."

그 순간 친구의 직설적인 충고에 울컥 울화가 치밀었다. 그렇게 말하는 그의 본심이 나를 멸시하자는 것이 아니라, 나를 자극하기 위한 말이라는 것을 금세 알아차렸다. 사업을 하려면 최소한의 체면치레는 필요하다고 그는 강조했다. 사업하는 사람이 지나치게 올곧고 고지식하면 양심적인 선택은 될지 몰라도 가장 현명한 선택은 아니라고 했다.

내게 이로운 친구는 직언을 꺼리지 않는다. 언행에 거짓이 없다. 지식을 앞세우지 않는다. 살면서 만나는 여러 사람들의 호의보다 한 사람의 친구로부터 듣는 직설적인 충고가 훨씬 값어치가 있다. 최면호는 지금의 내게 가장 필요한 것은 아이볼루션(Ievolution)이라고 했다.

아이볼루션은 'I'와 'Revolution'의 합성어이다. 내게는 즉 '자기혁명'이 시급하다고 했다. 자기혁명을 위해서는 우선 나(I) 자신을 제대로 보라는 것이었다. 나의 이름은 조욱환이다. 내 이름 석 자가 확실한 내 브랜드다. 이름은 내 소유다. 하지만, 진주가 아무리 아름다워도 세상에 나와야 제값을 받는다. 바다 속에 있으면 아무 소용이 없다. 그래서 지금부터는 내가 만나는 사람을 모두 소비자로 보고, 내가 가는 모든 곳을 시장으로 보라는 것이었다. 따라서 겸손은 미덕이 아니라고 했다. 누가 내게 무엇을 할 줄 아느냐고 물으면, 오만할 정도로 당당하게 나서라고 했다. 그렇지 않으면 나를 알

대청주유소

릴 수도, 팔수도 없다고 했다.

성공은 하나의 습관을 바꾸는 일이다. 아이볼루션 작업도 나를 회사형 인간에서 FA(Free Agent)형 인간으로 바꾸는 일이다. 그렇다고 일의 '포로'가 되어서는 안 된다. 일의 '프로'가 되어야 한다. FA형 체질로 바꾸는 일은 '포로'라는 글자에서 점 하나를 빼고 나를 '프로'로 만드는 작업이다.

달걀이 하나 있다. 이 달걀의 이름은 '성공 인생'이다. 내가 그 달걀을 깨고 나오면 병아리가 된다. 그런데 남이 그 달걀을 깨면 계란 프라이밖에 되지 않는다. 스스로 깨고 나오는 게 아이볼루션이다.

나는 2005년 2월 1일, 금천구 가산동 소재 20층 우림라이온스밸리 B동에 160평 규모의 사무실을 매입해 이전 했다. 2006년에는 최면호가 자신이 운영하던 강남구 일원동 소재 대청 주유소를 내게 넘겼다. 매각 대금은 1년 가까이 유예해 주었다. 주거공간까지 갖춘 그 주유소를 2006년 6월에 인수했다. 나는 골프회원권, 적금, 보험 등의 재산을 모두 정리하여 2007년 2월까지 대금을 완불했다. 2006년 9월부터 주유소를 운영했는데, 처음에는 경영을 남에게 맡겼다가 11월부터는 아내가 맡아 직접 운영했다. 아내는 힘들어 하면서도 자기도 할 일이 생겼다며 정말 열심히 해내고 있다.

나의 가장 귀중한 친구는 이처럼 사려가 깊고, 직언을 서슴지 않는 친구 최면호다. 내가 어리숙한 매너리즘에 빠져 있을 때 독한 채찍질로 나를 진짜 장사꾼이 되라고 강요했던 친구가 최면호다. 우리는 피 한 방울 안 섞였어도 피보다 진한 우정을 갖고 있다. 그 덕에 나는 아내에게 대청 주유소를 경영하며 노년을 보낼 수 있는 선물을 주었다.

강남시대의
개막

2010년 3월 16일 서울사무소를 금천구 가산동에서 2007년에 사두었던 강남구 대치동 타워크리스탈빌딩 9층으로 이전했다. 강남시대의 개막이었다.

아침마다 일원동 집을 나와 대치동 사무실로 출근을 하게 되면서, 강남은 내 생활의 중심공간이 되었다. 사무실이 강남에 있다 보니, 헬스클럽도 강남도 있게 되고, 식사하는 곳, 술 마시는 곳도 강남에서 주로 찾게 되었다. 비즈니스도 자연 강남을 중심으로 이루어지게 되었다.

1960년대 서울로 전국에서 사람들이 모이기 시작하면서, 서울 인구가 폭발적으로 증가하자 강북만으로 그 인구를 수용할 수 없어 강남개발이 계획된다. 1970년대 중반부터 영동지구와 잠실지구의 토지구획정리가 진척되고, 잠실대교, 영동대교, 잠수교와 천호대교, 성수대교가 만들어지면서, 강남은 빠르게 개발이 촉진된다. 정부는 강남 개발을 위해 명문 고등학교를 강제로 이전시키면서, 1980년대부터 강남 8학군이 유명세를 떨치기 시작했다. 대법원, 검찰청, 관세청 등 정부 기관이 이전하고, 고속버스터미널과 지하철 2호선이 뚫렸다. 새로운 주거형태인 아파트가 강남에 집중 건설되면서, 아파트 공화국의 시작을 알렸다. 신도시 강남이 구도심을 차츰 앞지르기 시작하더니, 마침내 강남은 한국 제일의 주거지, 비즈니스 거리, 문화의 중심지로 부상했다.

강남 대치동 사옥 건물

2012년 여름 가수 싸이의 '강남스타일'이 세계적인 히트곡이 되면서, 세계인이 모두 아는 '강남'이란 브랜드가 완성되었다. 강남과 비강남의 차이는 날이 갈수록 벌어지고 있다. 지금 강남은 금싸라기 땅이 되었다.

강남에 살다보면 왜 이곳 아파트와 건물, 땅 값이 비쌀 수밖에 없는지, 왜 많은 사람들이 강남에 살기를 원하는지를 알게 된다. 나는 강남 예찬론자까지는 아니다. 그렇다고 강남에서 살게 된 것을 후회한 적은 없다. 강남에 살면 대한민국을 이끌어가는 리더들을 가까운 곳에서 쉽게 만날 수 있다는 이점이 대단히 크다는 것을 저절로 알게 된다. 강남으로 활동무대를 옮기면서 나의 사회활동에서 많은 변화가 생겼다.

강남이 갖는 이미지가 나에게 더해지면서 세간의 평가도 달라짐을 느낀다. 내가 중소기업을 경영하고 있다고 하면, 나를 그저 그런 사람으로 평가하는 사람들이 있다. 그런데 강남에 주유소를 소유하고 있다고 하면, 나를 다시 보곤 한다. 강남에는 더 이상 주유소 개설허가가 나지 않기 때문에, 지금은 강남에 주유소를 갖고 싶어도 가질 수가 없다.

강남의 변화를 강 건너 불구경하던 내게 강남으로 이사하도록 권한 사람은 나의 벗이자 멘토인 최면호다. 그가 없었다면, 나의 강남시대는 훨씬 늦게 시작되었거나, 어쩌면 강남에서 살 수 없었을지도 모른다. 나의 강남생활이 남들보다 늦었다고 생각한 적이 있었다. 하지만 늦었다고 생각한 그때가 내게는 가장 빠른 시점이었다. 이때 강남으로 옮겨오지 않았다면 지금 내 삶은 크게 달랐을 것이다.

은탑산업훈장을
수상하다.

2011년 5월 16일, 나는 청와대 녹지원에 있었다. 내 대학선배이자, 고려 라이온스클럽 멤버인 이명박 대통령으로부터 은탑산업훈장을 받기 위해서 였다. 청년 기업인, 일류 제품을 만드는 중소기업인, 일자리 창출에 기여한 기업인 등 400여 명이 초청되었다. 그날 이명박 대통령은 중소기업 유공자 들에게 산업훈장과 포상을 수여했다.

훈장이란 국가와 사회에 대해 뚜렷한 공로를 세웠다고 인정되는 사람에 게 국가가 그 공로를 표창하기 위해 수여하는 표장(標章)이다. 그 가운데 산 업훈장은 국가의 산업발전에 기여한 공적이 현저한 사람이나 기업에게 수 여한다. 1등급 금탑산업훈장, 2등급 은탑산업훈장, 3등급 동탑산업훈장, 4 등급 철탑산업훈장, 5등급 석탑산업훈장 다섯 종류다. 기업인으로서 산업 훈장은 엄청난 영예다. 나는 무려 2등급인 은탑산업훈장을 받았다.

은탑산업훈장 수상은 경제뉴스에서 매우 큰일이기 때문에, 많은 언론사

녹지원에서

녹지원에서 권오진 전무와 함께. 그는 작년에 대통령표창장을 받았다.

나의 삶 나의 도전

들이 보도를 해주었다. 내가 은탑산업훈장을 수상한 이유를 28년간 건축용 자재 분야에서 자동패널 생산 시스템 도입 등을 통해 생산성을 20% 향상시킨 점, 창사이래로 끊임없는 변화와 도전으로 조립식 건축분야에서 낙후된 시스템을 획기적으로 발전시킨 점, 건축자재산업의 발전을 통한 국가경쟁력 강화에 기여한 공로 등으로 보도해주었다.

내가 살아오면서 받은 상들 가운데 지금까지 최고의 상은 단연코 은탑산업훈장이다. 수상자는 대통령이다. 은탑산업훈장의 제식은 중수(中綬; 받는 사람의 목에 거는 훈장)로 된 정장(正章)·부장(副章)·약장(略章)·금장(襟章)으로 되어 있다. 서훈 대상자 본인은 종신토록 받은 훈장을 패용할 수 있으며, 사후에는 그 유족이 보관하되 패용할 수는 없다. 기업인으로 입신한 내 개인의 최대 영예였고, 우리 가문의 영광이고, 돌아가신 부모님에게 드릴 수 있

대통령과의 기념촬영

이명박 대통령으로부터 은탑산업훈장을 수여받고 있다.

2011년 수상 은탑산업훈장

나의 삶 나의 도전

은탑산업훈장을 수여 기념촬영

는 최고의 선물이 되었다. 아들, 손자, 손녀들에게 주는 소중한 메시지가 될 것이다.

이날 녹지원에 모인 400여 명 가운데 유일하게 한복을 입은 사람은 내 아내였다. 공식행사가 끝나갈 무렵 대통령은 비서관을 보내 우리 부부와 기념 촬영할 기회를 만들었다. 후배에게 안부도 묻는 등 소상하게 챙겨 주었다. 참석자들은 부러운 듯 박수를 보냈다. 청와대에서 대통령으로부터 직접 수상한 순간을 지금도 잊지 못한다.

강소기업
삼우이앤아이

    2010년대 초반부터 언론과 공공기관을 중심으로 확대 재생산된 신조어가 있다. 강소국가, 강소기업 등이다. 2010년대 한국경제는 고속성장이 아닌, 내실을 다지기에 중점을 두게 되었다. 1990년대 말부터 2000년대 초반까지 중국의 급성장을 기회로 빠르게 성장하던 한국경제는 2010년대부터 중국경제의 질적 변화에 따라 위기를 맞이했다. 기술 수준에서 한참 뒤쳐졌던 중국이 점차 한국경제의 최대 경쟁자로 등장하면서 중국시장에서 한국의 비중이 차츰 작아지기 시작했다. 국제 정치, 경제 상황이 변하면서, 대한민국의 미래 모델로 내실을 다진 강소국가가 되어야 한다는 주장이 자주 등장했다.

    국방과 외교 분야는 논외로 치더라도, 경제 분야에서는 2010년대에 한국은 강소국가로 확실히 자리 잡은 시기였다. 반도체, 휴대폰, 자동차, 디스플레이어, 통신, 엔터테인먼트 산업 등에서 세계적인 경쟁력을 가진 국가로 변신에 성공했다.

　하지만 대기업의 성장과 달리 중소제조업체의 경영환경은 나날이 나빠
졌다. IT산업 등에서 일부 중소기업이 대기업으로 성장하기도 했지만, 제조
업에서는 대기업과 중소기업의 차이는 너무 커졌다.

　정부는 대기업과 중소기업의 동반성장을 수없이 강조해왔다. 건강한 중
소기업이 대기업으로 성장할 수 있는 기회가 이루어져야 한국경제가 더욱
튼튼해 질 수 있다는 것은 누구나 아는 상식이다. 하지만 한국경제가 발전
기를 지나 성숙기에 접어든 2010년대에는 제조업 분야 중소기업이 대기업
으로 성장하는 것이 불가능에 가까운 시기가 되었다.

　2009년 520억 매출을 올린 삼우이앤아이는 2010년에는 540억으로 매출
이 올랐다. 삼성엔지니어링을 통해 알제리 스키다(SKIDA) 정유시설 프로젝
트에 7백만 달러어치의 자재를 수출했다. 태백의 테마파크, 영남권의 물류
센터, 현대제철 소결·소성공장 증축, 경춘선 복선철도, 효성 창원공장, 강
남 순환도로, 그리고 계속된 4대강 공사와 아라뱃길 공사 등으로 매출이 상
승했다.

　은탑산업훈장을 받았던 2011년에는 활발한 해외사업을 벌여, 매출이 소
폭 늘어 550억을 달성했다. 2012년에는 Cheekee를 통해 대량으로 제품을
수출했고, KCC, 현대건설, 삼성물산, 대우건설, 대림건설 등 시공 현장에
제품을 납품하고 설치공사까지 겸한 덕분에 연매출이 660억을 넘겼다. 하
지만 2013년부터 건설경기가 나빠지면서 우려했던 매출 부진이 이어졌다.
IMF 이후 처음으로 매출이 450억으로 크게 감소했다. 2014년 496억으로
조금 회복되기는 하였지만, 2015년에는 457억으로 다시 줄었다.

　매출이 줄었다고 허둥댈 일은 아니었다. 더 높이 뛰어오르기 위해 잠시

숨을 고르는 중이라고 생각했다. 성공한 사람 치고 역경의 길을 걷지 않은 사람은 없다. 이 세상에서 가장 뛰어난 교사는 역경(逆境)이라고 한다. 나는 이 역경을 이기는 한 방편으로 잠시 내가 그동안 질주해 온 시간을 뒤돌아보기로 했다. 연초부터 이것저것 내 삶의 흔적이 담긴 자료들을 모았고, 2014년 10월 자서전인 『나는 내 인생의 주인이다』를 출간하기도 했다.

2016년 584억, 2017년에도 거의 같은 584억, 2018년에는 590억의 매출을 올렸다. 다시 사업이 제자리를 찾아갔다. 2019년 498억, 2020년 530억의 매출을 올렸다. 2019년에 매출이 줄어든 것은 아니었다. 2019년 10월 1일에 삼우이앤아이에서 인적분할을 통해 삼우이앤에프를 따로 독립시켰기 때문이다.

울타리
사업을
시작하다.

2014년 5월 관련 사업 다각화를 위하여 한석봉 이사를 스카우트하고 조직을 신속히 구성했다. 사무실 직원 6명, 공장 2명으로 하는 울타리 사업부를 마련했다. 가설사업이기에 Pre-fab 기존 생산 System을 이용하고 생산직원도 겸직으로 근무하게 하여 공장의 부족한 일감을 확보하였다. Pre-fab 기존 거래처를 상대로 손쉽게 영업하는 업종추가 영업이었다.

첫해에 40억 정도 실적을 올렸고, 둘째 해부터 80억, 셋째해인 2016년에는 120억을 넘었다. 그러나 관련 사업이기에 Pre-fab와 본 공사 Panel 영업에 동일 거래처 문제가 발생했다. 영업실적도 향상되므로 2019년 10월 8일에 ㈜삼우이앤에프로 법인분할(인적분할)을 했다. 2019년에는 150억 이상 매출을 올렸다. 또 문제가 많기에 2020년 12월 7일에 ㈜삼우이앤아이로 흡수합병했다. 매년 120억 이상의 실적을 올리고 수주도 선별적으로 하여 다른 사업부와의 충돌을 조정하여 지금은 안정기에 정착했다. 업계 최상위에 진

나의 삶 나의 도전

가설울타리 현장사진

입하는데 성공했다. 2023년까지 울타리 사업부에서만 약 1,000억 정도의 영업실적을 올렸다. 앞으로는 년 100억 정도만 판매실적을 올려 이익에 주력하려 한다. 관련 사업 다각화에 성공한 한 가지 선례인 셈이다.

기업 생존이
최우선이다.

　2009년 건축자재 제조와 판매, 건축공사업을 주요 사업으로 하는 주식회
사 휴먼코리아를 세웠다. 휴먼코리아의 매출은 2021년 22억 6천만 원, 22
년 17억 원, 23년도에는 19억 원의 매출을 올렸다. 그리고 2017년 12월부터
여행사인 인터비즈투어도 운영하고 있다.

　2021년 삼우이앤아이의 매출액은 693억 원, 2022년에는 817억 원, 그리
고 2023년에는 1,100억 원이 넘었다. 2024년에도 매출은 1천억 원이 넘을
것으로 예상하고 있다. 삼우이앤아이의 매출은 변동이 있었지만, 전체적으
로 꾸준히 상승해왔다. 영업이익 또한 꾸준히 흑자를 기록하며 건전하게
성장해왔다. 대기업 중심의 경제 환경에서 중소기업은 생존하는 것 자체가
성공이라고 할 수 있다.

　고용노동부에서는 매년 강소기업을 선정해 발표한다. 대기업이나 중견
기업이 아닌 중소기업 중에서 성장 가능성이 크고 근로조건이 우수하며, 3

김포 월곶면 갈산리 공장

년 내에 임금 체불이 없고, 고용유지율이 높아야 하며, 산재사망자가 없어
야 하며, 신용평가 등급이 B 이상 등 여러 조건을 충족시켜야 강소기업으로
선정될 수 있다.

나의 기업경영의 목표는 매출액 증가보다 기업 생존을 최우선으로 한다.
나의 경영 철칙은 가급적 은행에 손을 벌리지 않아야 한다는 것이다. 삼우
이앤아이는 채무가 거의 없어 재무건전성이 우수하다. 기술 개발과 인재를
중시하는 삼우이앤아이는 작지만 강한 기업으로 널리 인정을 받아, 매년 강
소기업으로 선정되고 있다.

인터비즈투어를
인수하다

2017년 12월 19일 나는 주식회사 인터비즈투어를 주식양수를 통해 인수했다. 인터비즈투어는 기업을 대상으로 하는 여행사다. 2008년 3월에 설립된 인터비즈투어는 2009년 7월 중소기업진흥공단 지정여행사로 협약되어, 청와대 해외 순방 경제인단 행사 전담 여행사, 국내외 기업 해외연수 대행 등 다양한 사업을 펼쳐왔다. 내가 여행을 좋아하고, 자주 여행을 다녀 보았기 때문에, 여행업이 미래 산업이 될 수 있겠다는 생각을 들었다. 나는 중소기업중앙회에서 오래 일을 하면서 인터비즈투어를 지켜보았고, 사업성이 충분하다고 판단했다. 특히 중소기업중앙회가 운영하는 홈앤쇼핑의 여행부분을 대행하고 있어, 안정적인 수익구조도 갖고 있는 점이 장점이었다.

중소기업중앙회가 보유한 200,000주를 7,500원(15억)에 아이비스홀딩스를 설립하여 인수했다. 다른 회사에서 인수하면 아쉽다는 주변의 권유가 원인이 되어 공개입찰로 낙찰 받아 인수했다. 인터비즈투어 대표이사인 유

나의 삶 나의 도전

길상 사장과 오랫동안 자중회 관계로 친분이 있어, 회사 경영도 당분간은 큰 문제가 없을 것이라고 예상했다. 2017년 10월 말 기준 인터비즈투어의 임직원은 16명, 자본금은 28.9억 정도였다. 홈앤쇼핑 판매수수료 수입이 있어서, 황금알을 낳는 좋은 회사를 M&A했다는 말을 주변에서 많이 해주었다.

그런데 2018년 2월 중소기업중앙회 선거에서 김기문이 당선되었다. 인터비즈투어를 인수할 때 근무한 강석훈 본부장은 4월에 해고했다. 김기문 회장 측에서 오는 6월까지만 홈앤쇼핑과 거래를 하고, 그 이후로는 거래를 할 수 없다는 청천벽력 같은 공문을 보내왔다. 사무실도 옮기라는 통보를 받고, 중소기업중앙회 건물에서 나와 여의도에 새로운 사무실로 이전하고 회사를 경영했으나 적자가 많아졌다. 예측할 수 없었던 변수가 인터비즈투어를 바꿔버린 것이다.

인터비즈투어의
빙어축제

    2019년 11월 5일 인터비즈투어는 인제군과 빙어축제 관광 활성화를 위한 여행 대행업체 협약을 체결했었다. 1998년 시작된 인제빙어축제는 겨울축제의 원조 격이다. 소양강 상류에 저절로 생겨난 빙어낚시를 겨울철 관광 비수기 지역에 축제로 승화시킨 것이다. 이후 화천 산천어축제, 평창 송어축제 등 유사한 겨울 축제 탄생에 기여했다.

    2020년 1월 18일 인제 빙어축제 개막식이 열렸다. 12시경에 나는 인제군 임하호에 도착했다. 전국에서 약 5만 명이 관광객이 축제장에 몰렸다. 4시에 최상기 인제군수를 비롯한 군관계자가 참석한 가운데 성대한 개막식이 열렸다. 나는 앞 줄 셋째 줄에 자리하여 개막식에 참석했다. 모처럼 시작한 새 사업이 성공하기를 빌었다. 날씨가 영상이라서 걱정이 되었다.

    다음날에도 인제 빙어축제장에 갔다. 가평을 지나면서 눈이 쏟아지더니, 산과 들이 온통 흰 눈발로 굿판을 벌였다. 날씨가 축제의 성공을 도와주었

나의 삶 나의 도전

인제 빙어축제 현장.

다. 임하호에 도착해서, 이강노 공장장, 민경완 고문, 임태수 상무 등과 어울려 썰매도 타고 낚시도 하며 축제를 함께 즐겼다. 쌀쌀한 날씨에 임하호에 내리는 백설. 자연의 맛을 한껏 느낄 수 있었다. 너무 좋다. 눈 내리는 겨울의 임하호는 환상적이었다. 식사도 하고 빙어회도 즐기면서 막걸리의 맛에 젖으니 이 보다 더한 즐거움이 없었다. 공장식구들, 인터비즈 직원들과 함께 사업 성공을 예감했다. 하지만 눈이 너무 내리기에 현장을 떠나 서울로 발길을 돌렸다.

1월 27일 설 연휴 마지막 공휴일에는 아내와 함께 빙어축제장에 나들이 갔다. 10시경에 도착했는데, 얼음이 녹기 시작해 빙어낚시를 못하고, 간단한 먹거리 쇼핑을 하고, 주변을 산책했다. 빙어축제 마지막 날이고, 날씨가 따뜻해져 인지 몹시 설렁했다. 지구온난화로 우리나라가 점점 겨울 축제가 어려워지는 나라로 변해가는 것 같다.

2020년 1월 11일에는 베트남 하노이 미딩 경기장에서 펼쳐지는 KPOP SUPER CONCERT IN HANOI 공연 여행 티켓 판매를 주관하는 등, 인터비즈투어는 새로운 여행수요를 창조해갔다. 홈앤쇼핑과 거래는 끝났지만, 나는 인터비즈투어의 새로운 성장을 믿어 의심치 않았다.

하지만 2020년에 닥친 코로나 팬데믹은 여행사에게는 상상이상의 충격이었다. 코로나 로 인해 외출조차 어려운 상태에서 여행은 아예 불가능했다. 2020년 8월에 타워크리스탈빌딩 9층 대치동 삼우이앤아이 사무실 옆으로 이사하여 축소경영을 했다. 그럼에도 불구하고 2020년 인터비즈투어의 영업이익은 큰 폭의 적자를 보였다. 나도 영업을 열심히 하면서 정부 보조금도 받고 절약경영으로 적자를 최소화하려고 노력했다. 인터비즈투어를 축소 경영하면서, 유길상 사장과 관계가 악화되었다. 유길상 사장은 모든 것을 정리하고 손을 뗐다. 금전이 개입되면 인간관계는 되돌릴 수 없는 상황으로 변화하는 것 같다.

2021년에는 매출 자체가 거의 없는 것이나 다름없었다. 당기순손실은 더욱 커졌다. 그렇다고 손을 놓고 있을 수는 없었다. 8월 24일 태권도진흥재단 오응환 이사장과 '프라이빗 태권도원' 상품 계약을 체결했다. 태권도원 상징지구 명인관 내 프리미엄 한옥 객실인 '한울'과 '다원'을 이용하는 특별 상품으로, 코로라 펜데믹에 지친 일반인들이 힐링과 안전한 여행을 즐길 수 있게 구성된 상품이다. 당장 성과를 거두기는 어려웠지만, 인터비즈투어가 생존하기 위한 노력의 일환이었다.

2022년 매출은 다소 늘었고, 적자도 조금 줄었지만 정상적인 기업운영이 어려웠다. 하지만 코로나 팬데믹은 결국에는 끝난다. 곧 여행업이 다시 호황이 올 때가 올 것이라고 확신했다. 태권도 진흥재단 명인관 판매 대행사를 계속했고, 한국 방위산업진흥회 해외 전시회 지정 여행사, 삼성생명 우수영업관리자 및 주니어CEO 행사 대행 등을 하면서 조금씩 매출을 늘려나 갔다. 하반기부터는 해외여행이 늘면서, 인터비즈투어의 적자도 조금 줄었다. 하지만 갈 길이 멀었다.

2023년 드디어 코로나 팬데믹이 끝났다. 한국방위산업진흥회, 고려대학교, 성균관대, 건국대, 한국마사회, 수협 등 여러 단체의 동유럽, 키르기스스탄, 일본, 미국, 태국, 베트남, 영국 등 해외 행사를 주관하며 적극적으로 영업을 강화했다. 그 결과 매출은 전년대비 141%가 늘었고, 적자도 크게 줄어들었다. 코로나 팬데믹은 누구도 예상할 수 없는 천재지변과 같은 것이다. 인터비즈투어 투자가 실패라고 생각하지는 않는다. 많은 노력과 인내로 2023년에는 적자를 크게 줄였다. 여행업이 다시 생기를 찾고 있지만, 팬데믹 이전과 비교하면 여행 수요가 다 회복되지는 않았다. 하지만 2024년에는 흑자가 가능할 것으로 기대하고 있다. 2024년 3월에는 대치동 사무실을 3층의 넓은 곳으로 옮기고 직원도 충원했다. 금년부터 인터비즈투어를 본격적으로 성장시켜 보려고 한다.

현재 인터비즈투어가 제공하는 서비스는 크게 4가지다. 항공권 예약, 숙

인터비즈투어가 제공하는 서비스.

박 안내, 보험 등 해외 체류 기간 중 비즈니스 편의를 제공한다. 고객 요청 시 항공 출장비용 컨설팅 및 출장업무 개선안을 제안. 전시 박람회를 대행한다. ONE-STOP 서비스를 제공하며 각종 전시회 동향 및 정보를 제공하는 업무를 담당한다. 정부기관에서 해외경제사설단 파견 시 통역, 전산, 통신, VIP 의전서비스 등 다양한 서비스를 제공한다. 이렇게 4가지 분야에 집중하면, 다시 성장하리라고 믿는다.

한국인의 소득수준이 올라가면서 새로운 볼거리, 먹거리, 즐길 거리를 위한 여행수요는 꾸준히 증가추세를 보이고 있다. 정부 및 공공부문이 주도하는 국제회의는 꾸준히 증가추세이며, 민간협회가 주최하는 국제회의는 성장세가 다소 주춤하지만 충분히 성장할 가능성이 높다. 인터비즈는 충분한 경쟁력을 가진 여행사다. 서비스업인 여행업에서 이익을 낸다는 것이 쉽지는 않다. 힘든 과정을 잘 이겨냈으니, 미래에는 분명 좋은 결과가 있을 것이라고 믿는다. 더구나 2024년 7월 티몬과 위메프 사건이 여행업계의 미래를 불투명하게 만들었으나 우리는 안전지대에 있다.

나는 인터비즈투어를 우리나라를 대표하는 '기업 전문 대표 여행사'로 키워낼 것이다.

2024년 4월 인터비즈투어 사무실을 9층에서 2층 별관으로 자리잡았다. 직원도 충원했는데 오문석 대표가 사고를 쳤다.

그래서 9월 23일부터 새로운 대표이사를 모시고 여행사가 새로운 도약을 시도한다. 앞으로 기대되는 좋은 여행사가 될 것이 확실하다. 기업은 역시 사람이다.

안전 경영과
과감한 투자의
기로에서

중소기업 경영의 어려움을 극복하기 위해 나는 2010년대부터 다양한 사업에 진출할 생각을 했다. 사업다각화를 통한 리스크 관리, 성장 동력의 확보, 미래 비전을 위해 여러 사업을 알아보기 시작했다. 하지만 무턱대로 내가 알지도 못하는 사업에 덜컥 진출했다가 실패하면, 그 실패의 몫은 나 하나로 끝나지 않을 수 있다.

기업을 경영한다는 것은 참으로 어렵다. 생명력을 가지고 움직일 때는 좋은 것이고, 생명력이 떨어지면 망하는 것이다. 망하면 끝이다. 그것은 지옥으로 가는 것이다. 나는 항상 삼우가 망하면 자살을 생각하고 있다. 나 혼자 자살해서 모든 짐을 떠안고 가면, 아내나 자식들에게 피해를 덜 줄 것이라는 생각을 갖고 있다. 항상 이런 마음가짐을 갖고 경영을 하다 보니, 신규 사업에 투자할 때 너무 많은 것을 따지게 된다. 삼우이앤아이의 기술 개발이나 시설투자는 내가 잘 아는 분야이니까 망설이지 않지만, 신규 사업은 다르다.

고려무역을 운영하다 실패했던 경험 때문에, 새로운 사업에 신중을 기했다. 1999년 나는 대만의 Chenkee와 공동으로 베트남에서 공장을 차리려고 시장 조사를 한 적이 있었다. 하지만 곧 나는 베트남에 직접 투자하는 것을 포기했다. 베트남에 대해 잘 모르고, 베트남에 믿고 맡길 사람도 없는데 단지 임금이 싸다는 이유만으로 진출했다가는 공장 운영이 어찌 될지 알 수 없었기 때문이다. 이후 베트남에 여러 차례 여행을 갔었지만, 그때마다 이때 공장을 하지 않은 것이 참 잘했다고 생각한다.

사업의 방향성이 옳다고 믿고 있기 때문에, 나는 인터비즈투어의 미래에 희망을 걸고 있다. 인터비즈투어 외에도 몇 군데 투자를 하여 내가 대지주인 회사도 있다. 하지만 너무 생각이 많다보니, 중요한 순간 기회를 놓친 경우도 있었다. 내가 지금보다 좀 더 젊었을 때 과감한 투자를 했다면, 더 큰 기업을 일궜을지도 모르겠다는 생각을 할 때도 있다.

단순하게 생각했다면. 좀 더 과감했다면. 좀 더 위험을 감수했다면.

자금력이 부족한 중소기업은 늘 망할 수도 있다는 두려움 때문에, 신규 투자에 적극 나서기가 어렵다. 삼우이앤아이는 재무 건전성이 뛰어나기 때문에, 자금 여력이 없는 것은 아니다. 다만 내가 안전경영을 최우선으로 했기 때문에, 은행에서 빚을 내서 내가 감당하다도 못 할 무리한 투자를 하지 않았을 뿐이다.

기업은 성장해야 하고, 앞으로 끝없이 나가야만 한다. 마치 자전거처럼 앞으로 나가지 않으면 쓰러지고 만다. 무리한 투자를 하지 않았을 뿐이지,

나의 삶 나의 도전

나의 사업을 2010년대에도 꾸준히
성장했다.

"새우가 고래를 삼키다"는 제목
의 기사가 종종 나올 때가 있다.
에디슨모터스가 쌍용차를 인수할
때, 중흥건설이 대우건설을 인수
할 때 이런 기사가 나온다. 이런
기사가 뜨면 종종 나오는 것이 무
리했다거나, 과연 잘 운영될까라
는 우려들이 나온다. 그런데 한 드
라마에서 이런 이야기가 나온 것
을 본 적이 있다. 새우가 고래를 삼키려면, "새우의 몸집을 고래만큼 키우면
됩니다."

실력을 키워 내실을 강화하다가 기회가 있을 때 큰 것을 먹을 수도 있다.
규모가 큰 건설회사가 무리한 사업을 펼치다가 무너지는 경우를 자주 본
다. 이때 자금력이 튼튼한 작은 건설회사가 인수해 갑자기 규모가 커지는
경우가 있다. 새우가 고래를 잡아먹어서 잘만 소화하면 재벌로 등장할 수
있다.

인생에서 기회가 올지, 안 올지는 모르겠지만 나는 항상 준비하고 있다.
몇몇의 기회를 놓쳤다고 아쉬워하지는 않는다. 다만 내 준비가 부족했는지
를 점검할 뿐이다.

대통령 초청
간담회에
참석하다

    2008년 8월 3일 나는 서울 여의도 중소기업중앙회에서 열린 '이명박 대통령 당선인 초청 중소기업인 간담회'에 참석했다. 김기문 중소기업중앙회장을 비롯한 25명의 참석자에 내가 포함된 것이다. 간담회 개최시각인 오후 3시 30분 보다 1시간 일찍 도착해 이명박 당선인에게 제안할 정책을 미리 조정했다.

    나는 이 자리에서 "우리나라도 미국처럼 강력하고 효율적인 중소기업 정책을 추진하기 위해 대통령 직속의 장관급 중소기업 지원 부처가 필요하다"고 건의했다. 현대 건설 사장을 역임해 기업 경영을 누구보다 잘 아는 이명박 당선인은 적극적인 중소기업 정책을 펴겠다고 약속하고, 중소기업의 적극적인 도전을 주문했다. 이날 이명박 당선인은 방명록에 '중소기업이 살아야 한국경제가 살아납니다.'라고 썼다. 그렇지만 이후 여러 정권이 바뀌었음에도, 아직까지 중소기업이 살아나기 위한 뚜렷한 정책은 나오지 않고

                                         나의 삶 나의 도전

있다.

2023년 4월 12일에도 용산 대통령 집무실 초청을 받았다. 이날 참석한 32명은 대통령 집무실을 배경으로 사진을 찍고 14시에 내각회의실에 입실했다. 본래는 대통령이 나오는 행사였는데, 사정이 있어 못 나오고 사회수석 김대남이 회의를 주재했다. 1시간 가까이 건의사항 등을 토론하고 16시에 마무리가 되었다.

나는 이날 인력문제 등 4가지를 건의했다.

첫째, 외국인 근로자의 공급 대책과 정년 연장.

둘째, 노동시간의 유연화, 주 단위가 아닌 년 단위 총량제 실시.

셋째, 최저임금 9,620/시급을 내년에도 동결하든지 10,000원 이하로 결정해 줄 것.

넷째, 이번 정부는 능력 위주의 인재 발굴을 하다 보니 특정 계층이나 집단 사람들이 발탁되는 것 같다. 경륜이 있고 충성심이 강한 인재로 발탁하여 조화를 이뤄줄 것.

을 건의했다. 중소기업의 어려움을 토로하는 자리였다. 이런 건의가 곧장 실현될지는 알 수 없다. 하지만 기업이 잘 되어야 경제가 살아나고, 국가도 잘 살게 되고 노동자도 잘 살게 된다. 기업 경영을 어렵게 하는 국가정책을 수정하거나 철폐하거나, 보완해야 한다. 복지국가도 좋고, 인권도 중요하지만 나날이 어려워지는 국내외 경제상황을 고려해 정부가 중소기업이 마음껏 일할 수 있는 환경을 만들어주기를 기대해본다. 정부 정책은 대기업이나, 힘센 노동조합 등에 의해 많이 좌우되어왔다. 그런 만큼 중소기업을 위한 정책은 충분하지 못했다. 앞으로 정부가 중소기업을 살리는 정책을 펼쳐주기를 기대한다.

중소기업의
어려움

　중소기업을 운영하나보면 많은 어려움을 겪게 된다. 일례로 공단의 경우를 보자. 정부가 중소산업체를 위해 여러 지역에 공단을 조성해서 여러 인프라를 설치해주고 있다. 문제는 공단 지역의 땅값이 무척 비싸다는데 있다. 지금 김포 통진면에 있는 공장보다, 김포시 지역에 새로 조성된 공단의 땅 값이 3~4배 비싸다. 공단이라고 지어놓았지만, 너무 비싸게 받으니까 중소기업이 못 들어간다. 공단 입주 기업의 경우는 인허가 부분에서 정부의 지원을 받고, 주변 주택가로부터 민원도 안 받는 등 장점이 많은 것은 사실이다. 하지만 공단 조성비용을 너무 과다하게 땅 값에 부가하다보니, 중소기업체에게는 그림의 떡인 경우가 된다. 중소기업을 살리려면, 이런 문제부터 해결해주어야 한다.

　중소 제조업체는 소음, 먼지 등 다양한 민원에 시달린다. 건물 증설이 필요하면 허가 받는데 시간도 많이 소요된다. 인력 채용, 다른 기업과의 협업 등 여러 장점이 있는 공단으로 입주하는 것이 좋지만, 현재 공장을 팔아서는 새로 공단에 들어갈 수가 없다. 우리나라 중소기업을 살리려면 이런 실질적 문제부터 정부가 해결해주었으면 좋겠다.

또한 2010년대 이후 최저임금이 빠르게 오르면서 임금부담이 크게 높아졌다. 2013년 최저임금은 5,030원이었다. 2024년 최저임금은 9860원이다. 10년 사이 거의 2배가 뛰었다. 일본의 최저임금은 2013년 869엔이었으나, 2024년에는 1,113엔이다. 일본이 28% 오르는 동안, 우리나라는 무려 96%가 올랐다. 너무 가파르게 임금이 오르다 보니, 기업을 경영하는 입장에서는 어려움이 크다.

최저임금의 급격한 상승은 기업의 인건비 부담을 가져와 국제경쟁력을 약화시킨다. 여력이 있는 대기업은 이를 감당하지만, 중소기업은 더 큰 부담이다. 물론 노동자의 소득이 늘어야, 소비도 늘고 나라도 잘 살 수 있다. 문제는 임금상승의 속도다. 기업이 감당할 여력을 보아가며 올려야 한다. 나도 고생하는 직원들에 더 많은 임금을 주어, 칭찬을 받고 싶다. 하지만 그러면 기업이 망한다. 기업이 망하면 직원들에게 임금을 줄 수가 없다.

임금 상승보다 더 어려운 것은 노동자를 구하는 일이다. 국내 노동자들은 힘들지 않은 일을 하면서 높은 임금을 받을 수 있는 곳을 찾는다. 그러다보니 제조공장에서 한국인 노동자를 찾는 일이 점점 어려워졌다. 부족한 노동력을 외국인 노동자로 채우는 것도 쉽지 않다. 지난 정부에서는 외국인 노동자를 필요한 만큼 고용하기 어려운 환경을 만들었기 때문이다.

다행히 이번 정부에서는 외국인 노동자를 구하는 문제가 많이 해결되기는 했다. 우리 회사에는 다양한 국적의 외국인 노동자들이 일을 하고 있다. 네팔에서 온 직원은 오래 근무한 탓에, 매니저를 시키고 있다. 네팔에서 대학을 졸업한 인재로, 이제는 한국말도 제법 한다. 기업이 필요한 노동자를 쉽게 고용할 수 있도록 법적 지원이 필요하다. 중소기업인을 만나 기업경영의 어려움을 직접 듣고, 현실에 맞는 정책을 실행해주길 정치권과 정부 당국에 부탁한다. 또한 인력부족 해결을 위하여 정년 연장이나 폐지, 건강검진에 의한 채용의 기회를 기업이 판단하게 하는 정책이 필요한 시점인 것 같다.

나의 삶 나의 도전

자중회 회장으로 봉사하다.

사회 활동 이력이 쌓이면서 나의 사회적 지위는 변하기 시작했다. 1997년 자랑스러운 중소기업인상을 받고서, 나는 즉시 '자랑스러운 중소기업인협의회'(이하 자중회) 회원에 가입했다. 자중회는 자랑스러운 중소기업인상을 수상한 중소기업 대표들이 상호 친목을 도모하고, 이업종(異業種) 간의 교류를 활성화하고자 모인 단체다. 자중회는 1996년 8월 26일 창립총회를 갖고 출범했다. 나는 1997년 11월에 자중회상을 수상하고, 1998년 1월부터 자중회 총무를 맡아 5년 6개월 동안 살림살이를 했다. 이후 부회장 2년, 수석부회장 2년을 지냈다. 그리고 2007년 3월 1일부터 2011년 2월 28일까지 회장을 맡아 일했다. 현재는 고문을 맡고 있다. 2011년 7월 이후 지금까지 자중회 골프클럽의 회장으로 회원들 간의 친목을 다지고 있다.

나는 이업종교류회 회장, 중견기업특별위원, 회관 증축 및 신축 공동위원회위원장, 중소기업인대회 공동위원장 등 중소기업중앙회의 주요 직함을 두루 섭렵했다. 그래서 사람들은 나를 가리켜 자중회의 산증인이라고들 한다. 내가 자중회 회장이 된 그해 8월 22일, '중소기업을 빛낸 얼굴들'의 얼굴과 업적을 새긴 동판 제막식이 중소기업중앙회 2층 대회의실 앞에서 거행되었다. 중소기업인은 국가경제 발전에 뚜렷이 기여해 왔음에도 불구하

'중소기업을 빛낸 얼굴들' 동판 제막식

나의 삶 나의 도전

자중회 총무 5년 6개월, 부회장 2년, 수석부회장 2년, 회장 5년, 도합 15년 동안 자중회와 함께 일해왔다.

고 너무 낮은 취급을 받아왔다. 기업의 규모가 작다는 편견으로 인해, 역할에 걸맞은 평가를 받지 못한 것이 현실이었다. 열심히 일하는 중소기업인이 제대로 평가받는 사회적 분위기 조성이 필요하다는 명분으로 동판제막식을 가졌다.

이 날 제막식에 헌정된 중소기업인은 41명이었다. 그 해 11월 28일 두 번째 제막식 때는 45명이 헌정되었고, 2009년 4월 2일 세 번째 제막식 때는 53명의 중소기업인이 헌정되었다. 이 동판헌정에 선정된 중소기업인은 모두 '이달의 자랑스러운 중소기업인상'을 받은 자중회 회원과 '우수 가업승계 기업인상'을 받은 사람들이었다. 이 사업은 내가 자중회 회장이 되기 전부터 준비해 온 것이었지만, 내가 회장이 되자마자 제막식이 거행됨으로써 마치 내 업적으로 비쳐진 듯해서 많이 민망했다.

사무총장으로 모임의 사회를 보고 있다.

2005년 4월, 당시 노무현 대통령이 우즈베키스탄을 공식 방문할 때 우리 자중회 회원 10명을 경제사절단에 포함시켰다. 이는 중소기업인들 가운데 자중회의 비중이 그만큼 높다는 의미였다. 그 뒤 우리 자중회는 베트남, 일본 등지의 중소기업 실태와 문화 탐방을 위하여 매년 해외여행을 하며, 견문을 넓혀 왔다.

자중회 중심에서 활동하면서, 나는 자중회를 내 회사만큼 사랑하고 아꼈다. 자중회 회원들과 만나 교류하며, 업종이 달라도 상호작용을 함으로써 내 인생이 조금씩 달라졌다. 자중회 활동으로 내가 산업포장도 받고, 은탑 산업훈장도 받았다고 생각한다. 우리 회사 권오진 전무는 대통령 표창도 받았다.

자중회
회원들과
일본 여행

코로나 팬데믹으로 인해 사람들과 만남이 많이 소원해졌다. 자중회 모임도 마찬가지였다. 그래서 팬데믹이 끝난 2023년 나는 자중회 회원들과 함께 여행을 떠나 회원들 간의 우애를 돈독히 하고자 했다. 2023년 8월 30일 자중회 회원 13명과 부인 9명, 도합 22명이 9월 2일까지 3박 4일 일본 북해도 여행을 다녀오게 되었다. 오랜만에 단체 여행이어서인지, 모두 즐겁고 기대 섞인 모습이다. 인터비즈 박성호 차장과 가이드 이선영씨가 많은 수고를 해주었다.

신치토세 공항 주변 유명식당에서 간단히 점심을 먹고, 시코츠로 도착해 전형적인 일본식 풍광인 호수를 보며 사진도 찍고 즐겁게 산책했다. 노보리베츠시에 있는 노천탕에서 2시간 가까이 온천욕을 즐기기도 했다.

둘째 날에는 지옥계곡을 산책하고, 에도시대를 재현한 시대촌에서 일본 전통극과 닌자극을 즐겼다. 일본식 전통식사도 즐긴 후에, 도야신산 활화

일본 홋카이도 자중회 회원과 여행

산을 관광하고, 도야호수에서 유람선을 타고 관광도 즐겼다. 저녁은 장성순 사장, 김석국 회장이 술을 대접해 모두들 즐겁게 먹고 마셨다.

셋째 날에는 삿포로로 이동해 요테이산을 방문했다. 비가 내려 오래 머물지 못하고 운하의 도시 오타루로 이동해, 운하 주변에서 기념품과 유리공예품 거리를 산책하며 커피도 즐기고 맥주도 시음하면서 즐거운 시간을 보냈다. 이날 저녁에는 내가 주최하는 만찬을 주최해 자중회 회원들과 함께 즐거운 시간을 보냈다. 4일째는 북해도 개척촌을 관광한 후, 인천공항에 도착해 이번 여행을 마무리했다. 여행은 즐거운 기억만 갖고 또 다음을 기약하는 것이다. 인생은 지내면서 즐기고 또 가다하다 보면 마지막이 되는 것이다. 여행은 건강하고 육체가 움직일 때 하라는 것이기에 할 수 있다면 자주 하는 것이 좋은 것 같다.

나의 삶 나의 도전

70 동기회장과
10년간 봉사한
대한내화건축자재협회 회장

2007년에는 고려대학교 70학번 동기교우회 회장직도 맡았다. 회장직은 개인으로는 명예지만 회원들에게 열심히 봉사하는 일꾼의 자리다. 2007년 이후 여러 모임에서 감투를 쓰게 되었는데, 2010년 2월에는 한국내화건축자재협회 제2대 회장을 맡게 되었다. 한국내화건축자재협회는 끊임없이 되풀이 되고 있는 대형화재를 줄이기 위해 무기단열재의 보급 확대를 통한, 건축자재산업의 건전한 발전을 도모하기 위해 2008년 설립되었다. 초대 윤응균(하나인더스 대표) 회장에 이어 내가 2010년 2월 한국내화건축자재협회 2대회장에 취임했다.

회장에 취임하자 여러 언론사에서 인터뷰 요청이 들어왔고, 협회를 널리 알리기 위해 인터뷰에 응했다. 2010년 3월 8일『산업저널』, 4월 7일『대한경제』, 8월 30일『국토일보』등에 인터뷰 기사가 실렸다.

나는 인터뷰에서 저탄소 에너지 절약형 주택인 그린홈 건설에서 주목받

한국건축자재협회 회장에 취임하다.

고 있는 건축자재인 단열재의 중요성을 강조하였다. 단열재는 건축물 내부의 열이 외부로 빠져나가는 것을 막아준다. 건축물 스스로 열을 생산하지는 않지만, 쓸데없이 낭비되는 것을 방지하는 패시브 하우스(Passive House) 개념의 핵심이다.

단열재는 원재료에 석유화학 성분이 포함되어 있느냐 없느냐에 따라 유기제품과 무기제품으로 나뉜다. 유기제품은 스티로폼, 우레탄폼, 네오폼, 에너포르 등이 대표적이고, 무기제품은 화력발전 과정에서 생성되는 석고를 원료로 한 석고보드, 규사나 파유리가 원재료인 글라스울, 돌이 원재료인 미네랄울 등이 대표적이다. 무기제품은 단열성분만 아니라 내화성(耐火

나의 삶 나의 도전

性 ; 불에 타지 않고 잘 견디는 성질)을 가지고 있어 그린홈 건설에 필수라는 평가를 받고 있다. 그래서 이 우수한 무기단열재의 보급 확대를 위해 협회가 필요한 것이다. 나는 협회의 목표를 "유기단열재 사용을 줄이고, 무기단열재 사용을 늘려 대형화재 참사를 막기 위한 건축자재산업의 건전한 발전을 도모하는 것"이라고 강조했다.

협회가 설립된 16년이 지나면서 화재예방에 효과적인 건축자재에 대한 일반인의 관심이 조금씩 커지고 있다. 스티로폼, 우레탄폼을 만들 때 생산비용을 줄이기 위해 밀도를 낮춘 저질 제품이나 색깔만 입힌 가짜 제품이 만연하던 상황이 차츰 개선되고 있다. 경량벽체의 주원료인 국내 석고보드 시장은 매년 커지고 있다. 경량벽체를 시공할 때 글라스울, 미네랄울을 함께 시공하는 경우도 매년 늘고 있다. 무기단열재의 수요는 계속 늘고 있다.

나는 무기단열재 보급이 화재로부터 국민의 생명을 지키는 소중한 임무라고 생각하고 있다. 무기단열재를 생산, 판매하는 삼우이앤아이 사업을 확장시키려는 개인적 욕심이 아니다. 인간의 소중한 생명을 지키는 중요한 일을 하고 있다는 사명감으로 협회 일에 매진해왔다. 그 결과 나는 2020년 6월까지 2~6대 회장으로 10년간 봉사를 했다.

현대건설
협력업체 협의회
회장이 되다

　중소기업은 독자적으로 사업을 추진하는 경우도 있지만, 대기업과 협력하면서 사업을 추진하는 경우가 많다. 건축자재를 생산하고, 시공하는 삼우이앤아이는 대기업과 협력이 대단히 중요하다. 현대건설과 협력관계는 조금 특별하다고 할 수 있다. 현대건설의 금강산 개발, 개성 공단 사업에도 참여하면서 북한에도 가 볼 수 있었다. 현대건설이 진행하는 여러 공사에 우리 회사 제품이 많이 납품되었다. 대형 건설사가 하는 일은 방대하다. 아무리 큰 회사라도 모든 것을 다 할 수 없기 때문에, 협력업체가 필요하다.

　현대건설은 협력업체들을 적극적으로 지원하며 동반자 관계를 유지하고 있다. 현대건설은 협력업체 협의회를 운영하며, 협력업체의 애로사항이나 건의사항을 수시로 경청한다. 나는 2009년 1월부터 2011년 1월까지 현대건설 협력업체 협의회(현건회) 자재 부분 회장을 맡았다.

　현대건설은 해외 공사 현장에 협력업체 대표들을 초대해 공사개요를 설

현건회(현대건설 우수협력업체) 대표로 중동지역 탐방

사우디의 석유화학단지 건설현장

현건회 회원들

나의 삶 나의 도전

김한수 부사장 주관으로 현대건설 협력사협의회 대표들이 동남아 현장을 시찰할 때 싱가포르에서
한 컷

명하고, 현장 투어를 시켜준다. 2011년 1월 15일부터 20일까지 5박 6일 동
안 현대건설의 중동 지역 시공 현장을 둘러보는 기회가 제공되었다. 나는
현건회 회장으로, 여행의 인솔자가 되었다. 30년 전 나는 근로자의 한 사람
으로 중동에 도착했다. 그런데 지금은 한 기업의 오너로, 또 그 오너들을 대
표하는 회장이 되어 그 지역을 시찰하는 입장이 되었다. 감회가 남달랐다.

아랍에미리트에서는 바라카 지역에 건설하는 한국 최초의 초대형 해외
원전 건설사업 현장과, 대규모 가스플랜트공사 현장, 인공섬 항만공사 현장
을 시찰했다. 카타르에서는 현대건설 GTL(Gas to Liquid) 공사 현장을 시찰
했다. 유럽과 일본이나 갖고 있던 고부가 플랜트 기술을 우리나라도 가지

고 있다는 것이 참으로 대견했다. 발전담수공사 현장도 시찰했는데, 국내 건설업체가 수주한 단일 플랜트 사상 최대 규모라고 한다. 사우디아라비아 담맘 공항에 도착했을 때는 감회가 새로웠다. 26년 전 공영토건과 극동건설 소속으로 파견되어 담맘 현장에서 자재 담당자로 사우디 국내 여러 도시를 다니며 현지 구매를 하던 때가 생생하게 떠올랐다. 알코바 지역에서 가스처리시설 공사 현장을 시찰했다. 중동 지역에서 벌어지고 있는 현대건설의 현장은 하나같이 거대했다. 그 거대한 현장을 일관되게 시찰한 이번 여행은 내게 견문을 크게 넓히는 소중한 기회가 되었다.

나의 삶 나의 도전

현대건설 협력회 2대 회장으로 현대건설 공사현장 시찰 여행

　현대건설은 협력업체 가운데 자재 부문은 현건회로, 시공 부문은 현우회로 나누어 관리해 오다가 2012년에 이를 합쳐 현대건설 협력사협의회로 개편했다. 2014년 2월 7일, 나는 제2대 회장으로 추대되었다. 나의 활동 반경은 그만큼 넓어졌다.

　2014년 4월 20일부터 25일까지 현대건설이 준비한 3개국 4개 현장방문 및 해외공사 진출 설명회에 24개의 협력사와 직원 2명과 함께 떠났다. 회장으로써 책임감을 많이 가지게 된 일정이었다. 목적지는 터키의 이스탄불이었다.

　오스만제국의 나라 터키 제일의 도시 이스탄불. 이곳은 과거 콘스탄티노플이라 불리며 동로마제국의 수도로 번성했다. 오스만제국이 이곳을 차지하기 위해 오랜 세월 전쟁을 했던 것은 유명하다. 사도 바울의 초창기 기독교 전파 지역이기도 했던 이스탄불은 예전부터 내가 방문하고 싶었던 곳이

2014년 현대건설 카타르 건설공사 현장 방문

다. 현대건설 소장으로부터 사장 현수·혼용공법을 이용한 세계 최대 교량이라는 설명을 듣고, 보스포루스 제3교량공사 현장으로 향했다. 보스포루스 해협은 에게해와 흑해의 목줄이기에 뺏고 뺏기는 전쟁의 장이었다. 이스탄불 시내를 돌아보며 기독교와 이슬람교의 흔적과 포교활동, 흥망성쇠, 로마인의 위대함, 술탄들의 장엄한 역사 또한 엿볼 수 있었다.

다음 목적지는 카타르였다. 현대건설이 수행하는 카타르 건설공사 중 하마드 병원 현장을 방문해 전익수 상무의 안내를 받았다. 오후에는 루사일 고속도로 현장에서 4년 전 아부다비에서 만났던 하경천 소장으로부터 현장 설명을 들었다. 이천수 상무가 현장 안내를 해주었다. 이 두 현장을 보면서 현대건설만이 이 일을 할 수 있겠다는 믿음을 갖게 되었고, 왜 현대건설이 높은 평가를 받는 건설사인가를 깨닫게 되었다.

다음 여정은 아부다비였다. 4년 전 허허벌판이던 원자력 발전소 현장이

나의 삶 나의 도전

90% 이상 공정이 진행되어 1~4호기 1차 공사가 마무리 되어가고 있었다. 나는 다시 한 번 대한민국 건설의 발전상과 위대함을 볼 수 있었다. 인터콘티넨탈 호텔에서 해외 현지주재원, 24개 참여사 및 현대건설의 신규 프로젝트 포럼을 마치고 두바이로 향했다. 두바이 몰에서 식사를 하고, 쇼핑 및 분수쇼를 관람했다. 짧고 굵은 일정을 마치고 인천공항에 도착하니 이번 현장 견학의 뿌듯함을 만끽했다. 또한 회장으로의 소임을 다했다는 해방감을 맛보았다. 동시에 현대건설의 정수현 사장 및 김한수 부사장에게 감사한 마음이 들었다.

2023년 3월 23일 현대건설 하노이 지하철 공사 현장을 방문했다. 베트남은 여러 번 다녀온 곳이지만, 현대건설 협력업체 회장단과 함께 방문하니 여행의 무게가 달랐다. 지하철 공사 현장 소장으로부터 현장 상황 설명을 들었다. 현대건설은 좋은 숙소와 풍성한 저녁만찬을 준비해주었다. 다음 날에는 H-Prime Leaders 경영자 포럼 토의를 했고, 이후에는 골프장으로 이동하여 친목 골프도 즐겼다. 3일째도 골프와 경영자 포럼을 한 후, 밤 비행기로 귀국했다.

현대건설과 30년 정도 거래를 했다. 오랜 인연으로 우리 회사 경영에 많은 도움을 받았다. 사회활동에 생명줄 같은 도움을 받은 셈이다. 나는 현대건설 협력사협의회 통합회장, 고문, 자문위원을 지냈고, 2023년부터 현대건설 H-LEADERS 구매부분 부회장으로 활동하고 있다. 2023년 2월 16일 현대건설 정기총회 및 경영자 세미나에서 현대건설로부터 기술부분 우수협력사로 선정되어 상패와 부상을 받는 영광을 갖기도 했다. 협력사와 모사간의 업무 공유 및 협업이 점점 중요해지고 있다. 현대건설과 굳건한 협력관계는 우리 회사의 중요한 자산이다.

아들과
해외 출장
여행

　2016년 12월 오랜만에 큰 아들 규욱이와 대만의 Chenkee를 방문하기 위해 타이베이 공항에 내렸다. 20여년 출장 다니며 처음으로 BUS를 타고 송강로의 K-Hotel에 도착했다. 그리고 전철을 이용하여 101빌딩에 갔다. 수많은 인파가 Christmas를 즐기고 있었다. 우리보다 더 풍성한 Christmas 축제였다. 스카이라운지 구경은 많은 인파 때문에 뒤로 미루고 호텔로 돌아왔다. 오늘은 다리가 무척 아프고 걷기가 불편했다. 이제 큰 애가 40살이고, 내년에 41살이다. 내가 사업을 처음 시작한 28년 전과 같은 나이다. 1988년 41살에 사업을 시작했으니 나도 이젠 나이가 든 사람이다. 2세들이 잘 경영하도록 뒤를 돌봐야겠다는 생각이 든다. 피곤하여 자면서도 주유소 일 걱정을 했다. 아내도 나이가 들었는데 일하는 분이 자꾸 오래 있지 못하면 걱정이다. 어떻게 하는 게 좋은지 여러 생각이 들었다. 다음날 Chenkee의 진청명, 진건영 사장을 만나고 귀국했다.

나의 삶 나의 도전

2017년 5월 19일에는 조규욱 상무, 김일하 이사와 같이 인천을 출발해 베트남 호치민에 도착했다. VIKZ 베트남 판넬회사를 매입하러 왔다. VIKZ 사장 일행과 같이 2시간 이상을 차로 이동하여 공장을 실사했다. 그런대로 괜찮았다. 다만 조건이 달라졌다며 일요일에 다시 한 번 상담하자고 한다. 다음날에는 대만의 Chenkee 형제와 만나 봉타우 공장 부지를 찾아가 확인했다. 나는 부정적인 생각이 들어 솔직하게 진청명에게 공장의 문제점을 이야기했다. 종업원 채용, 복리, 급여 등의 비교 노조의 이해의 문제 등에 대한 의견을 분석했다. 저녁 식사 때 진건영이 초대로 일식집에서 식사를 했다. 내 의견을 받아들여 공장 구입을 포기한 것 같아 다행이었다. 참좋은 파트너다. 함께 식사하면서 아들이 말이 많고 영어를 과시하듯 이야기했다. 경청의 자세가 부족한 듯 보여 걱정이 들기도 했다. 경영이 얼마나 어려운지 못 느끼고 자존심이 너무 강해 보인다. 세월이 흘러가고 후세들이 잘해야 할 텐데. 베트남 여행은 공장 인수는 없던 일이 되었다.

8월 28일에는 2박 3일간 대만여행을 큰 아들과 함께 갔다. Chenkee 사무실에서 진청명, 진건영 사장 등과 현안문제를 논의했다. 규욱이의 설명 하에 회의를 약 90분간 진행했다. 다음 날에는 아들과 둘이서 고속철을 타고 가오슝 여행을 했다. 가오슝의 역사박물관, 용호탑, 첸수이빈 전 대통령생가 등을 구경하고, 다시 타이베이로 돌아와 진청명, 진건명과 다시 저녁을 하며 회의를 했다. 큰 아들이 비즈니스 세계에서 좀 더 많은 것을 보고 배우고 성숙해지기를 기대한다.

2019년 3월에는 큰 아들과 상하이에 도착했다. 다음 날 항저우에 있는 YAHGEE(雅致國際(香港) 有限公司) 회사가 보내준 차를 타고, 회사 및 공장을 방문했다. 직원이 50명이라는데 용접에 의한 형틀을 제작하는 공장이었

아들 규욱과 Chenkee 사무실 방문.

나의 삶 나의 도전

다. 견적을 받아 보아야겠지만, 이 회사 물품을 수입해서는 경쟁력이 없을 것 같다. 하지만 공장의 생산직 근로자들이 정말 열심히 일을 하는 것을 보면서, 앞으로 우리나라가 꽤 어려움을 겪을 수 있겠다는 느낌을 받았다. 큰 아들과 이번 중국 방문은 참 잘했다.

2019년 8월에는 큰 아들과 다시 대만을 찾아 진청명 사장을 만났다. 우리 회사가 대만에 투자하여 판넬 생산시설을 두고 생산하면 어떨지? 나는 나이가 들었으니 두 아들이 했으면 한다. 안타까운 것은 Chenkee의 두 형제가 헤어져 각자 회사를 운영하고 있었다. 그 모습이 안 좋아 보인다. 내 아들들은 끝까지 같이하길 바란다. 진건영 사장은 너그럽지는 못하다. 그러나 20년간 우리의 최대 고객이었으니, 그들의 요구를 수용하기로 했다.

2022년 11월에는 3년간 방문 못했던 대만에 왔다. 감개가 무량하다. 1996년경부터 25년 넘게 거래한 Chenkee 두 형제가 각자 사업을 하기에, 비즈니스하기에 어려움이 많다. 동생인 진건영 사장의 회사가 지금은 Prefab에서 대만 일인자 기업이 되었다. 삼성물산이 수행하는 타이베이 공항 건설 공사 중 Prefab 분야는 전부 진건영 회사에서 수행하기에 현장을 방문해 살펴보았다. 공장 및 타이베이 사무실을 방문했다. 다음날에는 가오슝으로 가는 고속열차를 탔다. 그곳에서 진청명 사장 부인의 영접을 받고, 진사장과 만나 식사 후 현장을 방문했다. 동생과 달리 합리적인 친구다. 친형제 같이 교류해왔기에, 3년 넘게 기다린 만남이 반갑기 그지없었다. 이번 여행은 큰 아들과 부자의 정을 나누는 좋은 계기가 되었다. 아들과 함께 비즈니스 여행을 할 수 있다는 것이 행복하다.

독일 BAU
건축자재 박람회
참석

2019년 1월 13일 독일을 방문했다. 5번째 방문이었다. 13~14년 전에도 함부르크에서 열렸던 BAU건축자재 박람회를 방문하여 4박 6일간 체류했고, 이번에도 뮌헨에서 열리는 박람회에 권오진 부사장과 안선진 내화협회 사무총장과 함께 방문했다. 공항에 내려서 이중환 가이드를 만났다. 그의 안내로 1시간 30분 정도 이동 후 시골의 한적한 마을에 도착해 옛날 맥주제조 공장이었다는 식당에서 저녁을 먹었다. 호텔은 한적하고 작지만 깔끔했다.

다음날 BAU건축자재 박람회장에 왔다. 건물자체는 허접했으나 너른 광장에 여러 건물이 이어져 있었다. 우리는 수속 후에 A3-A4-A5-A2를 거쳐 B2에 왔다. 우리 회사 관련제품이 많이 전시되고 있었다. 건축자재 자체가 예술에 가까운 형태로 건물이 지어진 모습, G5시대의 현장 근로자 없는 자동 IT기술에 로봇의 공사 장면은 그야말로 경악이었다. 점심은 전시장내에서 참관 회사들이 제공하였다. 한편의 축제 같은 분위기에서 고객에게 다

가서는 이들의 모습이 인상적이었다. 나와 권오진 부사장은 열심히 많은 것을 관찰하고 상담도 했다.

　다음 날도 박람회장에 도착하여 열심히 우리 회사에 맞는 자재를 관람했다. 너무 많은 자재를 전시하고 있어 다 헤아리기가 어려웠다. 권오진 부사장과 많은 것을 둘러보았다.

　4일째 되는 날에는 관광과 쇼핑을 했다. 전시장 관람이 여행 목적이지만, 하루 정도는 여행을 즐기고 싶었다. 일과 휴가를 병행하는 것도 필요하다. 여행을 하며 배우는 것도 많기 때문이다. 나는 역사를 전문적으로 공부하지는 않았지만, 조선시대 왕릉을 비롯해 역사 유적지 답사를 종종 다닌다. 외국에 나가면 유명한 역사 현장이나 유적은 가급적 살펴보려고 한다. 역사에서 배우는 것이 많기 때문이다.

뮌헨에 위치한 님펜부르크성을 방문했다. 옛 바이에른 왕국의 여름 별궁이다. 규모나 여러 면에서 특별하지는 않았지만, 정원과 호수가 어우러진 풍광이 아름다운 곳이었다. 우리 일행은 이곳을 관광 후 뮌헨 서점을 보고 명품시장을 여기저기 둘러보았다. 유명한 시계점을 둘러본 후 한국식당에서 식사 후 숙소에 도착했다.

오늘 한 가지 절실히 느낀 것이 있다. 국가가 잘 살아야 되겠다는 점이다. 현지인들이 우리를 중국인으로 알고 있으며, 명품점에는 중국인 판매원이 우리를 맞이하고 있었다. 수적으로 많은 중국인 구매자가 가는 곳마다 상담하니, 외형이 닮은 우리를 중국인으로 오해할 수도 있겠다고 생각된다. 규모의 경제 때문에, 우리의 현실이 전보다 많이 저평가되고 있다는 가이드의 설명이 실감난다. 국가는 국민을 배불리 먹게 하고 자유롭게 경제 활동하도록 하는 정책이 필수라고 생각한다. 잘 먹고 잘 살다 못 먹고 못 살까 걱정이다.

어디를 다녀 보아도 우리나라가 최고다. 이렇게 마련된 지금의 모든 여건을 잘 지켜지면 좋겠다. 훌륭한 선배들과 우리세대의 노력의 덕인데 요즈음 출산율이 떨어져 우리 미래세대가 줄어들고, 국가 경제가 어려워지고 있는 현실이 안타깝다.

1월 17일 귀국하는 날, 조식 후에 박람회장에 들려 다시 몇 가지의 자재 및 설계 등을 보고 11시 30분에 모여 멋진 점심 식사를 했다. 공항에 도착하여 일정을 마감하고 16시 15분 귀국길에 올랐다. 이번 여행에 도움을 준 이중환 가이드는 5개 국어를 구사하는 일문학과 84학번 후배였다. 삼성전자 현지 근무하다 체류하며 여행업을 한다고 했다. 친절히 안내해준 그에게 감사하다.

이번 독일 박람회 참관은 참 잘 왔다고 생각한다. 이런 박람회에 언제 또 참석할지 모르겠다. 나의 자식들이 내 뒤를 이어 주기를 기대한다. 내가 언제까지 일 때문에 해외를 다닐지 모르지만, 지금 나는 행복하다. 일도 하고 여행도 하며 즐거움과 보람을 찾을 수 있기 때문이다. 여행을 다니면 좋은 힐링이 되기도 한다. 사업을 했기에 이런 맛을 즐길 수 있다. 이런 즐거움 때문에 내가 여행사 인터비즈투어를 인수한 것이다. 앞으로도 많은 여행 기회를 가져보려고 한다.

제5부

나의
삶과 가족

일본 여행에서
우리나라를
생각하다

해외사업을 하면서, 대만, 베트남, 미국, 터키, 사우디, 미얀마, 중국, 일본 등 많은 나라들은 가보았다. 사업 때문에 자주 해외에 나가기도 하지만, 뜻이 맞는 동료들과 함께 여행을 할 때면 즐거움이 배가 되기도 한다.

2023년 12월 1일 서울대 ACPMP(건축대학원) 9기 졸업 원우들 30명과 함께 김포공항을 출발해 오사카 간사이공항에 도착해, 2박 3일 일정으로 오사카, 교토, 고베 지역을 여행했다. 오사카성을 구경하고, 수상버스 아쿠아 라이네를 타고 강 주변에 펼쳐지는 오사카 풍경을 관광했다. 일본 특유의 관광 상품이 인상적이었다. 오사카의 중심인 신사이바시 도톤보리 번화가도 관광했다. 일본 음식은 언제나 정갈하고 맛이 좋아, 여행을 올 때 식사걱정이 없어 좋다.

다음 날에는 교토로 이동해 청수사를 관람했다. 고즈넉한 절의 풍광과 주변의 단풍, 아름다움의 극치였다. 사진도 많이 찍고 충분히 구경도 했다.

나의 삶 나의 도전

오르고 내리막길에서 일본 교토만의 독특한 가게들을 구경하고 맛있는 음식도 사먹고 얻어먹으며 즐겁게 여행을 했다. 도쿠가와 이에야스의 교토 집무실인 이조성을 관람했다.

아라시야마로 이동하여 대나무 숲 산책, 달이 다리를 건너는 것처럼 보인다하여 붙여진 도게츠교, 인연을 맺어주는 신이 잠들어 있는 노노미야 신사 등을 아름다운 풍광들을 돌아보고 오사카로 돌아왔다. 여행사 인터비즈투어 회장인 내가 이번 여행을 주관했다. 저녁 후 술자리를 마련하여 동기 및 부인들 10여 명과 술을 마시며 많은 대화를 나누었다.

다음날에는 고베로 이동하여 롯코산 케이블카에 탑승해 구경을 했고, 고베항을 배경으로 기념 촬영도 했다. 스키야키 정식으로 점심을 맛있게 먹었는데, 요즘 일본의 물가가 우리보다 저렴해져 경비가 절감되었다. 일본 4

대 차이나 타운 중 하나인 고베 차이나타운을 구경하고 나는 안사람의 목
도리를 일본 유명 브랜드로 선물했다. 하이랜드 및 메리켄파크에서 지진현
장을 보고 간사이공항으로 이동했다. 공항에서 일본의 현실을 적나라하게
보았다. 입출국절차가 너무 느리며 시간 낭비가 심하다. 김포공항은 입출
국수속이 물 흐르듯 빠르게 진행된다.

한때는 일본이 우리보다 많은 면에서 앞서 나갔다. 몇 년 전만 해도 도저
히 일본을 따라가지 못할 것 같았다. 그런데 지금은 사고방식이나 전자 및
컴퓨터 시스템 등 여러 분야에서 우리가 일본을 앞서가고 있다. 일본은 기
록에 얽매이는 형식주의가 심하다. 모든 것이 축소 지향적으로 삶 자체가
틀에 짜여 있기에 자유와 창의가 부족해 보인다. 경직된 조직 문화를 가진
일본이 유연한 우리보다 뒤처지기 시작한 것이 아닌가 한다. 우리는 여야
의 정쟁을 줄이고, 정치인들이 국가라는 큰 그릇을 그린다면 분명 정말 좋
은 나라가 될 것이라고 믿는다. 우리의 여야 정치만 빼고 모든 분야에서 우
리가 앞서 갈 수 있다는 생각을 하면서 이번 여행을 마무리했다. 인구문제,
국내정치만 해결되면 우리나라는 세계에서 가장 살기 좋은 나라인 것 같
다. 외국에 나가보면 대한민국이 지구상의 천국과 같은 나라임을 느끼게
된다. 나는 우리나라가 정말 잘 되었으면 좋겠다.

나의 삶 나의 도전

아내와
미얀마 여행

    2020년 2월 3일부터 8일까지 4박 6일 동안 나의 삶도 되돌아볼 겸 오랜 만에 아내와 미얀마 여행을 다녀왔다. 자중회 미얀마 워크숍 일정이었다. 3일 밤에 미얀마 양곤 공항에 내려 호텔 숙소에서 여장을 푼 후, 다음 날 바간행 비행기를 타고 바간에 도착했다. 미얀마 최대 불교 유적지인 바간에서 냥우 재래시장, 쉐지곤 파고다, 틸로민로 사원, 아난다사원, 부파야 파고다, 남파야 사원, 마누하 사원 등을 관람했다. 다음 날 아침 5시에 기상해 바간 일출을 조망하러 갔다. 온통 파고다로 가득한 도시에 일출은 꼭 봐야 할 전경이다. 쌀쌀하지만 기분 좋은 날씨다. 일출에 열기구의 운무가 아름답다. 일상을 모든 것을 잊고 여기 있으니 이곳이 천국이 아닌가 생각된다. 이 좋은 곳에 부처님이 욕심 많은 인간을 순수하게 개조하는 조망대인 것 같다. 세계 3대 불교 유적지라고 하는 바간은 부처님이 주신 천국인 것 같다.

    미얀마 민속촌에서 전통생활상도 체험하고, 수공예 만드는 곳에 들려 견

나의 삶 나의 도전

학도 하고 구매도 했다. 옻칠하는 수공예품을 많은 분들이 구매했다. 3일째에는 바간-혜호 비행기에 탑승하여 혜호에 도착했다. 인레호수 수상마을 보트투어를 시작했다. 호수의 아들이라는 인따족이 사는 수상마을을 체험했다. 빠다웅족 여인들이 목에 12kg나 되는 구리 링을 걸고 사는 모습을 보니 감정이 찡하다. 불쌍하고 동정심이 가기도 했다. 나만의 느낌일까?

저녁시간에는 호텔에서 캠프파이어를 하면서 많은 대화를 하며 즐겁게 식사했다.

다음날 이른 아침 새 소리를 들으며 잠에서 깼다. 식사 후 4명이 타는 배를 타고 버스를 탈 장소로 이동했다. 다시 혜호 공항에서 비행기를 타고 양곤에 도착했다. 이곳에서 CJ제일제당 미얀마 대표 이병수 사무소장의 명강의를 들었다. 점심 식사 후 차욱티지 파고자, 이노시티 현장, 아웅산 수지 묘역과 폭파현장을 관람했다. 그리고 미얀마의 랜드마크이자 최고의 파고다인 황금탑 슈웨다곤 파고다를 감상했다. 작년에도 미얀마를 방문해 보았지만, 보면 볼수록 더욱 장엄해 보였다. 이곳을 돌아본 후, 공항에 도착해 4박 6일의 일정을 마감했다.

참석자들 모두가 좋아하니 나도 덩달아 보람을 느꼈다. 여행은 서먹함에서 친숙함으로 바뀌는 순간이다. 미얀마에 다녀온 것이 좋은 힐링이 되었다. 여행을 다녀오니, 온통 코로나 바이러스로 난리다. 그러다 보니 경제가 엉망이 되었다. 여행사는 대책이 전무해 걱정이다. 당분간 여행을 다닐 수 없을까봐 걱정이다. 여행은 가고 싶을 때 가야 한다.

자중회 회원들과
부부동반
하와이 여행

3년 전 미얀마 여행 이후, 오랜만에 해외여행을 가게 되었다. 2022년 10월 5일부터 9일까지 3박 5일간 자중회 회원들과 부부동반으로 하와이를 여행하게 되었다. 하와이 여행은 처음이다. 아내와 나는 많은 기대감에 부풀었다. 이번 여행에서 나는 12명의 안전과 만족을 위해 많은 신경을 썼다.

10월 5일 밤비행기를 타고, 다음날 오전에 하와이 오아후 공항에 도착해, 시내 관광을 했다. 주정부청사, 주지사관저, 이올라니 궁전, 카메하메하 대왕 동상, 다운타운, 카카오코 벽화 거리, 알라모아나 비치 등을 구경하고 많은 사진을 찍었다. 숙소인 쉐라톤 와이키키호텔에서 바라본 바닷가 경치가 대단히 아름답다. 태평양 바다의 끝없는 수평선이 경이롭다. 휴식을 취한 후에 한국교포가 운영하는 밀리언 레스토랑에서 풍성한 한식 저녁식사를 즐겼다.

다음 날 호텔조식을 마친 후 오아후섬 일주 관광을 시작했다. 다이아몬

나의 삶 나의 도전

드헤드산, 카할라 고급주택가, 한국지도마을 전망대, 할로나 블로우홀 등을 관광했다. 샌디비치에는 서퍼들이 모여 즐기고 있었다. 아름다운 파도

하와이 여행

는 서퍼들의 천국이다. 마카푸우 전망대도 보고 중국인모자섬을 거쳐 선셋비치를 관광하는 해안도로로 여행을 했다. 할레이바 올드타운을 보고 Dole 플랜테이션 농장도 관광했다. 우리는 와이켈레 아울렛을 거쳐 시내에 Wolfgang's Steakhouse에서 현지식 스테이크 코스요리를 즐긴 후 호텔로 돌아왔다.

3일째는 아침 일찍 태평양 오아후섬의 해돋이와 서핑을 즐기는 장면을 보았다. 아주 멋진 풍광들이다. 섬을 배경으로 펼쳐진 주변의 풍경이 여기가 낙원이 아닌가 생각이 든다. 아침은 미국식으로 먹고 중형 버스를 타고 우리 일행은 영화 쥬라기공원 촬영지인 쿠알로아랜치 투어를 했다. 오아후섬 북동쪽에 위치한 산, 바다, 계곡 등을 아우르는 4000 에이커의 광활한 목장이었다. 하와이는 미국의 작은 주(州)로 섬이지만 광활하기가 그지없다.

Shabuya식당에서 샤브샤브 및 씨푸드 뷔페로 점심을 먹고, 호텔에 들려 자유시간과 휴식을 즐겼다. 나는 자유 시간에 황을준 차장과 쉐라톤 호텔 앞의 태평양 바다에서 노닐다 몰아친 파도에 선글라스를 태평양 바다에 잃어버리기도 했다.

저녁에는 스타오브 호놀룰루 3스타를 승선하여 환상적인 석양과 야경을 보며 정통 미국스타일의 요리로 스테이크, 랍스타, 샴페인에 팝가수들의 노래와 하와이언 춤을 즐기며 오아후 앞바다를 한 바퀴 돌았다. 엘비스 프레스리가 살았다는 하와이. 오바마 대통령의 고향과 어린 시절을 보낸 곳. 하와이는 지상낙원의 한 곳인 것 같다. 우리 부부와 정동기 부부, 김태식 부부, 황을문 부부, 김창희 부부 및 황경회 사장과 여식과 함께 한 하와이 여행은 행복한 추억을 만드는 즐거운 여행이었다.

나의 삶 나의 도전

자중회
회원들과
몽골 여행

2024년 7월 2일 자중회 정동기회장, 이시원회장 부부, 한영수회장 부부, 우리 부부, 김덕술회장 부부, 이국노, 이강수회장 자중회 11명 회원들이 인천공항을 출발했다. 3시간 40분 비행 끝에 울란바토르 공항에 도착했다. 현재 여행사 사장 모노가 우리를 안내했다.

몽골은 세계 8위의 국토 면적을 가진 끝이 없는 초원이 이어지는 나라다. 먼 옛날 우리 조상들이 이 땅에서 살다가 남하하여 한반도로 이주했기에 어찌 보면 조상 찾기 여행인지도 모른다. 언어와 혈통이 우리와 가깝기에, 몽골에게 친근감을 갖게 된다. 몽골 최고의 영웅 칭기즈칸. 그는 세계 역사상 가장 넓은 영토를 가진 몽골제국을 건설한 인물이다. 우리는 천진벌덕으로 이동하여 칭기즈칸 기마동상을 견학했다. 이 동상은 우리나라에서 만들어 여기에 세웠다고 한다. 한민족의 영웅의 탄생은 당대에는 화려하나 후대에는 몰락하는 역사를 반복한다. 약 100년간 중국대륙을 지배했으나,

자중회 몽골 방문시

나의 삶 나의 도전

명나라에 나라를 빼앗긴 후에는 철저한 파괴와 학대를 받아 근근이 나라를 유지했던 것이 몽골이다.

동상 안과 밖을 구경하고, 테를지 국립공원으로 이동 중 독수리 사진찍기 체험을 했다. 몽골인의 이동식 집인 게르에서 여행의 첫 날 밤을 맞이했다.

조식 후에 테를지 국립공원을 둘러보고 거북바위, 책읽는 바위 등 기암괴석을 조망하고 야리야발 사원을 등정했다. 청나라가 멸망한 후 외몽골은 독립을 선언했으나, 내몽골이 독립에 호응하지 않아 둘로 갈라지기 시작했다. 이후 외몽골은 소련의 위성 국가가 되고, 내몽골은 중국의 자치주가 되었다. 몽골인의 신앙처였던 공산당의 탄압으로 라마교 사원의 80%가 파괴되는 슬픈 역사를 갖고 있다.

휴게실에서 점심을 먹고 호스타이 국립공원으로 이동 중 유목민 집을 방문하여 6개월 된 산양을 통째로 잡아 몽골 전통식으로 요리해서 먹는 체험을 했다. 끝없이 펼쳐진 초원을 버스가 달렸다. 밤 10시경 도착한 게르에서 이시원회장 부부의 화재 사고 있었다. 밤에는 비도 내리고 추위도 조금 느꼈다. 호스타이 여행자 캠프에서 하루를 보냈다.

캠프에서 아침 식사를 마친 후, 5시간 이상 차를 타고 미니사막으로 이동했다. 끝도 없이 펼치진 초원에 수많은 양, 소, 말 등이 방목되어 여유롭게 풀을 먹는 모습이 장관이었다. 이동 중에 몽골식 호떡과 양고기로 점심을 먹었다. 날씨가 참으로 좋으니 만사가 평화롭다.

미니사막에 도착하여 쌍봉낙타를 타는 체험을 했다. 모두가 두려움, 즐거움, 희열을 만끽하고 많은 기념사진도 남기며 미니사막 트레킹을 즐겼다. 약 1시간 30분 이동하여 몽골의 옛 수도 카라코룸에 도착하여 에르덴조 사원을 관광했다. 대제국의 수도가 몽골 패망 후 철두철미하게 명나라에게

파괴되어 옛 황궁터가 흔적조차 없어졌다. 라마교 사원만이 초라하게 남아 있었다. 영웅의 탄생이 민족의 긴 장래에 크게 도움이 되지 않는 것이 역사인 것 같다. 오늘 숙소는 어제 게르 사고 때문에 호텔로 정했다. 저녁 식사는 매우 훌륭했다. 간단한 공연을 감상하고 모두 편안한 하루를 즐겼다.

좋은 음식으로 모처럼 아침 식사를 행복하게 마치고 울란바토르로 이동했다. 점심은 이동 중에 뷔페식으로 먹었다. 한국인 선교사가 세운 대학에서 한국어 공부하는 사람들과 한국에 와서 일하신 분들이 많아, 한국어를 유창하게 잘하는 몽골인을 자주 만날 수 있었다. 울란바토르는 교통지옥이라 8시간 이상 걸려 도착했다. 국영 백화점에서 쇼핑하고 마사지 체험을 한 후에 샤브샤브 음식점에서 맛있는 저녁을 먹었다. 우리 일행은 처음 말고기도 먹어보았다.

저녁 늦게 호텔에 도착하여 내일 귀국을 기다리며 마지막 밤을 보냈다. 호텔에서 좋은 아침식사를 한 후, 짐을 챙겨 칭기즈칸 광장을 방문하여 관람하고 박물관을 둘러본 후 고비캐시미어 판매점에서 기념품을 구입한 후 공항에 도착하여 4박 5일을 마무리하고, 대한항공편으로 17:10분 인천공항에 도착하여 몽골 일정을 마무리했다. 오랜 친분이 있는 자중회 회원들과 깊은 신뢰와 우정을 쌓은 여행이었다.

나의 취미
색소폰 연주

　나는 Knowledge power, Language power, Culture(Entertainment) power를 키워야 한다고 늘 말해왔다. 음악을 하고, 노래를 하고 악기를 다루면 좋겠다. 그런 마음으로 색소폰을 7년 넘게 했다. 70살이 다 되어 배운 취미지만, 나는 무척 열심히 했다. 매주 색소폰 선생님을 모시고 레슨을 받고 있다.

　색소폰을 배우는 사람들은 대개 오래 배우지 못한다. 생각보다 어렵기 때문이다. 장비도 갖추어야 하고, 방음실도 있어야 하고, 레슨도 받아야 한다. 색소폰을 잘 하려면 호흡이 중요하다. 관악기를 연주하는 데는 특히 건강이 필수적이기에 호흡을 강화하기 위해 7년 동안 수영을 열심히 했다. 처음에는 쉬워보였는데, 점점 더 어려워지는 매력이 있다. 나이 70이 넘어서 나처럼 색소폰을 연주하는 사람은 거의 없다. 색소폰을 배운 나는 종종 사람들 앞에서 연주도 하고, 노래도 하게 된다. 비즈니스를 쉽게 하려면, 상대와

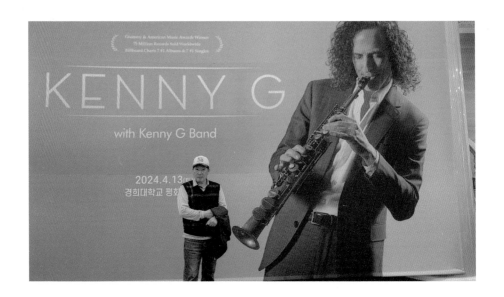

만났을 때, 색소폰으로 한 두 곡 연주만 해도, 이 사람은 뭔가 다르다는 느낌을 상대에게 줄 수 있다. 다른 사람과 달라야지, 똑같아서는 안 된다. 색소폰 연주나 노래 한 두곡을 하면, 비즈니스가 쉬워진다.

나는 적당히 살 수가 없는 사람이다. 나는 늘 긴장하며 에너지를 많이 사용하며 바쁘고 힘겹게 살아왔다. 1등을 하며 살고자 했고, 2등을 하고 싶지 않았기 때문에 골프를 쳐도 잘 해야 하고, 노래도 잘 해야 하고, 색소폰도 잘 연주하고 싶다. 뭐든지 잘해야 하고, 리더가 되어야 하고... 그런 욕심이 나를 만들었다고 생각한다. 그래서 사실 피곤한 삶을 살았다.

나는 회사를 경영하는 일 외에는 크게 다른 일에 욕심을 내지는 않았다. 하지만 취미로 즐기는 색소폰은 더 잘 연주하고 싶다. 그래서 더 아름다운 음악을 연주해 보고 싶다. 음악은 배우면 배울수록 어렵다. 나는 천재 중에 천재는 작곡하는 사람들이라고 생각한다. 음악세계는 참으로 오묘하다.

나에게 꿈이 있다면 시니어 콘테스트에 출연해 대상을 받고 싶다.

색소폰
연주의
즐거움

　나는 동기들 모임, 고향 마을 잔치, 내 생일 잔치, 자중회 제주도 골프모임 등에서 색소폰을 연주하기도 한다. 2018년 12월 20일 잠실 시크릿트 가든에서 색소폰 연주를 했다. 많은 사람들 앞에서 색소폰 연주를 처음 해보는 것이라, 12월 12일 경부터 연습을 시작했다. 여러 곡 중에 나훈아의 '영영'으로 곡을 선정해 연습에 몰두했다. 신기하게도 악보를 안 보고 연주가 가능하였다. 오늘 20일 안사람과 공연장에 도착하여 준비하고, 5시부터 시작했는데, 나는 4번째로 무대에 섰다. 떨리거나 동요됨 없이 차분히 인사말 후에 공연했다.

　박순철 원장과 주변 분들이 1절이 끝나니 소리치며 박수를 주니 더욱 힘을 받아 2절은 더 잘했고, 후렴부분을 유튜브에서 배운 대로 한 옥타브 올려 연주했다. 많은 박수와 찬사를 받았다. 이제 시작이고, 자신감이 생기기 시작했다.

색소폰을 연주하면 잔치 분위기가 한껏 오른다. 나는 종종 고향에서 마을 잔치를 열어준다. 2020년 1월 30일 안사람과 둘째 누이와 같이 부모님 산소에 들러 예를 갖춘 후, 마을회관에서 지역 선후배들을 모시고 잔치를 했다. 마을 잔치에는 선배와 친척도 있지만, 나는 소목이 높아 대부분의 분들이 조카, 손자벌이다. 보낸 돈으로 마을 부녀회에서 음식을 넉넉히 준비했다. 2년 전에 잔치에는 돈만 보내고 식사도 안했으나 이번에는 음악준비로 동네잔치를 더 흥이 나게 했다.

장녹수, 영영, 그리움만 쌓이네, 아직도 그대는 내 사랑, 남자라는 이유로, 나 하나만의 사랑, 꽃바람 여인, 안동역에서, 미운 사랑, 홍시 등 10곡을 노래 겸 색소폰 연주를 하며, 3시간 이상 공연을 했다. 모두들 즐거워했다. 마을 사람들은 내가 좋은 학교를 졸업하고 경제인으로 진출해 고향에 잔치

고향 방문시 색소폰 연주

나의 삶 나의 도전

를 베풀어준다고 생각했었다. 그런데 색소폰 연주를 곁들이니 내가 재주 많은 사람으로 이미지가 크게 개선되었다. 2023년 2월에도 마을 잔치에 색소폰 및 노래를 했다.

2023년 8월 21일에도 고향 신두리에서 점심 식사 마련 마을 잔치를 했다. 마을 회관 리모델링 공사 완료 후에, 나는 주민 및 군, 면 농협 관계자 등 100명 이상에게 식사를 대접했다. 마을 잔치가 열린다고 하자, 군수, 도의원, 면장, 군의원, 농협조합장, 면서기 등 지방 지도자에 야당 협의회장, 여당 국회의원 등 정치인들도 많이 왔다. 지방이 너무 정치적이며 계급이 많고 직책을 갖은 사람들이 저마다 한마디 한다. 마을은 이장이면 충분하거만, 한국적 정치형상과 끝없는 정쟁을 장소가리지 않고 하는 꼴사나운 현실이다.

나는 가라앉은 분위기를 띄우기 위해 음악을 준비했다. 그런데 10일 이상 아침저녁 연습했던 색소폰이 잘 되지 않았다. 속이 상했으나, 앞으로 잘하면 된다. 더욱 연습해야겠다고 마음을 다져본다. 두어 시간 넘게 고향 잔치 및 작은 음악회를 마쳤다. 그래도 나의 색소폰 연주가 고향 잔치를 풍성하게 했다고 생각된다.

골프로
다져지는
우정

　사업을 시작한 지 얼마 안 된 1991년 나는 선물로 받은 골프채로 처음 골프를 시작했다. 골프가 국내에 처음 소개되었을 때는 일부 특권층의 사치스런 운동이란 소리를 듣기도 하지만, 지금은 많은 사람들이 즐기는 대중운동이 되고 있다. 푸른 잔디밭이 펼쳐진 골프장에서 라운딩을 돌면서, 함께 골프를 치는 사람들과 비즈니스 대화하기 딱 좋은 운동이다. 나는 무엇이든 한번 시작하면 잘 하려고 한다. 골프도 마찬가지였다. 뒤늦게 배워 프로선수들만큼 칠 수는 없지만, 현재도 핸디캡 12인 80대 중반 정도의 실력을 갖고 있다. 라운드에 나가면 간혹 싱글 스코어를 내기도 한다.

　국내뿐만 아니라, 해외에서도 종종 골프를 한다. 비즈니스 여행에서 골프 일정이 들어가는 경우가 많기 때문이다. 나는 제주도에 일 년에 딱 한번 골프여행을 간다. 자중회 골프회장이기에 빠질 수 없는 행사다. 2023년 11월 강국창 회장 소유의 서귀포 스프링테일 골프장에서 자중회 회원 15명과 골

고향후배(서태호, 이재선, 이용구 , 이근만)

제5부. 나의 삶과 가족

프를 쳤다. 15명이 4개조로 팀을 나눠 골프를 했다. 첫날 라운딩은 정동기, 이시원, 최철호 회원과 팀을 이뤘다. 젊은 최철호 회장은 다양한 취미를 즐기고 있었다. 악기로 색소폰, 드럼, 기타 등 다뤘다고 한다. 즐겁게 라운딩 후 저녁 만찬 후 숙소에서 자다가 눈뜨니 06시경이었다.

2일차 아침 8시에 TEE-OFF를 했다. 김창희, 김상복, 박종서 회원과 즐겁게 라운딩을 하며 한라산의 절경도 사진에 담았다.

이번 골프여행을 한껏 즐겁게 한 것은 이날 오후 6시 30분에 열린 음악회다. 김용형 악단장을 모시고 즐거운 음악회를 했다. 나도 색소폰 3곡 이상 연주하고, 노래도 3곡을 불렀다. 내 반주기가 아니라 약간의 실수도 있었지만, 색소폰 연주가 함께 하니 더욱 즐거운 모임이 되었다. 저녁 만찬과 음악회 후에 곤히 잠들었다.

3일째에는 이원해, 선상규, 이상규 회원과 함께 운동을 했다. 11월 말임에도 날씨가 포근해서 참으로 좋았다. 의미 있는 라운딩이었다. 점심 식사 후 비행기를 타고 김포에 내려 집에 왔다. 집에서 반겨주는 아내를 보니 기분이 좋다. 역시 집에는 안내가 있어야 한다는 생각이다. 다음해에 자중회 골프여행을 생각하며, 금년도 골프 여행을 마무리한다.

나의 삶 나의 도전

골프로
배우는 인생

 2013년 6월 2일 태광CC 서-북 코스에서 아침 5시 59분부터 권오진·임규순·조성윤과 함께 라운딩을 시작했다. 후반 북코스 128m의 오르막 8번 홀(파3)에서 마제스틱 9번 아이언을 잡고 가볍게 스윙을 했다. 느낌이 괜찮았다. 핀 앞 1m쯤에 떨어진 공이 그대로 홀로 들어갔다.

 "와아! 홀인원이다!"

 동반자들이 한목소리로 외쳤다. 순간 내 기분은 무덤덤했다. 골프 구력 23년 만에 처음으로 맛보는 홀인원이었다. 이글은 3개나 기록했으나 홀인원은 처음이었다. 홀인원 후 3년은 재수가 좋다는데, 지금처럼 불황에는 그 말마저 믿고 싶어졌다.

 싱글 골퍼들의 홀인원 확률은 5,000분의 1이고, 프로투어 선수들은 3,000분의 1, 평범한 주말 골퍼들의 홀인원 확률은 12,000분의 1이라고 한다. 일주일에 두 번씩 라운딩을 하는 골퍼라면, 1년에 108회, 1회 라운드 중 네 번

자중회 회원들과 함께 일본 골프투어 때

의 파3을 맞게 되니까 28년 동안 한 번도 거르지 않고 라운딩을 해야 얻을 수 있는 행운이다. 그런 행운을 그 날 내가 잡은 것이다. 홀인원은 내 사업의 큰 활력소가 되었다.

처음 골프를 배우던 5~6년 동안은 하루도 빠짐없이 출근 전 새벽에, 퇴근후 저녁마다 연습장에서 기본기를 연마했다. 마음과 몸도 함께 연마했다. 라운드가 있는 전날에는 일찍 잠들고 당일에는 일찍 일어나 TV 골프 채널을 보면서 이미지 트레이닝을 했다. 시험 보기 전날 총정리를 하는 기분으로 그렇게 해야 마음이 편했다. 이런 준비도 하지 않고 좋은 스코어를 기대하는 것은 요행을 바라는 것이라고 생각했다.

나의 삶 나의 도전

골프도 그렇고, 사업도 그렇지만, 철저한 준비가 성공으로 가는 필수조건이라고 생각한다. 기본기를 충실히 다지고, 상황마다 충분히 준비하지 않으면 좋은 스코어를 결코 낼 수 없다. 기업도 평상시에 사업기반을 탄탄하게 다져놓고 위기에 대비하지 않으면 휘청거리게 된다. 골프를 잘 하는 사람은 대체로 경영도 잘 하는 사람이다. 골프를 치다 보면 끊임없이 의사결정을 해야 할 일이 생긴다.

때로는 도전도 해야 하고, 때로는 위기관리도 해야 한다. 그리고 좌절도 하게 되고, 감동도 먹게 된다. 섬세한 과학적 계산도 해야 하고, 직관력에 의존해야 할 때도 있다. 또한 18홀 라운드가 끝나면 성과가 나오고, 분석과 평가도 할 수 있다.

골프는 지(智)·덕(德)·체(體)를 갈고 닦는 수양의 과정이며, 자기 경영의 기술을 향상시킬 수 있는 실전 매니지먼트 게임이라고 생각한다. 또한 골프는 실수를 줄여야 좋은 스코어를 얻을 수 있다.

2019년 7월 25일부터 프랑스 에비앙에서 개최된 LPGA 골프를 시청하며 김효주와 박인비를 응원했다. 마지막 날 늦게 시작한 4라운드. 김효주가 15언더, 박성현이 13언더, 고진영이 11언더로 3명이 마지막조로 출발했다. 13번 홀까지 김효주가 선두를 유지했다. 다만 13번 홀에서 차분히 따라붙는 고진영이 14언더 1타차까지 따라붙었다. 사건은 14번 파3에서 발생했다. 13번 홀에서 고진영이 선공을 해서 온그린시켰다. 그런데 김효주가 우드로 샷한 공이 벙커 턱 밑에 놓여 그린에 직접 올리기 어려운 상태였다. 무리하게 공격하다 나온 후에 투퍼트로 더블파를 하는 불상사로 선두를 고진영에게 내주었다. 단번에 2타차로 뒤졌다. 이는 큰 실수였다. 선두이기에 도전하지 말고 안전을 유지했더라면 아마도 우승하지 않았을까? 공동2위

홀인원 기념사진

나의 삶 나의 도전

는 의미가 없다. 이를 보면서 사업도 무리하지 않고 꾸준히 성장하는 것이 무리한 투자보다 현명하다고 판단된다.

내가 생각하는 라운드 도중 매홀 목표는 항상 '파'이다. 홀인원도 해보았지만, 매번 홀인원을 할 수는 없다. 사업도 대박을 치려고 하기 보다는 실수를 하지 않도록 노력한다. 회사가 어려우면 그 책임은 전적으로 내게 있다. 양지일 때 음지를 생각하며, 위기에 대처하는 유보금을 쌓아놓아야 한다. 새삼 골프가 기업의 경영과 닮은 데가 많다는 사실을 깨달았다. 사업에 투자가 필요시 김효주 에비앙 챔피언 LPGA를 늘 마음에 새기고 있다.

특수대학원에 다니다

사회생활을 하는 사람들에게 인적 네트워크는 매우 중요하다. 특히 복잡한 인간관계가 얽혀있는 기업 경영의 세계에서 나를 알고 지지해주는 지인의 존재는 대단히 중요하다.

매년 1월~2월 사이에 세계 각국의 정상들과 재계·학계 등 글로벌 리더들이 스위스의 다보스에 모여 글로벌 현안과 과제를 논의하는 포럼을 연다. 흔히 '다보스 포럼'으로 불리는데, 정식 명칭은 세계경제포럼 (WEF: World Economic Forum)이다. 이 포럼에 참석하는 인사들은 자연스럽게 인맥을 쌓고 국제적인 비즈니스 무대로 십분 활용한다. 우리나라 대기업의 리더들도 이 모임에 참석해 국제적 인맥을 넓히기 위해 활동한다.

대기업에 비해 열악한 중소기업의 리더가 인적 네트워크를 만들지 않는다는 것은 성공기업으로 가는 것을 포기하는 것과 다름없다. 인적 네트워크를 확보하기 위해 많은 사람들이 특수대학원에 다닌다. 대부분 1년 미만

나의 삶 나의 도전

연세대 경영대학원 수료식

의 단기과정인 특수대학원을 다니는 사람들은 강의보다 인간관계를 맺는 것에 더 의미를 둔다. 건전한 교류가 대세지만 그렇지 못한 경우도 더러 있기도 하다.

나는 1991년 3월 연세대 경영대학원 연구과정(53기)에 등록했다. 창업 초기였던 만큼, 나는 경영에 대한 기초적인 소양을 쌓고 싶었고, 인맥도 넓히는 두 마리 토끼를 잡기 위함이었다.

1992년 3월에는 6개월 과정의 고려대 국제대학원 최고국제관리 과정(2기)에 등록했다. 급변하는 글로벌 시대의 흐름을 정확히 읽고, 그 흐름을 주도할 수 있는 21세기 기업경영에 필요한 핵심 역량을 갖춘 리더로 양성한다는 것이 이 과정의 목표였다. 국내 최고 강사진에 의해, 최신 글로벌 경영이론과 초우량 기업들의 생생한 사례를 통하여 글로벌 기업들의 정보를 접할 수 있었다. 2기 과정이 끝난 후 동기 모임을 가졌는데, 나는 총무를 맡아 회원 간의 유대를 다지는 일에 열심히 했다. 당시 국내의 전문경영인들이 다수 회원으로 참여했다. SK 부회장, 일양약품 회장, 경기고속 회장, 오뚜기식품 사장, 동아제약 사장, 태평양그룹 회장, 고려대병원 병원장, 현역 국회의원도 회원으로 참여했다.

1995년 3월에는 고려대에서 국내 최초로 개설한 노동대학원 최고지도자 과정(1기)에 등록했다. 이 과정은 6개월 단기였다. 참여한 수강생은 국내 특수대학원 가운데 가장 화려한 인사들이었다. 당시 여의도 국회의사당을 잠시 옮겨 놓은 듯했고, 국내 노동계 리더들이 총출동한 듯했다. 이명박 전 대통령도 등록했고, 7기 때는 노무현 전 대통령도 등록했다. 특수대학원 단기과정이 2명의 대통령을 탄생시켰으니 대단한 과정이었다. 입학식 때 보았던 인사들은 정작 강의실에서는 볼 수 없었고, 수료식에서 볼 수 있었다. 인

가족과 함께

맥 쌓기로 보면 가장 효과가 컸던 과정이었다.

수료식은 인촌기념관에서 했는데, 전·현직 국회의원들은 모두 단상으로 올라가 앉았다. 그런데 김대중 전 대통령의 장남 김홍일 씨는 국회의원이 아니어서 내 옆자리에 앉아 있었다. 그때 노동대학원 김호진 원장이 급히 김홍일 씨를 부축하여 단상으로 모셔갔다.

그 후 김호진 원장은 김대중 국민의 정부 시절 첫 노사정위원장에 발탁되더니, 다시 노동부장관으로 자리를 옮겼다. 출세를 하려면 처세를 잘 해야 한다는 말이 실감났다.

나는 이 단기과정이 끝난 후 동기모임을 만들었을 때 총무를 맡았다. 업무상 김홍일 씨와 접촉 기회가 잦았지만, 나는 동기 모임의 업무 이외에는 접근하지 않았다. 쓸 데 없는 공상에 불과하지만, 그때 그에게 살갑게 좀 굴었더라면 하는 생각도 들기도 했다. 김원길 의원이 회장일 때 나는 수석부회장이었다. 김 의원이 자주 참석하지 못해 내가 회장 대행을 하기도 했다.

1996년 3월부터 9월까지 6개월 단기과정의 고려대 경영대학원 최고경영자과정(41기)에도 등록하여 수료했다. 바로 같은 해 9월부터 1997년 2월에 끝난 6개월 과정의 중앙대 건설대학원 최고경영자과정(13기)에 등록해 수료했다. 당시 중앙대 학생처장이던 이용구 교수(전 총장)의 추천에 의해서다.

1997년 9월에는 고려대 컴퓨터정보통신대학원 최고위통신정보 과정(3기)에 등록하여 1998년 2월에 수료했다. 당시 나는 업무상 인터넷을 배워야 했다. 그런데 이 과정은 다른 데보다 유난히 골프투어나 친목모임이 많았다.

전경련에서도 경영자를 대상으로 3개월 과정의 교육을 실시했다. 국제경영원 e-비즈니스 최고경영자과정이었는데, 많은 기대를 가지고 등록했다. 하지만 한마디로 시간낭비였다. 2001년 3월에 등록해서 2001년 6월에 끝났다.

2004년 9월에는 고려대 공학대학원 건설경영최고위과정(5기)에 등록해 2005년 2월에 끝냈다. 이 과정은 내 사업과도 연관되는 것이어서 효과가 컸다. 수료 후, 이 과정의 원우회가 결성되었고, 나는 2대 회장도 맡았다.

2008년 8월에는 중소기업중앙회 SB-CEO스쿨(1기)에 등록했으며, 이 학교는 12월에 끝났다. 중소기업중앙회가 주관하는 과정이어서 자중회 회장인 내가 솔선수범했다. 중앙회의 전·현직임원 및 산하 조합장들도 여러분 등록했다. 강의 내용은 크게 차별성이 없었다. 수료 후 결성된 원우회에서 2010년 12월부터 2012년 2월까지 회장을 맡았다.

2013년 3월에는 강남구 상공회의소 CEO아카데미(18기)에 등록해 7월 10일에 수료했다. 당시 신연희 구청장의 권유에 의해 강의를 들었지만, 매우 소극적으로 수강한 셈이다.

특수대학원에서
열공하다

　1998년 9월에는 서울대 경영대학원 최고경영자관리과정(46기)에 등록해 1999년 2월에 수료했다. 오후 5시 30분에 수업이 시작되면 밤 9시에 끝났다. 당시 나는 연매출이 100억 원을 넘기던 때라 보다 체계적인 경영관리가 필요했다. 그래서 서울대학교라는 이름값에도 익숙해질 겸해서 등록했는데, 기대했던 대로 열공하는 분위기였고, 강의 내용도 매우 충실했다. 다만 흠이라면, 몇몇 수강 인사들이 공부보다 로비성 인맥을 맺으려고 활동하는 것이 눈에 거슬렸다. 이후 나는 서울대 경영대학원 최고경영자과정(AMP) 총동창회 활동도 열심히 했다.

　2012년 3월 27일에는 서울대 공과대학 건설산업최고전략과정(9기)에 등록했고, 12월 4일에 수료식을 가졌다. 이 과정의 면학분위기는 확실히 달랐다. 건설산업연구원의 김종섭 연구원이 총괄하는 이 과정의 강의내용은 다른 대학의 과정과는 전혀 달랐다.

고려대 국제대학원 수료식

고려대 노동대학원

　당시 정부의 발표나 진단을 보면, 한국의 건설산업이 다시 기지개를 켜고 있으며, 몇 년 후에는 해외수주량이 수억 조 원에 이를 것으로 전망한다. 그러나 이 과정에서의 진단과 분석은 정반대다. 현재 한국의 건설산업은 위기이며, 생존의 기로에 서 있고, 경쟁력은 거의 상실한 상태라고 진단했다. 건설산업을 혁신해야 한다는 것은 선택의 문제가 아니라 생존의 문제라고 했다. 이렇게 문제점을 찾아낸 뒤, 이 문제를 극복해내는 방법이나 방향을 함께 찾아보자는 것이 이 과정의 개설 목적이라고 했다.

　이 과정을 통하여 글로벌 리더십을 갖춘 유능한 건설경영자를 육성할 것이라고 했다. 그러기 위해 새로운 건설지식을 전달하고, 경쟁력 향상을 위한 정보도 제공하겠다고 했다. 그 동안 여러 최고위과정을 거쳐 왔는데, 이

　　　　　　　　　　　　　　　　　　　　　　나의 삶 나의 도전

과정에서 총정리를 하는 의미에서 나는 열심히 출석해서 강의를 들었다. 원우들과 친교시간에도 빠지지 않고 참석했다. 수료 후 매월 개최되는 포럼에도 꼭 참석했으며, 그 내용도 퍽 유익했다. 골프나 등산모임에도 개근했다. 이 모임에서 나는 두 번째로 나이가 들었다. 그래서 형님 대접을 받고 있는데, 왠지 어색하다. 고위 공무원도 있고, 중소·중건·대형 건설회사 임원들도 여럿 있으며, 건설 관련 단체 임원들도 다수 참여하고 있다.

이 밖에도 2019년 고려대학교 국제대학원을 비롯해 20여 곳에 달하는 특수대학원을 거쳤다. 2024년 4월부터 동국대학교 법무대학원에서 부동산 경·공매 최고위 과정에 다니고 있다. 가을학기까지 수료할 예정이다. 경·공매는 새로운 영역이기에 관심도 많고 재미있는 기업인의 필수 분야다.

박사 학위
취득

30년 넘게 특수대학원의 교육과정을 다니고 있는 셈이다. 특수대학원에 다니는 목적은 인맥 형성을 만들기 위해서만은 결코 아니다. 급변하는 사회의 트렌드에 민감하게 반응해야 하는데, 그때마다 알아야 할 것도, 배워야 할 것도 많다. 나는 그 부분을 단기과정에서 십분 충족할 수 있었다. 깊은 안목과 연구를 한 교수들의 가르침을 통해 내가 갖지 못한 지식정보를 빠르게 얻을 수 있는 것은 분명 큰 도움이 된다. 하지만 대학원은 자기가 공부하기 나름이다. 나는 한 번 마음먹으면 끝을 보아야 직성이 풀리는 사람이다. 공부의 길에 접어들었으니, 제대로 깊이 있는 공부를 해보고 싶었다.

그래서 2009년 3월부터 나는 호서대학교 행정대학원에서 석사학위 과정을 밟기 시작했다. 고려대 법대 과(科) 동기인 김태한 교수의 친절하고 진지한 권유가 있었는데, 애초에는 무척 망설였다. 나이도 있고, 캠퍼스도 멀고, 한창 크는 회사에 지장이 될 수도 있다는 생각에서 많이 주저했다. 그러던

2014. 2. 12. 박사학위를 받던 날 아내와 함께

어느 날 과 동기 윤기창을 만났다. 그는 석사과정을 중앙대학교에서 밟고, 박사과정은 김태한 교수에게 지도를 받고 있으니 함께하자고 안달했다.

석사학위를 마치고, 박사학위에도 도전하여, 2014년 2월 21일 「고령사회에서의 노인복지 관련법에 관한 연구」 논문으로 박사학위를 수여받았다. 논문의 요지는 다음과 같다.

한국사회가 매우 빠른 속도로 고령사회로 진입하면서, 노인복지 문제가 중요한 국가적 과제가 되고 있다. 이러한 문제의식을 갖고, 먼저 노인복지법의 규범적 기초를 검토하였다. 외국의 입법사례를 검토하기 위해 프랑스, 독일, 일본의 사회복지와 노인복지법제도의 전개과정 및 입법동향을 분

석했다. 이를 토대로 우리나라 노인복지관련법이 개별법의 산재화로 인해 제도간 연계성이 부족하며 저소득 취약계층 노인들을 대상으로 하고 있어, 전체노인의 새로운 복지수요에 효과적으로 대응하지 못하는 문제점을 파악하였다. 주거복지, 교육복지, 장례복지, 노인생활환경 조성 등 분야별 노인복지관련법의 개선방안을 제시했다. 결론으로 노인복지관련법체계를 개선하여, 노인복지기본법 제정의 필요성을 주장하였다.

박사학위는 누구에게 자랑하거나, 어떤 지위를 얻기 위해 취득한 것이 아니었다. 공부할 때를 놓치고 돈부터 벌어야 했던 나의 지난 삶이 못내 아쉬웠고, 그래서 뒤늦게라도 그에 대한 보상을 받는 심정으로 도전했을 뿐이다. 사람은 돈보다 인성을 더 높이 쌓아야 비로소 인간다워진다고 했다.

박사 학위 취득은 내 인생과 전공 분야를 동시에 완성해 나가는 인격 형성의 한 과정일 뿐이다. 나는 사람들과 관계를 만들고, 그 관계를 유지하는 데 큰 의미를 두고 살아왔다. 하지만 어느 순간부터 그 사람의 됨됨이가 아니라, 그 사람의 직업인 공무원, 국회의원, 의사, 변호사 등과 대화를 하고 있는 나를 발견했다. 그래서 뒤돌아서면 그 사람 자체를 안 것이 아니라, 그 사람이 어떤 일을 하는가에 대해 알았을 뿐이었다. 인생을 살면서 수많은 사람들을 만났지만, 인간을 안다는 것은 쉬운 일이 아님을 배웠다. 법학박사 과정은 몇 년 만에 수료했지만, 인간박사 과정은 평생이 걸려야 할 것 같다.

나의 삶 나의 도전

1. 나의 아내

누구에게나 가족은 소중하다. 나에게는 아내와 두 아들, 두 며느리와 손주가 있다. 1976년 결혼한 아내와 반백년을 함께 살고 있다. 내가 사우디아라비아에 근무하는 동안, 아내는 아이를 업고 다니면서 월급 타러가고 두 아들을 키우느라 너무 고생이 많았다. 그때를 생각하면 지금도 눈시울이 붉어진다. 아내가 아니었다면 지금의 나는 없었다.

아내는 천상 타고난 여자다. 그 힘든 시절을 어떻게 견뎌냈는지 고마울 따름이다. 아내는 지금도 1만 원짜리 이상 밥을 안 먹는 몸에 맨 절약정신이 갖고 있다. 아내가 돈 한 푼 허투루 쓰지 않고 열심히 아끼고 저축했기에 집을 장만하고, 사업 자금을 마련할 수 있었다.

내가 정치 같은 것을 안 하고, 무모한 짓을 하지 않는 것은 아내 덕분이다. 아내는 그림도 잘 그리고, 악기도 잘 다루고, 전통 무용도 잘한다. 한국

필자 내외

일보 주체 사진전에서 대상을 탄 적도 있는 재주 많은 사람이다. 그럼에도 아내는 학교 선생님을 그만 둔 이후, 살림살이를 하면서 가족을 위한 삶을 살아 주었다. 2006년부터는 주유소 경영을 맡아 지금도 잘 운영해오고 있다. 아내는 매일 새벽 5시 반에 일어나서 주유소 나와서 문 열고, 매일 저녁 주유소 마감을 한다. 매일 규칙적인 생활을 하면서, 우리 가정을 지탱해준다. 예쁘고, 재주도 많고, 알뜰한 아내는 나를 믿고, 나만을 사랑해주었다. 아내는 신이 내게 허락한 최고의 선물이다. 내가 표현이 서툴러 고맙다는 말, 사랑한다는 말을 많이 못해주었다. 늘 고맙고 사랑한다.

2. 장남 규욱과 가족

장남 규욱이는 1996년 고려대학교에 입학했다. 우리 부자는 동문 교우가

나의 삶 나의 도전

장남 규욱의 대학원 졸업식

되었다. 그때 뿌듯했던 기분은 잊을 수 없다. 장남 규욱이는 대학에 입학한 후, 미국 어학연수를 다녀 온 후, 3학년 1학기를 마치고 2001년 미국 인디애나 주립 대학으로 유학을 떠났다. 고려대학교를 졸업하지 않고 유학을 떠난 것이 조금 아쉽기도 하지만, 더 큰 배움을 위해 유학을 떠난 것은 현명한 선택이라고 생각한다. 규욱이는 2004년 5월 인디애나 주립대학을 졸업하고, 9월 학기부터 브라운대학 대학원에 입학하여 컴퓨터 사이언스를 전공했다. 장남이 명문교에 입학해 첨단 학문을 전공한다는 것이 내 마음을 흐뭇하게 했다.

규욱이는 어학공부도 열심히 하여, 2006년 5월 대학원을 졸업했다. 미국 로드아일랜드 주 프로비던스에 있는 브라운대학을 찾아 장남의 대학원 졸업을 축하해 주었다. 규욱이는 졸업 후 현지에서 삼성전자에 취업했다.

장남 규욱의 결혼식

나의 삶 나의 도전

조규욱·조미진, 다연이 탄생

2007년 5월 규욱이가 결혼을 했다. 브라운대 대학원에서 만나 결혼한 며느리 조미진은 같은 대학원에서 경제학 박사학위를 취득한 재원이다. 며느리 조미진 박사는 대외경제정책연구원에서 FTA 팀장으로 근무하다가 지금은 명지대학교 국제통상학과 교수로 재직 중이다. 이들의 결혼식 주례는 고려대 김호영 교수가 주재했다.

2008년 6월 30일에는 규욱이 내외에게서 손녀 다연(茶沿)이가 태어났다. 무자년(戊子年) 쥐띠다. 쥐띠가 밤에 태어나면 부자로 산다는 옛 어른들의 말이 있다. 나도 1948년 무자년 쥐띠 해에 태어났다. 손녀와 60년 차이를 둔 띠동갑이다. 거기에 손녀의 생일이 6월 30일(양)이고 나의 생일도 6월 30일(음)이다. 다연이는 태어나면서부터 할아버지와 이런 필연의 관계를 가지게 되었다. 오랫동안 아기가 없던 집안에 귀여운 공주가 탄생한 것은 해맑은 햇살 한보따리가 우리 집을 비춰 주는 듯 했다. 다연이는 내 칠순잔치 때 클라리넷 연주도 해준 사랑스러운 손녀딸로 성장했다.

손녀 다연이는 숙명여중을 우수한 성적으로 졸업하고, 지금은 풍문고 1학년이다. 고등학교 400명 정도에서 10등 전후로 11반 회장도 하는 재원이다. 공부를 열심히 하기에, 볼 수 있는 기회가 많지 않다. 좋은 대학에 입학하기를 바란다.

3. 둘째 규태와 가족

둘째 규태는 초등학교 때는 전교에서 1등도 하고, 공부를 잘했다. 그런데 사춘기가 되면서 반항심이 생긴 모양이다. 아내가 조금 강압적으로 아이를 가르쳤는데, 규태는 시키면 공부도 하지 않고, 자기가 신나야 했다. 고등학교 때 나와 면담을 한 후부터 다시 공부를 시작했다. 규태는 강압적으로 시

2011.3.12. 그랜드인터컨티넨탈 호텔에서 열린 둘째 규태의 결혼식.
왼쪽부터 필자, 아내, 규태, 둘째 며느리, 안사돈, 바깥사돈 안인기

키기보다, 자율적으로 공부하도록 놔두는 것이 맞는 아들이었다. 동국대학
교 기계공학과를 졸업하고, 잠시 회사를 다니다가 그만두고 2004년 우리
회사에 입사했다.

권오진 부사장 밑에서 일을 하게 했는데, 2세가 입사하니 여러 면에서 신
경도 쓰이면서도 한편으로 든든하다는 생각도 컸다. 규태는 바닥에서부터
일을 배웠고, 엔지니어로 우리 회사 제품 개발에도 적극 참여했다. 현장 소

장도 하고, 직원들과 똑같이 일을 했다. 아무래도 아들이 있으니 든든해서인지, 2006년 비즈니스 파트너인 독일의 오테를 통해 벨기에의 벤베소 공장을 방문할 때 권오진 부사장과 함께 아들을 동행하게 했다. 많은 경험을 쌓게 하고 싶었다.

규태는 2세라고 해서 다른 직원들과 달리 행동하지 않았다. 회사에서 밤샘 일을 하고 잠을 잘 정도로 열심히 했다. 직원들도 인정할 만큼 열심히 일을 했다. 요즘도 토요일, 일요일 없이 열심히 일을 한다. 그래서 지금은 우리 회사 최고의 기술 전문가가 되었다. 내 아들이라서가 칭찬하는 말이 아니라, 규태는 성실하고 일을 너무 잘한다.

2011년 3월 12일 삼성동의 그랜드인터컨티넨탈호텔에서 둘째 규태가 KBS 예능국장 PD와 예원예술대학교 학장을 역임한 안인기 선생의 따님 안세미와 결혼식을 올렸다. 둘째 며느리와 규태 사이에 다리를 내가 놓은 터라 더욱 기뻤다. 안인기 사돈의 친동생은 영화배우 안성기 씨다. 대통령, 고려대 총장, 고려대 교우회장, 매일경제 대표, 중앙일보사 회장, 국회의원 등이 화환을 보내주었다. 내빈으로 온 전·현직 장관, 자중회 대표 회원님들, 현건회 대표 회원님들, 고려대 70학번 동기회, 라이온스, 로터리 회원님들, 협력사 대표들이 많이 참석해 주셨다.

그러나 내가 정말 살갑게 반긴 내빈들은 고향의 초등학교 동창들이었다. 그들은 태안에서 일부러 상경해 우리 둘째의 결혼식을 축하해 주었다. 잔치가 끝난 며칠 뒤 장남 규욱이 내외, 둘째 규태 내외, 우리 내외는 고향 신두리에 계신 부모님 산소를 찾았다. 동네 어르신들을 찾아뵈었고, 큰 누님 댁에도 들러 누님과 유쾌한 시간을 보냈다.

2012년 8월 6일 규태 내외는 아들을 낳았다. 이름은 승현(昇鉉)이다. 고향에 계신 부모님 산소를 찾아 인사도 드렸다. 승현이 덕분에 귀가시간이 많이 빨라졌다. 손자 바보가 된 할아버지, 그것이 나다.

4. 두 아들의 이야기

장남 규욱이는 5년간 다니던 삼성전자를 퇴직하고, 2011년 4월부터 우리 회사에 합류하며, 고려대 MBA과정도 밟았다. 장남이 우리 회사에 입사할 의사를 보이자, 나는 먼저 동생의 승낙을 받으라고 했다. 동생이지만 규태는 벌써 회사에 7년간 일하고 있었다. 동생이 승낙해서 장남 규욱이도 회사에 합류하게 되었다. 규태는 외적인 것에서 형에게 많이 양보를 한다. 규욱

캐나다 팬팅톤의 스트럭처램사 방문 후 간단한 회식으로 계약을 축하했다.
왼쪽부터 규태, 필자, 스트럭처램사 사장.

스트럭처램사 방문 때 그 회사가 시공한 벤쿠버 아이스 링크 건물을 둘러봤다.
이곳에서 이상화 선수가 500m 세계신기록을 세웠다.

이는 형답게 동생을 잘 다독여 주면서도 뚝심이 있다.

2012년 미래에셋의 홍천 블루마운틴 골프장 클럽하우스 공사가 있었다. 클럽하우스를 로그하우스(통나무집)로 짓기 때문에 이 분야의 전문회사인 캐나다 스트럭처 램사를 방문하여 협력약정서도 작성했고, L/C도 열었다. 새로운 사업이었던 만큼, 우리 회시는 이 분야에 전문성이 너무 뒤떨어져 있었다. 담당자로 픽업한 후배 서욱은 전문성을 아예 갖추지 못한 아마추어였다. 그럼에도 내가 그를 지나치게 믿고 의존한 것이 어리석었다. 회사로서는 고통이었다. 이때 장남 규욱이가 뒤늦게 뛰어들어 해결점을 찾아냈기에 천만다행이었다. 규욱이가 유학을 하면서 쌓은 어학 실력이 십분 활용된 결과였다. 내게도 반성의 기회가 되었다.

두 아들이 회사 일에 적극 참여하면서, 나는 믿고 맡길 수 있는 사람들이 늘었다. 내가 지금까지 회사를 경영하면서 크게 어려움이 없었던 것은 믿고 맡길 수 있는 직원들 덕분이다. 이제 두 아들이 여기에 합류하면서 회사를 경영하는데 큰 힘을 받고 있다.

많은 기업들이 1세 경영 때와 달리, 2세가 경영하면서 기업이 분리되거나 망하기도 한다. 형제간에 갈등과 대립이 기업 분할로 이어지고, 그러다가 망하기도 하는 일이 비일비재하다. 나는 늘 두 아들에게 둘이 떨어져서는 안 된다고 말한다. 두 아들은 서로가 서로를 보완해줄 수 있다. 삼우이앤아이는 두 아들이 책임을 지고 경영해야 한다.

예전에는 삼우이앤아이가 망하면 나 혼자 망하겠다는 생각으로 주식을 나눠주지 않았지만, 이제는 아들들에게 나눠주고 있다. 나는 두 아들을 똑같이 대접한다. 그리고 둘이 절대 떨어져서는 안 된다고 말한다.

회사는 사람이 하는 것이고, 신뢰할 수 있는 사람들에게 일을 믿고 맡겨서 하는 것이다. 절대 혼자서는 회사를 이끌어 갈 수 없다. 믿을 수 있는 사람을 곁에 두어야 기업을 제대로 경영할 수 있다. 형제끼리 믿지 못하고 헤어진다는 것은 기업에서 신뢰할 수 있는 사람을 얻지 못하는 것이다. 그러면 회사는 망하는 것이다.

나의 아들 형제에게만 말하는 것은 아니다. 가장 가까운 사람들이 믿지 못하고 배신하고, 작은 이익 때문에 다투는 일을 나는 많이 보았다. 가장 가까운 사람들부터 서로를 좀 더 이해하고, 배려했으면 좋겠다. 나는 기업을 경영하면서 많은 배신도 당해보았지만, 그래도 나를 신뢰하는 사람들, 내가 신뢰할 수 있는 사람들 덕분에 삼우이앤아이를 이만큼 성장시킬 수 있었다.

나는 두 아들을 믿는다. 두 아들에게 바라는 것은 앞으로도 형제간에 우애를 잃지 말며, 합심하여 기업을 경영해달라는 것이다.

내 아들로 태어나줘서 고맙다. 규욱아. 규태야.

나의
칠순 잔치

　나는 1948년 6월 그믐(음력)에 태어났다. 2017년 8월 21일에 70이라는 세월의 흐름을 맞이했다. 규욱, 규태 두 아들 내외가 70년을 맞아 해외여행을 권했다. 여러 번 깊이 생각하다가 나도 바쁘고 안 사람도 주유소 경영 일로 바쁘기에 가족끼리 식사로 대체하기로 했다. 1976년 12월 17일에 결혼하였기에 결혼한 햇수도 41년이 되었다. 특별히 결혼 기념행사를 한 적이 없었다. 그래서 2017년 8월 20일 13:00에 코엑스 인터콘티넨탈호텔로 장소를 정하고 준비를 진행하여 행사를 했다. 준비과정에서 자식들과 의견 다툼도 있었으나, 성공적인 행사였다.

　인생 칠십 고래희라. 옛날에는 70의 삶을 무척이나 중요시했으나 지금은 장수의 시대라 잔치 자체가 부끄럽기도 했다. 하지만 생일잔치가 나의 삶에서 이번이 처음이고 또 80세나 할 수 있는 행사는 나나 안 사람이 건강하고, 경제적인 여유가 있어야 할 수 있겠다는 생각이 들어 행사를 결심했다.

　　　　　　　　　　　　　　　　　　　　　나의 삶 나의 도전

　어머니가 45세(1904~1997), 아버지가 52세(1897~1950) 나이에 내가 막내 아들로 태어났으니 요즘 같으면 0.01% 확률로 탄생할 수 있을 것이다. 행사는 52명의 친인척 및 친구를 초청하여 봉은사 앞 코엑스호텔에서 거행했다. 13시부터 서울오케스트라의 공연 20분, 큰 아들의 진행으로 1시간 동안 인사말 등 참석자 소개와 사진촬영으로 보내고 1시간은 식사시간을 가졌다. 그리고 마지막 한 시간은 손녀 딸 다연이의 클라리넷의 연주가 있었고, 나는 색소폰 연주를 처음에 3곡 나중에 3곡을 하였고, 오랜 친구 기춘이와 함께 노래를 하였다. 총 3시간의 행사로 나의 고희잔치는 끝이 났다.

　감사했다. 내가 건강하게 일하면서, 생일잔치를 할 수 있다는 것이. 부모님과, 아내, 자식들, 그리고 나의 친척, 친구, 함께 일을 해준 직원들, 모두 모두에게 감사한다. 나이가 들면서 하루하루의 삶이 감사하다.

섹소폰 연주

나의 삶 나의 도전

끔찍한
고통
코로나

인생에서 돈 보다 더 중요한 것이 있다면, 그것은 건강이다. 나이 들어서 돈이 필요한 이유도, 필요할 때 마음대로 병원에 갈 수 있어야하기 때문이다. 아무리 돈이 있고, 권세를 누린 현직에 있다고 해도, 병원에 들어가 입원하면 아무 것도 필요 없다. 건강은 늘 조심하고 조심해야 한다.

세월의 흐름은 막을 수 없다. 나도 인간이기에 나이가 먹는다. 다만 천천히 늙고 싶고, 오래 건강을 유지하고 싶다. 매일 아침 5시 30분에 일어나 일어와 영어 텔레레슨을 한 지도 10년 이상 되었다. 그래도 외국어는 마음대로 되지 않으니 언어를 익힌다는 것이 무척 힘이 든다. 나이 탓도 있다. 노화를 더디게 하기 위해 꾸준히 헬스클럽에 다니며 운동도 한다. 하지만 갑작스러운 병은 어찌 할 수가 없다.

2021년 12월 2일 나는 몸 상태가 안 좋아 자가 키트로 코로나19 검사를 2번 했더니, 양성으로 나왔다. 즉시 보건소 PCR 검사를 했다. 다음 날 양성

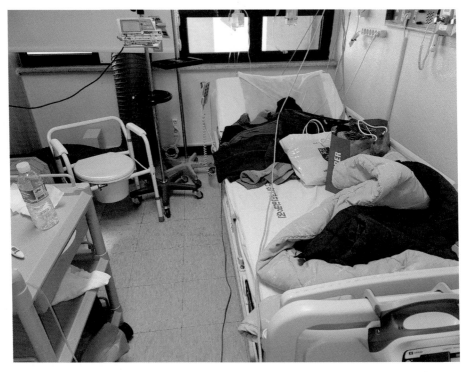

코로나 입원

판정을 받고 재택 치료를 하게 되었다. 내가 사는 4층 건물에서 아내가 주는 음식을 문 앞에서 배달받아 병마와 싸웠다. 강남보건소의 격리 지침을 철저히 따르며 생활하였기에, 천만다행으로 아내는 음성판정을 받았다. 아내는 3층에서 기거하며 나를 돌보고 주유소 및 가사 일을 했다. 추정컨대 골프장에서 감염되었고, 몸이 피곤하니 크게 전염된 것 같다. 목이 아프고 식은땀에 기침도 나고, 입맛도 없다. 폐도 간간히 아프고 24시간 3끼 때우며 견뎌야 했다.

아. 이래서 역병(돌림병)이구나. 페스트, 스페인 독감, 메르스 등 인간에게는 수많은 질병이 역습하여 삶을 비참하게 앗아갔다. 재택치료 중 아, 죽을

나의 삶 나의 도전

수 있겠구나! 생각도 들었다. 평소에 열심히 운동했어도 자연에서 발생하는 질병을 이길 수 없었다.

10일에 끝나는 재택치료를 12일까지 연장하고 방역에 최선을 다했다. 강남구청 보건소, 하나이비인후과 등 관계기관에서 정말 친절히 잘해주었다. 10여일의 자기 치료를 하면서 삶의 의미를 새삼 깨달았다. 나이 들어서 직장에서 일할 수 있다는 것이 이리 고마울 줄 정말 몰랐다.

12월 12일까지 아내와 격리하여 치료를 받고, 13일에 출근하여 회사 업무를 정상적으로 처리했다. 그리고 14일에 강남보건소에서 해제 통보를 받았다. 그런데 기침, 가래, 가슴통증이 계속되었기에, 16일에 병원에서 X-RAY 촬영을 했다. 정상 폐는 산소를 나타내는 검은 색인데, 내 폐는 대부분이 흰색의 울혈과 반흔으로 가득 채워져 있었다. 그래서 진료 확인서를 받고 주저하다 12월 19일 상태가 악화되는 것 같아 고대 안암병원 응급실에 입원했다. 종합 검사결과 심각하다는 의사의 진단을 받고 코로나 전담 음압병실로 이송되어 호흡기 내과 이은주 교수님과 송계진 주치의의 집중치료를 받았다. 한 평 남짓의 병실에서 먹고, 자고, 대소변을 해결하며 한발짝도 움직이지 못했다. 대변통, 산소공급기, 각종 측정기 등이 코와 몸에 칭칭 걸렸다. 가슴 양쪽과 배에 일주일간 붙인 체크 패드가 가려워서 견디기 힘들었다.

관련 약물을 투여와 산소 공급, X-RAY, CT 등의 촬영, 혈압, 온도 체크 등 1주일간 집중치료를 받았다. 음압병실에서 보낸 1주일은 내 인생을 많이 변화시켰다. 폐의 손상이 계속되었다면 생각만 해도 끔찍하다. 기침. 가슴통증, 가래 등 상상도 못할 고통들이 내 인생에 펼쳐져 있을 것이다. 밤에 옆방에서 아프다고 소리치는 상황을 접하니, 소름끼치고 정신이 혼미하고 지옥 같은 느낌이 들기도 했다. 저분은 얼마나 괴로울까 너그러이 생각하니, 마음은 편해도 어둠 속으로 스며드는 공포는 장난이 아니었다. 아무리 내가 무엇을 이뤄냈다고 해도, 죽으면 한 줌의 재만 유족에게 남겨 주겠구나! 라는 생각이 엄습했다. 코로나 역병이 정말 무섭다.

의사와 간호사분들 노력 덕분에 25일 크리스마스에 회복되어 퇴원할 수 있었다. 병원을 안내해준 이순혁 의대교수님, 이은주 호흡기 내과 과장님, 송계진 전문의에게 감사하며, 친절하고 열심히 노력하는 간호사 및 관계자들에게도 감사드린다. 병원을 퇴원하고 집에 돌아와서 보니, 내가 죽다 살아난 것처럼 제2의 삶을 산다는 느낌이 들었다. 앞으로 더욱 이해하고, 긍정적이고, 너그럽게 현실을 대처하고 살고자 한다.

역병이 준 선물은 내 인생의 삶의 변회를 가져다 준 것이다. 잘 먹고, 즐겁게 살자. 건강이 최고라는 생각을 갖고 살자. 옛 친구들과 지금 교류하는 지인들과 잘 어울리자. 적을 두지 말고, 친구들이 많이 하는 큰 모임보다 작고 위해주는 사람들과 어울리며 살자. 공포는 한번으로 족하다.

피부, 눈,
무릎 수술

2023년 3월부터 5월까지 나는 동안중심피부과에서 얼굴 점과 잔주름 등을 정리하는 피부과 치료를 받았다. 일가인 조창환 아우는 능숙한 실력으로 나의 얼굴을 손봐주었다. 3번에 걸쳐 얼굴의 지저분한 부분을 정리하니 얼굴이 깨끗해져 대인관계에서 자신감이 생겼다. 그러나 3개월간 얼굴이 흉한 경험도 있었다.

2023년 5월 31일에는 삼성의료원에서 우경인 박사의 집도로 눈 성형수술을 했었다. 2번이나 수술을 미루었지만, 윗눈썹이 처지고 눈을 찌르는 상태가 되어 더 연기할 수가 없었다. 노인 질환으로 판정을 받아 저렴하게 수술을 했다. 몇 개월간 고생했으나 지금은 자연스러운 눈과 얼굴의 조화를 갖춘 멋진 모습의 미남으로 변했다. 우경인 박사에게 감사드린다. 나이 들면 생각지도 못한 엉뚱한 일들이 있기 마련이다. 세월이 흐르면 몸의 모든 부위가 변형되는 것은 어쩔 수 없는 자연현상이다.

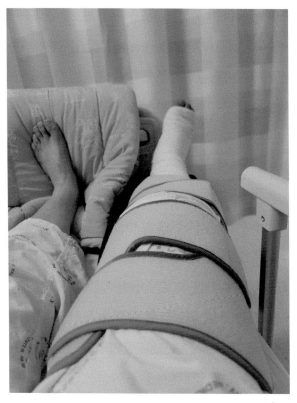

무릎 시술 후

    2023년 6월 26일 나는 고대 안암병원에 입원했다. 화장실에서 미끄러지
며 오른쪽 무릎 부위 인대가 손상되었기 때문이다. 간단한 시술인 줄 알았
는데, 수술준비가 꽤 까다로웠다. 29일 아침 수술을 받기 위해 수술실로 이
동했다. 기분이 착잡하고 묘했다. 나이 들면서 자주 찾게 되는 병원에 적응
하는 것이 어색하다. 수술에 대비하는 환자들과 대기하다가, 나의 이름이
불리며 수술실로 이동되었다. 마취제를 맞고 잠이 들어 11경 깨어났다. 정
형외과 장기모교수의 집도로 수술이 끝나서 휴게실에 있었다. 의사에게는
간단한 시술이었을지 모르나, 나에게는 긴 시간이었다.

나의 삶 나의 도전

병실로 돌아오니 마음이 편하고 기분이 무척 좋았다. 긴 붕대가 감겨진 오른발을 바라보며 참으로 모교 병원에서 수술을 잘했다고 판단했다. 환자에게는 원인이 필요치 않다. 결과가 중요하다. 장기모 교수님에게 감사드린다. 나는 조기퇴원을 미루고 3일을 더 병원에서 보냈다. 아무 생각 없이 편안하게 회복을 하고 싶었기 때문이다. 5박 6일 동안 고대 안암병원 601동 7호실에서 입원 요양했다.

병원에 계속 다니는 것은 내가 나이가 먹었다는 의미다. 의료진들이 나에게 많은 배려를 해주어 편한 병원생활을 했지만, 그럼에도 병원에 다니지 않을 만큼 건강한 것이 최고다. 건강이 참으로 중요한데, 내가 너무 소홀히 한 것 같다. 일의 성취도 중요하지만 건강이 중요함을 더욱 느끼게 된다. 병들고 아프면 돈도 명예도 권력도 다 필요 없는 것 같다. 건강하게 행복한 삶을 살도록 노력하겠다.

교우회 활동과
기부, 후원

　고려대학교 교가는 고려대 교수이자 시인인 조지훈님이 쓰셨다. "겨레의 보람이요. 정성이 뭉쳐 드높이 쌓아 올린 공든 탑. 자유, 정의, 진리의 전당이 있다." 이 노래를 들으면서 나는 나 혼자의 힘만으로 고려대생이 된 것이 아님을 느꼈다. 겨레의 보람이 되어야 하는, 자유와 정의, 진리를 탐구하는 올바른 학생이 되어야 한다는 것을 각성했었다. 나를 바라보는 많은 사람들의 기대심을 저버려서는 안 된다는 생각을 저절로 들게 만드는 교가였다. 대학교 교가 가운데 고려대학교 교가만큼 졸업생들이 많이 부르는 노래는 없는 것으로 알고 있다. 고려대학교는 젊은 대학생인 나에게 자부심을 심어주었다.

　내가 직장생활을 할 때 나는 수많은 고려대학교 동문들로부터 도움을 받았다. 고려대학교라는 울타리가 없었다면, 내가 얼마나 성장할 수 있었을지 의문이다. 나는 모교로부터 받은 도움을 갚기 위해 여유가 생길 때면 학

나의 삶 나의 도전

교에 학생들의 장학금으로 사용해달라고 기부를 해왔다. 우수한 후배들이 다른 걱정 없이 공부를 열심히 해서, 장차 우리사회에 큰 역할을 해주기를 기대하기 때문이다.

2021년 7월 5일 고대 본관에서 나는 모교로부터 크림슨 아너스 클럽패를 증정 받았다. 고려대학교에서는 누적 기부금 1억 원 이상인 기부자에게 '크림슨 아너스 클럽'회원으로 모시는 특별 예우 프로그램을 제공한다. 나는 1995년부터 '바른 교육 큰 사람 만들기'기금, 교육회 장학금, 행정학과 60주년 발전기금, KU PRIDE CLUB 정기후원 등에 참여하여 왔다. 그리고 2021년 6월 21일에는 학교 발전기금으로 5천만 원을 기부했다. 누적 기부금이 2억 원에 도달했다. 앞으로도 학교 발전을 위해 기부를 할 예정이다.

나는 회사를 경영한 이후부터 교우회 모임에 적극 참여하기 시작했다. 모교 체육발전을 위해 20년 전부터 농구부를, 2022년부터는 야구부를 후원하고 있다. 기부와 후원은 오랜 세월 나에게 큰 의지처가 되어준 모교에 대한 나의 보은이다.

2023년 8월 7일 고대 야구부 부장으로 있는 의대 정웅교 정형외과 과장이, 고연정기전 출정 전에 야구부 저녁 회식을 부탁해왔다. 감독, 선수 등 40여 명의 관계자를 초청하여 승리를 위해 학교 부근 식당에서 삼겹살 식사대접을 했다. 내가 놀란 것은 MZ세대의 젊은 후배들은 맥주, 소주, 막걸리 등 주류는 맛만 보고, 콜라, 사이다 등을 더 선호하며 고기와 식사를 소량으로 즐긴다는 것이었다. 감독께서 재학 중인 젊은 선수들은 술을 권하는 것을 싫어해서 자유롭게 재량권을 준다고 한다. 20년 전에 농구부에 김호영 선생이 부장으로 있어 후원할 때와는 전혀 다른 분위기였다. 그때는

고대 교우회 강서지부 총무 시절 송년의 밤 사회를 보고 있다.

나의 삶 나의 도전

후배들과 함께한 고연전 뒷풀이

후배들이 술도 많이 마시고, 시끌시끌한 분위기였는데, 이번에는 조용한 분위기였다. 야구와 농구의 전통이 달라서인지 시대의 변화인지 모르겠다.

젊은 후배들이 훌륭하게 성장하기를 바라며 후원하기에 기분이 좋았다. 젊은 후배들이 야구 등 모든 분야에 진출해 행복하게 살기를 바란다. 모교 운동부가 결과에 관계없이 정정당당히 연대와 경쟁하여 멋진 경기를 하기 바란다.

1차 안면도 여행

나는 종종 행정학과 졸업생들에게 대접하는 모임을 갖기도 하고, 함께 여행을 하는 모임을 갖기도 한다. 2023년 6월에는 법대 행정학과 70학번 동기들과 안면도를 다녀왔다. 비슷한 나이에 유사한 뜻을 이루기 위해 전국 각지에서 우수한 인재들이 입학한 동기들 50명과 편입한 6명 전체 56명. 20명이 이번 여행에 동참했다. 이른 아침 서초구청 앞에서 버스를 타고 출발해, 충남 서산시 간월도 큰마을 영양굴밥집에 도착하여 모두 맛있게 막걸리를 기울이며 아침 식사했다. 차내에서 간단한 자기소개 및 의식을 진행했다. 모두 애들같이 좋아했으며 나는 회장으로서 인사말과 여행안내 가이드를 했다.

식사 후 간월암자를 둘러보고 많은 추억의 사진 흔적을 남겼다. 솔향기와 피톤치드에 취하는 안면도 자연 휴양림을 해설자의 설명을 들으며 산책했다. 나는 안면도의 역사를 설명했으며 인공섬이 인조 17년 1638년에 만들어진 역사를 설명했다.

점심은 꽃게 정식(간장게장, 양남게장, 게국지)으로 모두 맛있게 식사를 했다. 식사 후 할배 할매 바위가 있는 아름다운 꽃지해변에 도착하였으나 갑작스러운 기후 변화로 바람이 불고 비가 내려 대충 보았다. 꽃 박람회도 7일에 끝났기에 밖에서 감상하고 테마공원 코리아 플라워 파트의 겉만 감상했다. 황도에 위치한 2만평 대지에 조성된 나문재 공원에 들려 꽃과 바다 등 수려한 산수를 둘러보았다. 돌아오는 길에 마지막으로 해미읍성을 들러 역사의 흔적을 새삼 느끼고 서울로 돌아와, 양재동에서 저녁식사를 하고 모두 아쉬움을 갖고 다음을 약속하고 헤어졌다. 모두 가을에 한 번 더 소풍가자는 제안을 했다. 많은 고민을 하며 여행을 기획하고, 차량 식사대를 스폰한 나는 적은 돈을 쓰고도 큰 보람을 느낄 수 있었다.

2차 강화도 여행

동기들과 약속대로 11월 2일 16명의 동기들과 함께 가을 야유회로 강화도를 여행했다. 지난번과 같이 아침 일찍 서초구청 앞에서 버스로 출발해 석모도 수목원으로 향했다. 석모리 일대의 계곡을 따라 조성되어 오염되지 않은 천혜의 자연환경을 자랑하는 수목원을 감상하며 동기들끼리 많은 대화를 나누었다. 다음 행선지는 우리나라 3대 해상 관음기도도량인 보문사를 방문했다. 그리고 강화 고인돌 유적지, 고려궁지, 철종이 16~19세까지 살았던 용흥궁을 보고, 우리 김포공장을 견학한 후 양재동에 와서 저녁식사를 한 후 일정을 마쳤다. 우리 과 동기들과 우정을 나누니 무척 기분이 좋고 보람찬 여행이었다.

3차 강화도 여행

2024년 5월 30일은 행정학과의 봄 소풍이 있는 날이다. 아침 일찍 13명의 동기들이 모여 강화도 교동으로 출발했다. 어느덧 70대 중반이기에 모두 노인티가 풍긴다. 1시간 40분 넘게 버스로 이동했다. 퇴계 선생의 후손인 이기춘 친구가 4대에 걸쳐 집안에 오간 서간문과 남아 있는 글을 모아 편집한 책인 『읍 단사촌』을 가져와 소개했다. 다른 친구들의 근황을 듣다 보니 어느덧 목적지인 교동도에 도착했다.

우리나라에서 4번째로 큰 섬인 강화도와 이웃한 교동도는 2014년 7월 교동대교가 놓여 육지와 연결되었다. 한반도 중간에 위치한 교동도는 역사적으로 많은 애환을 간직한 섬이다. 대룡시장은 황해도 연백지방의 피난민들이 고향을 그리며 연백장과 똑같이 만들어 놓은 원형 그대로 보존된 시장이다. 시장을 둘러보고 연산군이 위리안치 되었던 역사 유적을 둘러보았다. 많은 시간을 기다려야 하는 모노레일관광을 대신해, 교동 제비집을 거쳐 우리나라 최초의 향교인 교동향교를 방문했다. 1127년에 창건되었다고 하니, 900년의 역사를 가진 유서 깊은 곳이다. 향교는 인재 육성을 위한 교육기관이다. 고려시대에는 개경과 가까운 교동도가 매우 중요한 지역이었던 듯하다.

12시경에 충남서산집에 도착하여 꽃게탕, 간장게장과 밴댕이 무침으로 점심 식사를 정말 맛있게 했다. 모두 만족해하니 기분이 좋다. 30여 분 후에, 전등사를 방문했다. 해설사가 전등사가 우리나라 최초의 사찰이라고 하는데, 과장이 섞인 듯하다. 병인양요에 대한 설명을 듣고, 곁들여 조선왕

조실록을 보관했던 서고까지 둘러보았다. 나는 체력이 괜찮아 험난한 길을 잘 올라갔으나, 뒤처지는 친구들도 있었다. 건강관리가 중요한 나이다.

15시 30분경에 초지진에 들러 해설사로부터 신미양요, 병인양요 등 역사적 사건에 대한 설명을 들었다. 덕진진에서도 해설사의 안내를 들었다. 그당시 통치 계급인 대원군이나 고종 임금의 무능함에 분노를 느꼈다. 국민은 예나 지금이나 지도자를 잘 만나야 삶이 행복해진다. 우리 세대는 다행히도 박정희 대통령 같은 훌륭한 통치자가 있었기에 이렇게 좋은 세상에서 살고 있다.

17시경에 강화읍의 조양방직에 도착하여 방직공장을 리모델링하여 만든 감성 카페를 둘러보고 강화 부군수(군수대행)가 보내준 선물을 받고 출발했다. 김포 월곶면 갈산리에 소재한 우리 회사 제2공장을 둘러보고 양재동에 있는 콩뿌리콩나물국밥 양재점에서 20시경에 저녁을 다 함께 즐기면서 다음을 기약하고 이번 여행을 마감했다. 좋은 동기들과 같이한 행복한 봄맞이 소풍이었다.

행정학과
짜장면데이(행정인의 날) 행사

　내가 졸업한 고대 행정학과는 1955년 법과대학에 개설되었다. 법학과와 행정학과는 1981년까지 법과대학이었으나, 1982년 이후에 행정학과는 정경대학으로 분리되었다.

　2014년 8월 3대 행정학과 교우회장이 된 나는 행정학과 교우회 장학증서 수여식, 2006년부터 시작된 짜장면데이(고대행정의 날) 등을 주최하며 선후배 간 화합을 도모하기 위해 노력해왔다. 입학 50주년을 기념하기 위하여 이용만 선배(55학번)와 강봉구 선배(59학번)를 모시고 학과 행사를 성대하게 치렀다. 법과대학 행정학과와 정경대학 행정학과가 하나가 되는 자리였다.

　짜장면데이 행사는 사회 각계각층에서 활약하고 있는 교우들이 재학생들을 찾아와 미래를 위한 조언을 하는 행사다. 성공스토리를 전한 후에는 중국식당에서 짜장면과 술잔을 기우리며 후배들에게 진로 안내를 한다. 때로는 2차, 3차까지 300명 가까운 후배들과 함께하는 뜻깊은 행사의 날이

다. 내가 중심이 되고, 우윤식 후배(82학번) 등과 함께 매년 행사를 개최하고 있다.

고대 행정학과는 매월 회장단조찬, 등산, 연 2회 골프, 고연전 후 뒤풀이 식당 운영, 신년 및 송년 짜장면데이(행정인의 날) 기념행사, 복날에는 삼계탕 행사 등 1년에 30번 정도 모임을 갖는다. 고려대학교뿐만 아니라, 우리나라 어느 대학도 우리 과같이 활발히 활동하는 학과는 없다고 단언한다.

나의 삶 나의 도전

행정학과
복날
삼계탕 행사

우리 행정학과는 초복, 중복, 말복 중에 길일을 간택하여 학교 학과장, 재학생, 졸업한 선후배를 모시고 삼계탕 행사를 한다.

더위를 이겨 건강을 유지하고 친목을 다쳐 선후배 간의 정을 나누는 행사의 날이다.

오시는 행정학과 관계자들이 모두 좋아하시기에 나는 많은 보람을 가진다.

등산 행사 후 뒷풀이

나의 삶 나의 도전

대학평의원회
의장이 되다

1989년 1월 교우회 상임이사가 된 것을 시작으로, 모교에서 여러 가지 일을 맡게 되었다. 1992년 6월 고려대 경제인회 최연소 상임위원이 되었고, 나중에는 감사 부회장도 역임했다. 1999년 7월 학교 법인 고려중앙학원 재단 발전위원회 위원으로 위촉되어 6년간 활동했다. 또 고대교우회 부회장, 법대 부회장, 자문역, 고문, 행정학과 3대 교우회 회장도 맡았다.

교우회 활동 가운데 가장 의미 있는 일은 고려대학교 평의회 의원으로 활동한 것이다. 평의회는 교수협의회에서 5분, 졸업생 2분, 교직원과 노조위원장 2분, 명예교수 2분, 학부 및 대학원 학생회장, 13분의 위원으로 구성된 대학 최고의 의결기관이다. 지금은 강사대표 1명이 추가되어 17명으로 구성되어 있다. 나는 졸업생 대표로 평의회에 의원으로 봉사했다.

2018년 4월 1일부로 나는 고려대학교 평의회 의장이 되었다. 평의회 의장은 임무가 막중하다. 학칙 개정안, 학부 설립, 중장기 발전계획안, 학교

염재호 총장 방문시

나의 삶 나의 도전

의 다양한 사업 추진현황 등 학교 행정 전부가 평의회를 거쳐야 되기 때문이다. 총장, 교무위를 통과한 사안도 이곳을 통과해야 한다. 시골 출신 고학생이 고려대학교를 졸업 후 어렵게 사업을 시작하여 꾸준히 성장하여, 모교 교우회 활동과 재단 발전위원 등으로 봉사하다가 마침내 모교 최고의 의결기관인 평의회 의장이 되었다. 분에 넘치는 자리다. 내가 이 자리에 오른 것에 참으로 감개가 넘쳐흐른다. 모교에서 나를 평의회 의장으로 선임한 것은 내가 모교를 내 몸처럼 사랑하고 봉사해왔음을 인정해주었기 때문이라 생각한다. 나는 평의회 의장을 2022년까지 4년간 했다.

나는 평의회 의원과 의장을 하면서 모교의 살림살이, 사정에 대해 아주 많은 것을 알게 되었다. 모교를 위해 해야 할 일이 많다는 것을 알게 되었다. 평의회 의장에서 물러난 지금도 나는 모교의 일이라면 가능한 한 많은 것을 돕고 있다.

정진택 총장 취임식
단상에 오르다

오래도록 친교를 같이한 정진태 교수(기계공학과)께서 고려대학교 제20대 총장으로, 2019년 2월 28일 11시에 취임식을 갖게 되었다. 이날 나는 단상에 자리하고 소개까지 받은 영광을 갖게 되었다. 전직 총장, 재단 이사장, 감사, 인촌기념회 회장, 역대총장, 교우회 수석부회장, 여자교우회회장, 정세균 전 국회의장, 평의회 의장인 나만이 단상에 자리가 마련되었다. 내 인생에서 다시는 이런 영광이 없으리라고 생각된다. 축하연에 참석한 많은 훌륭한 분들이 단히에 있었다. 그 분들이 나를 보는 눈이 다름을 느낄 수 있었다. 나에서도 귀중하고 영광된 순간이었다.

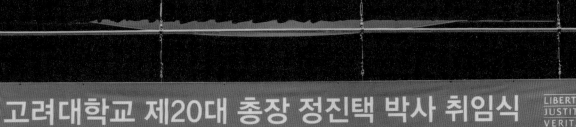

자랑스러운
법대인상
수상

2023년 2월 16일 나는 중소기업인으로는 처음으로 자랑스러운 고대 법대인 상 수상자로 확정되었다고 통보를 받았다. 법대 졸업생들은 관료, 언론, 정치, 학계 등에 진출했는데 나는 중소기업을 했기에 다른 길을 걸었다. 열심히 모든 것을 바쳐 사업을 하여 ㈜삼우이앤아이, 휴먼코리아, 인터비즈투어, 대청주유소 등 소그룹을 만들었다. 부채가 없는 알찬회사로 성장시킨 창업한 오너경영인이자, 모교 재단과 교우회 활동, 모교 평의회 의장 활동을 한 공로로 수상자가 된 것이다. 법대 졸업생 가운데 법조인, 공무원, 정치인, 언론인, 학자가 아닌 중소기업인 최초로 내가 이 상을 받게 되었다.

2023년 2월 16일 삼성동 그랜드인터컨티넨탈 호텔에서 83학번 동기회 주관으로 2023년 고대법대교우회 정기총회 및 고대법대인의 밤 행사가 개최되었다. 정진택 전 모교총장을 비롯한 600명 이상의 많은 교우들이 참석해 성황을 이루었다. 올해 '자랑스런 고대법대인상'으로, 70학번 조욱환 삼

370   나의 삶 나의 도전

우이앤아이 대표이사, 76학번 박기갑 전 유엔국제법위원회 위원, 77학번 한상대 전 검찰총장이 수상을 받게 되었다.

나는 이 자리에서 다음과 같은 수상 소감을 말했다.

존경하는 선후배 여러분!

최교일 법과대학 회장님. 83행사주관 회장단 및 법학전문대학원 정승환 원장님.

안녕하십니까?

오늘 저는 제 인생에서 가장 중요한 자랑스러운 고대 법대인의 상을 수상합니다.

정말 어렵게 입학했고 아르바이트를 하면서 학창 시절을 보내고 대학을 졸업했습니다. 법대인이 일반적으로 선택하는 공공분야(Public Sector)가 아닌 사기업분야(Private Sector)를 선택했습니다. 저는 가난했었기에 이를 극복하기 위해 일찍 사업을 시작했습니다. 제조, 건설, 판매, 서비스 등의 분야를 개척하여 성공했다기보다는 살아있는 생명체 같은 회사를 창업하여 경영하며 즐기고 있습니다.

고려대학교를 졸업하였기에 선후배로부터 받은 혜택과 법과대학을 졸업하였다는 자부심을 갖고 자신 있게 사업을 할 수 있었습니다.

정년이 없이 매일 할 일이 쌓여 문제를 해결하고 관련된 분야를 개척하고 있습니다.

오늘 이 자랑스러운 수상은 앞으로 더욱 열심히 일하며 자신을 갈고 닦아 나, 가족, 회사, 모교 고려대학교, 그리고 대한민국의 발전을 위하여 최선을 다하라는 명령으로 알겠습니다. 끝으로 오늘이 있게 해준 모교에 다시 한 번 감사드리고 매일 바쁘게 일하는 저를 묵묵히 지켜준 가족 특히 안사람의 내조에 감사드

자랑스런 고대 법대인 수상식장

나의 삶 나의 도전

립니다. 그리고 오늘 주관하시는 관련자 여러분의 노고에 감사드립니다.

고맙습니다.

이 상을 받게 된 것은 내 개인 역사의 영광이며 가문의 영광이다. 내가 사랑하는 모교에서 받은 상이라 의미가 더 컸다.

서울대 AMP 대상 수상 및
제14회 서울대 AMP 총동창회
친선나눔골프

나는 1998년 가을 학기에 서울대 경영대학원 최고경영자과정(AMP)에 46 기로 입학했다. 그 당시에 우리 회사는 중소기업이었기에 겨우 입학자격을 얻어 AMP과정을 다닐 수 있었다. 정부기관, 은행 등 금융기관, 대기업 임 직원 등 각계의 지도자급들이 입학하여 함께 공부했다. 졸업 후에 전체 원 우모임 및 주식회사 모임 등으로 친목을 다져왔으나 세월이 가면서 좀 시 들해졌다. 그런데 뜻밖에도 경영대학 총동창회 박성희 사무총장께서 내가 AMP 대상 수상자로 선정되었다는 연락을 해왔다.

46기 조진경 회장께서 추천하여 후보심사를 수상자 선정위원회의 1~3차 심사를 거쳐 선정되었다는 소식이다. 수상자는 Owner부문 조욱환, CEO 부문 신용문, 봉사부문 박종옥 이다. 역대 AMP 대상 수상자의 면모는 매우 화려하다.

1회 수장자는 하나은행 김승유 회장, 웅진그룹 윤석금 회장, 삼성전자 이

윤우 사장 등 우리나라를 대표할만한 경영인들이 받았다. 이후 손병두 전 국경제인연합회 상근부회장, 허진규 일진그룹 회장, 대한한공 심이택 사장, 조정남 SK렐레콤 부회장, 손경식 CJ그룹 회장, 이장환 종근당 회장, 어준선 안국약품 회장, 강영중 대교그룹 회장, 구자준 LIG손해보험 회장, 이중근 부영 회장, 최병오 형지 회장, 이봉관 서희건설 회장, 박진수 LG화학 부회장 등 사회적으로 큰 성과를 거둔 경제계의 쟁쟁한 리더들이 상을 받았다.

이런 큰 상을 내가 받는 것은 회사나 개인의 크나큰 명예를 주는 것이고, 사회적 신분을 상승시키는 것이다. 내가 AMP 수상자가 되었다고 하니, 사람들이 나를 보는 시선이 다름을 느낄 수 있었다. 내가 무차입경영을 하며 회사를 잘 이끌어 왔다는 것을 사회적으로 인정받는 상이라서, 매우 기뻤다.

2024년 1월 18일 오후 6시에 소공동 롯데호텔 3층 사파이어볼룸에서 수상식이 열렸다. 수상식 날에 우리가족(안사람, 큰아들 내외, 둘째 아들 내외)과 동

서울대학교 AMP 대상 수상식

기 김진구, 정인만, 과 후배 우윤식, 회사의 오장균 전무, 자중회 이강수, 김덕술 사장을 초대하였다. 우리 46기 원우님들이 많이 참석하여 모두들 나의 수상을 축하해주었다. 너무나 고마웠다. 수상식장은 엄숙하면서 권위있게 진행되었다. 나는 수상소감을 아래와 같이 피력했다.

존경하는 선후배 원우 여러분!
윤철주 AMP총동창회 회장님, 조정남 심사위원장님, 손경식 명예회장님, 김상훈 경영대학 학장님 안녕하십니까?
저는 1998년도 본교 AMP 46기를 수료한 ㈜ 삼우이앤아이 대표이사 회장 조욱환 입니다. 저는 46기의 좋은 원우님들과의 교우관계, 훌륭한 교수님들의 가르침 덕택에 기업 경영기법을 배워 실천하여 제 생애 최고의 AMP대상을 수상하게 되었습니다.
저는 학창시절을 고학으로 어렵게 마쳤기에 가난을 탈피하기 위하여 일찍 사업을 시작했습니다. 제조, 건설로 시작하여 지금은 판매, 서비스업 분야까지 영역을 넓혔습니다.
저의 경영철학으로 Knowledge business (지식경영), Language business (어학경영)로 다른 사람과 차별화하고 지금은 Culture business로 열심히 Entertainment에 심취하여 노래와 악기를 연마하고 있습니다.
오늘의 수상은 앞으로 더욱 열심히 일하고 연구하여 사업번창으로 국가, 사회에 도움이 되는 기업인이 되라는 명령으로 알고 최선을 다하겠습니다.
끝으로, 오늘이 있게 해준 가족, 회사임직원에 감사드립니다. 또한 오늘 이 행사를 주관하시는 박성희 사무총장님 및 실무진의 노고에 감사드립니다.
고맙습니다. 여러분.

나의 삶 나의 도전

서울대 AMP 대상식장에서

　자랑스러운 중소기업인상, 산업포장, 은탑산업훈장, 자랑스러운 법대인상, AMP대상 등을 수상할 때마나다 늘 감사한 마음을 갖게 된다. 국가와 사회로부터 나의 삶이 잘 살아온 것이라고 인정받았다는 것에서 큰 행복감을 느끼게 된다. 무엇보다 가족들에게 내가 잘 살아온 모습을 보여주게 되어서 기쁘다. 상을 받으면 항상 책임감을 갖게 된다. 미래를 위해 오늘도 한 걸음을 힘차게 내딛는다.

　제14회 서울대 AMP 총동창회 친선나눔 및 나눔 골프대회(2024년 8월 25일 일요일), 무척 무더운 날씨에 13시 30분에 용인 써닝 포인트 CC에서 샷건방식으로 160명(4×40팀) 경기를 진행했다.

　20대에서 80대까지 참가한 대회에서 나는 시니어 부문 메달리스트를 수상했다.

MBN 방송
출연

2024년 2월 4일 MBN방송에 내가 출연했다. 고민환 원장의 출연 권유로 내가 그의 친구로 출연하게 된 것이다. 방송 제목은《한 번쯤 이혼할 결심》. 고민환 원장은 서울대 의대를 나온 의학박사다. 그는 산부인과 전문의로, 영남대 교수, 대한여성성의학회 회장을 역임하고, 현재는 닥터스랜드의원 원장이다. 그와는 그랜드인터콘티넨탈 호텔 코스모폴리탄 피트니스클럽에서 만나 친해졌다. 고민환 박사의 부인은 요리연구가 이혜정씨로, 빅마마라 불리는 스타 셰프다. 요리프로그램, 주부 대상 프로그램에 주기적으로 나오는 사실상 연예인급 인지도를 가진 분으로, '얼마나 맛있게요' 라는 말을 유행시키기도 했다. 고민환 박사는 이혜정씨와 함께 여러 방송프로그램에도 출연했다.

그런데 두 사람이 가상 이혼을 주제로 한《한 번쯤 이혼할 결심》4회 프로그램을 찍게 되었는데, 고박사가 나보고 출연해 달라고 요청을 해온 것이

나의 삶 나의 도전

다. 방송에서 함께 밥을 먹으며 자신에게 이런 저런 이야기를 하면 된다는 것이다. 고민환 박사도 친구들이 많은데 방송 경험도 없는 나를 왜 추천했을까를 생각해보니, 내가 인물이 좀 훤하고, 말도 잘하고, 노래도 제법하기 때문이 아닌가 싶다. 고박사는 만나면 늘 기분이 좋고, 세상 돌아가는 이야기도 하면서 깊은 속마음과 개인사까지 공유하는 사이라 혼쾌히 승낙했다.

출연을 약속하고, 사전에 작가로부터 몇 가지 이야기를 듣고 촬영장에 갔다. 방송이라 그런지 약간의 메이크업도 받았다. 밝은 조명 아래 있어보니, 확실히 색다른 경험이었다. 남들은 방송에 나가면 떨린다고 하는데 나는 그런 것이 없었다. 긴장을 하는 것은 꼭 잘해야 한다는 부담감 때문에 그런 것이지만, 나는 자연스럽게 촬영에 임하기로 했다. 주인공은 내가 아닌 만큼, 내가 굳이 잘해 돋보일 필요는 없으니 말이다.

고급한식당 저녁식사 지리에서 내가 "사모님은 잘 계시냐."라고 묻자, 고박사가 "얼마 전 아내가 이혼하자고 해서 그러자고 했다."라고 쿨하게 말했다. 내가 깜짝 놀라 "그러면 여보 그러지마. 내가 혹시 잘못했더라도 그렇지, 그러지 말라고 했어야지. 그럴 땐 납작 엎드려야지"하며 걱정하는 말을 했다. 그러자 고박사가 "안아주면서 돈 봉투 하나 주고 그러면 됐을까?" 하고 너스레를 떨자, 내가 "봉투는 아니야. 고박사 봉투가 작지 않나. 사모님 봉투가 큰 데"라며 팩트를 날렸다. 방송 후 이 내용이 재미있었다는 말을 들었다.

"내가 무조건 잘못했다. 잠시 져주면 해결될 문제다. 사회적 명성, 재산, 사회적 파워도 센 사모님과 왜 이혼하느냐. 가서 싹싹 빌어, 당신이 원하는 모든 것을 다 하겠다. 이렇게 해야지. 70넘어서 이혼해야 되겠느냐"고 조언하는 장면이 방송에 나왔다. 함께 술과 음식을 마시고, '울고 넘는 박달재'

노래를 함께 부르며 내 출연 분량이 끝났다.

　방송사에서는 다음에도 또 출연해줄 것을 요청하기도 했다. 조연인 내가 연기를 잘해서 주연으로 자리 바뀜을 했다는 평도 들었다. 내가 너무 자연스럽게 촬영을 했다면서 만족해했다. 촬영 후, 얼마 후 방송이 나왔다. 방송 다음 날에는 내 사진과 함께 방송 내용이 여러 신문기사로 났다. 텔레비전에서 나를 보았다는 사람들이 많이 연락을 해왔다. 방송이 무서운 위력을 갖고 있음을 실감했다. 나에게 색다른 경험이었다.

제6부

나의 인생,
나의 경영철학

1. 새해 첫날의 다짐

갑진년 청룡의 해라고 인사를 하며 신년을 맞이하고 있다. 늘 그렇듯 올해도 건강하고 행복하기 위해서 최선을 다하려 한다. 내가 소중하게 생각하는 것들을 생각해본다.

첫째는 나의 건강과 회사의 성장발전

둘째는 사랑하는 안사람의 건강과 활동력

셋째는 자식들의 건강과 행복

넷째는 회사의 발전과 직원들의 삶의 개선 및 만족도

다섯째는 내가 알고 있는 친척 및 지인들의 건강과 행복이다.

또한 이웃과 나라의 안녕 및 발전을 생각한다.

올해도 작년 못지않게 발전하기를 바라지만, 불경기의 그늘을 어떻게 탈피할지가 과제다. 언제나 최선을 다하는 삶의 자세로 금년을 시작한다. 또

연말에 다음의 나를 생각하련다. 세월이 흐르며 나이가 문제인 것 같다. 아무리 나이가 숫자에 불과하다지만, 상대하는 사람들이 나를 대하는 자세가 달라지는 것 같다. 건강에 늘 유념하여야겠다.

2. 어머님의 기일

1월 11일은 어머님이 돌아가신 날이다. 옛날 같으면 형제, 조카들이 모여 제사를 지내는 것이 당연하고, 의무였는데 지금은 다르다. 조용히 조촐하게 나와 직계가족만 참석하여 제사를 지냈다. 1997년 12월 30일에 돌아가셨으니 벌써 27년이란 세월이 흘렀다. 1년에 몇 번씩 산소에 들려 예를 차리고 산소를 돌보았다. 금년은 아직 찾지 못했으니 시간 내서 1월 중에 찾

제사상

명절을 맞아서

아뵈어야겠다. 어머니라는 단어는 누구나 어떤 것과도 바꿀 수 없는 고귀하고 아름다운 말이다.

오늘도 제사를 모시면서 어머니의 모습을 떠올린다. 늘 나를 지켜주는 수호신 같은 존재가 어머님이다. 여기저기 흩어진 가까운 형제 및 친지를 뵙는 것이 점점 쉽지 않은 시대가 되어간다.

"어머님 제사를 우리가 모셨으니, 저 세상에서 편안히 계시기를 바랍니다. 다행스럽게 저는 사업이 잘 되어 서울대 AMP 경영대상도 받게 됩니다. 다 어머님의 은덕이라고 생각합니다. 아버지, 형과 형수, 큰누나와 저세상에서 편히 계시기를 희망합니다. 봄이 오면 산소도 잘 돌보도록 하겠습니다."

어머님께 말씀을 올리며 제사를 마쳤다.

3. 설 명절

2월 9일 갑진년 설 명절 전날이다. 큰아들과 둘째아들 내외가 손녀, 손자와 함께 집에 왔다. 설음식을 마련하고 많은 대화도 하면서 하루를 보냈다. 전 같으면 형님댁에서 설음식 등을 마련했다. 설날에 가족 모두가 방문하여 조상에 제사를 지냈으나, 큰 조카의 가정이 불안하고, 형수가 병원 중환자실에 계시니 이젠 다시 같이 할 수 없는 설 명절이 되었다.

손자 승현이는 남아서 나와 같이 잤다. 피붙이기에 애틋한 정이 느껴진다. 저녁에 몇 번이고 잘 자나 챙겨 보았다. 설날 아침에 손자 목욕을 시켜

나의 삶 나의 도전

주었다. 갑진년 새해의 건강과 행복을 빌면서 가족들과 차례를 지내고 음식을 나눠 먹었다. 손녀 다연이는 풍문고에 입학하므로, 수서에 있는 학교를 가보았다. 앉으나 서나 공부하는 모습이 옛날의 날 기억하게 한다. 모두 건강하고 회사도 금년에 잘 되었으면 좋겠다.

4. 후배들과의 만남

3월 24일 고향 후배이자 대학 후배인 이용구, 이근안, 이재신과 함께 골프를 쳤다. 생각보다 잘 맞는 것은 평소 몸 관리 덕이다. 앞으로 고독을 멀리하고 외롭지 않게 살려면 선배, 친구도 중요하지만 후배들과의 교류가 필요하다고 생각한다. 선배들과 만남에서는 과거를 머금고, 후배들과의 친교는 미래를 생각하는 것 같다. 나는 후배들과 어울리려고 노력한다. 살아보니 후배들은 미래 세대이기에 그들과 교류하면 젊어지고 활력을 준다.

후배들과 같이 어울리려면 먼저 연락, 잔돈 쓰기, 마음 주기, 도울 수 있을 때 도와주기, 자주 만남 등 많은 노력이 필요하다. 얼마 전 정부에서 오래 봉직한 노선배를 뵙고 느낀 점이 있다. 후배들과 같이하기보다는 선배의 위치에서 대접받고 싶어 하셨다. 다 그렇지만은 않지만, 친구와 선배는 과거세대다. 선배를 잘 모시고 후배를 사랑해야겠다는 생각을 늘 갖고 있다. 선후배와 조화를 잘하는 것이 삶을 살아가는데 무척 중요하다. 정말로 허물없는 벗은 인생에서 같이하기가 무척 어려운 것 같다.

5. 형수의 죽음

5월 12일 형수가 돌아가셨다. 향년 86세다. 나에게는 부모와 같은 분이었다. 12일 일요일 새벽 3시 반경에 큰 조카 규인이가 임종 소식을 전해왔다. 18세에 가난한 농가에 시집오셔서 68년간 우리 집 맏며느리 역할을 하며 온갖 힘든 일을 도맡아 해오셨다. 우리 집안에서 유일하게 대학 문을 나온 시동생 뒷바라지에 그 어떤 일도 마다하지 않으셨다. 내가 신식 결혼식을 올렸는데도 불구하고, 먹을거리 푸짐하게 장만하여 동네사람 모아놓고 굳이 전통혼례를 올리게 한 분이 형수님이다. 형수님은 내가 결코 잊을 수 없는 분이다.

형이 1984년에 돌아가셨으니 약 40년간 혼자 어린 자식들 키우며 고생 많이 하셨다. 말년에 요양원과 중환자실을 전전하다 2024년 5월 12일 03시 30분에 허무하게 세상을 하직했다. 전화 받는 순간 아! 이제 집안에 대한 압박에서 벗어나는구나 하는 생각도 들었다.

규욱이와 아침 식사 후 인하대학교 장례식장에 들려 예를 갖추고 손님들을 맞다 17시경에 집에 귀가했다. 13일에는 안사람과 같이 13시경에 들려 입관을 치르고 회사로 돌아와 일을 했다. 14일에는 11시경에 회사에서 고향 선산으로 출발하여 14시경 규수 조카와 손자뻘인 조재현이와 5시경에 도착하는 화장 결과물을 기다리며 모든 준비를 했다.

도착한 유골을 묻고 조카들과 제사의례를 갖추고 형수의 죽음에 대한 행사를 끝마쳤다. 허무하고 슬픈 생각이 들었다. 원북규수 따님 식당에서 저녁을 조카들과 마치고 10시 넘어 집으로 돌아왔다. 날씨도 좋고 돌아가신 시간이 새벽이라 화장 등 장례를 잘 마칠 수 있었다.

한 인간의 생로병사의 삶이 이렇게 마무리하는구나 생각이 들었다. 천국에서 형님과 행복하시기를 빌었다.

6. 희수(77세)를 맞이하며

세월이 덧없이 많이 흘러 2024년 음력 6월 30일이 생일이며 희수가 된다. 지금 옛날을 논할 필요는 없지만 앞으로 건강하게 몇 살까지 살면서 사회활동을 하느냐가 무척 중요하다. 그래 요즘은 전화를 받는 친구, 친지, 지인이 있으면 다행이다. 전화를 걸어주는 분이 계시면 대단히 고맙다. 나이 들수록 많은 연락을 하면서 살아야겠다고 생각한다.

청와대 방문(24. 6.)

잊지 못할
사람들

1. 최면호

내 인생의 최고의 은인인 최면호 친구를 1978년 3월경에 효성중공업㈜에서 근무할 때 만났다. 나는 자재부 구매과에서 근무했고, 나보다 일 년 정도 일찍 입사한 친구는 경리부 자금 담당을 하고 있었다. 나이가 비슷하기에 만나자 곧바로 친한 친구가 되었다. 면호 친구는 자금조달 때문에 명동 등을 매일 갔다 오곤 했다. 친구는 1980년경에 회사를 정리하고 남대문에 당시 백색, 청색전화기 사업 및 부동산 비즈니스를 시작했다. 시간 나는 대로 방문하여 우정을 나누다가, 내가 1981년 회사를 건설회사로 이적하여 사우디아라비아 현장으로 해외 근무하면서 휴가 때 만나는 사이가 되었다.

1985년 귀국하여 나는 무역협회 소속으로 종합건설본부에 근무하여 면호 친구와 우정을 다졌다. 1988년 철재 사업 등으로 만나던 때에 면호 친구인 삼우중공업㈜의 이창섭사장과 교유하게 되었다. 이것이 계기가 되어

나의 친구 최면호

1988년 나는 삼우에 투자하고 경영에 참여하게 되었다. 1990년경에 회사를 전부 인수한 후에 회사를 경영하면서 면호 친구와 많은 우정을 나누고 사회의 흐름을 배웠다. 친구 덕분에 사업에 발을 들여놓게 되어, 기반을 일찍 잡게 되었다.

친구는 사정상 미국으로 건너가 생활하다 귀국했다. 앞서 언급했지만, 다시 만난 그는 내게 고급 비즈니스를 위해 강남으로 이사 갈 것을 권했다. 그의 한마디가 나를 변하게 만들었다.

친구가 도와주지 않았다면 현재의 사업, 강남에 주유소 소유는 꿈도 못 꿀 일이었다. 나는 항상 지금의 "내"가 있고 부와 명예를 누릴 수 있게 해준 면호 친구에게 감사하며 영원한 은인으로 생각하면서 살고 있다.

2. 김학중 선생님

1953년 한국전쟁이 끝나고 1955년에 신두국민학교에 입학했다. 6학년 담임으로 김학중 선생님이 고북국민학교에서 오지인 신두국민학교로 전근 오셨다. 당시는 선생님이 부족하여 고등학교 졸업 후 임용시험으로 교사 자격을 받고 봉직하였다.

김학중 선생님은 공주교육대학 출신으로 정식 교육을 받고 선생님이 되었기에 자부심이 강했으며 오지 의무 기간을 채우기 위해서 전근 오셨다. 내가 6학년이 되었을 때 우리 담임 선생님이셨고, 나는 반장이었다. 선생님은 나를 무척 귀여워 해주셔서 풍금도 가르쳐 주시고 심청전 연극에 심 봉사 역을 연출도 시키고 하숙집에 오라 해서 개인지도도 해주셨다.

1961년 2월에 초등학교를 졸업했으나 가정형편이 어려워 중학교에 진학할 수가 없었다. 어느 날 선생님이 중학교 입학원서를 사 가지고 집으로 와서 입학시험을 보도록 형님과 어머님을 설득하여 나는 시험을 보고 장학생으로 입학하여 3년1등 하면서 학비 면제를 받고 중학과정을 이수했다.

어린 나의 앞길의 고리를 풀어주신 은인이신 선생님은 중학교를 졸업하고 고등학교 진학을 못하는 나를 서산군 고복면 장효3리로 오도록 했다. 서울에 부모님이 계셔 할머니가 돌보는 초등학교 졸업생을 서울로 같이 가서 공부 가르치며 고등학교에 진학하도록 해주려 하셨다. 학생의 부모와 할머니가 내가 어리다고 반대하여 실현되지는 않았다. 참으로 졸업 후까지 돌보아 주려 하신 은인이다. 내가 고려대학교 법과대학 행정학과에 입학하고 군대 생활을 서산에서 할 때까지 몇 번 찾아뵈었는데 일찍이 작고하시는 바람에 은혜의 보답을 못 했다. 자제분이 서울대에서 미술 전공을 했다는 소문을 들었다.

세상 은혜만 받고 보답을 못 한 죄책감이 든다. 저세상에서 잘 계시기를 기도할 뿐이다.

나의 삶 나의 도전

3. 박영자 선생님과 김도윤 교장 선생님

1961년 3월에 김학중 선생님 후원으로 원이성중학교 4회 입학생이 되었다. 3년간 신두리 집에서 이원면 사창리 학교까지 약 8km를 통학했다. 점심은 건너뛰며 보낸 3년의 세월은 참으로 행복했던 학창시절이었다. 공부도 열심히 하여 수석으로 장학생이 되었고, 배구도 잘하여 학교 대표선수를 했다. 음악은 찬송가를 영어로 배워 태안 삭선미군부대로 김도윤 교장 선생님과 동행했다.

김도윤 교장

처음에는 김문자 선생님이 음악을 지도했으나, 전근을 가시고 박영자 선생님이 음악과 역사를 가르치셨다. 갓 졸업하고 첫 임지로 오신 깐깐한 박영자 선생님이었다. 중학교를 졸업할 때 내가 1등이었으나, 고교에 진학하지 못하였기에 도지사상 대신 군수상을 받았다. 대학 재학 중 군대 생활할 때 교장 선생님께 잘못을 지적했다. "미안하네. 그때 생각이 짧았다."는 교장 선생님의 사과 아닌 사과를 들었다. 집에서 형님을 도우며 농사일을 했으나 모든 것이 서

박영자 선생

툴렀다. 어느 여름날에 원북면 반계리 시장에 김낙생 친구를 만나러 갔다

가 박영자 선생님을 우연히 뵙게 되었다.

이런저런 대화를 하다 무엇을 하느냐고 묻기에 농사일을 도우고 있다고 했더니, "욱환아! 사람은 배워야 돼. 고등학교에 가거라. 등록금은 내가 보태주겠다."고 말씀하셨다. 나는 즉시 집에 돌아와 그날부터 공부를 시작했다. 그리고 1965년 2월에 인천 선인상고 입학시험을 보았는데 장학생으로 합격했다는 전보를 받았다. 나는 박영자 선생님의 고향 집 당진면 기지시로 찾아뵙고 소식을 전했다. 축하한다고 하시며 집에 가 있으라 하셨다. 며칠 후 연락을 주서서 학교로 찾아뵈었더니 김도윤 교장 선생님과 박영자 선생님이 각각 2천원을 내시어 4,000원을 주시며 공부 잘하라고 격려해 주셨다.

그 돈이 내 인생의 Seed Money가 되어 인천에 자취방을 구하고, 국민학생을 4월부터 가르치며 고등학교 생활을 시작했다. 어머니께서 감사의 표시로 굴을 채취해서 주셨으니, 그 때의 사정이 나의 가난의 정점이었으나, 행복했던 어린 시절이었다. 그래도 기가 막히게 끈이 연결되어 오늘의 나를 성장시킨 역사의 지난한 이야기다. 은혜에 보답해야 하나 미흡하기에 많은 죄책감이 든다.

4. 김호(61, 법학)

고향이 서산군, 태안군 출신인 고려대학교에 입학한 재학생 및 졸업생들의 모임인 서태호라는 친목모임이 있다. 50년대부터 활동했으나 휴면 상태인 모임을 1979년 무렵 조경덕(53, 경제) 농협 마포지소장과 함께 활성화했다. 조경덕씨는 집안 조카뻘로 충남도지사 비서실장일 때 대학을 입학하고 찾아간 나에게 실수한 일이 있어 사과하러 오셨다가 모임을 활성화하기로 의기투합하여 회장은 조경덕, 총무는 조욱환으로 서태호 모임을 재건했다.

그 후 현재까지 후배들이 회장단을 꾸려 명맥을 잘 유지하고 있으며, 나는 정신적 지주로 상임고문으로 후원하고 있다.

서태호 모임의 김호 선배는 검찰 행정직으로 대검찰청 사무총장을 역임하고 한국 석유공사 감사로 공무원 생활을 마감했다. 김호 선배가 남부지검 형사과장으로 계실 때 우리 회사 김포공장의 밭에 무허가 가건물을 마련한 것이 문제되어 경인일보에 게재되고 김포 경찰서 형사과에서 조사를 받은 일이 있었다. 경찰은 인천지청에 사건 지휘를 받으려 할 때 나는 김호 선배를 찾아가서 의논했다. 김호 선배는 마치 자기 일처럼 나를 위해 일을 해주셨다. 위기의 순간에 김호 선배께서 큰 은혜를 주셨기에 사건을 잘 마무리했다. 참 고마운 선배님으로 지금도 늘 감사한 마음을 갖고 살고 있다.

5. 이귀남(69, 행정)

2002년 7월 어느 날 내부고발로 서울 국세청 조사 4국으로부터 특별세무조사를 무려 120일(휴일 제외)이나 받았다. 그 고충은 겪어보지 않은 사람은 정말 모른다. 자살하고 싶은 충동도 생기고, 사업을 던져 버리고 싶다는 생각도 했었다. 이 와중에 이귀남 검사의 도움으로 무사히 마무리했다.

고향 친구 이정수가 검사로 있었으나 도움을 요청하지 않았다. 부탁해보았지 헛수고였다. 이후 그 친구와는 관계가 소원해졌고, 그로 인해 서태호와 고향 고려대학교 모임에서 볼 수 없는 관계가 되었다. 권력은 잠시다. 묵과해서 봐 달라는 게 아니다. 최선을 다해서 절박한 친구의 처지를 이해하고 도와주려는 마음가짐이 지속적인 우정의 관계로 유지된다는 평범한 진리를 권력에 취해 판단 못하는 분들이 종종 있다. 도와 줄 수 있을 때 도움을 주는 자세가 인간의 삶에 필요하다고 생각한다.

이귀남 검사는 후에 법무부 장관까지 했으며 고려라이온스 클럽 멤버이기도 하다. 나에게는 대단히 고마우신 분으로 잊지 못할 교우님이다.

6. 심재문 선생님

고등학교를 졸업하고 인천 YMCI 학원에 다니며 공부할 때 국어를 담당했던 심 선생님께서는 내게 서울의 양영학원이나 대성학원에 입학을 권유하며, 그 당시 등록금 10,000원을 주셨다. 큰 경쟁의 세계에서 우수한 선생님의 가르침을 받게 해주신 분이다. 선생님 덕분에서 대성학원에서 수강하게 되었고, 이로 인해 고대 법대에 합격했다고 생각한다. 참으로 고마운 선생님이시다.

7. 장영철(66, 정외)

대학 졸업 후에 기업 활동을 하면서 서울 서부지역(여의도, 강서, 양천,구로, 금천) 교우회를 발족하고 유지하면서 이명박(61, 경영)선배의 대선 출마 시에 캠프에서 일하던 장영철 선배와 나는 자연스럽게 알게 되었다. 무엇이든 맡으면 빈틈없이 무리하지 않고 일 처리는 하면서, 모시는 분에 충성하는 선배이다. 다른 선배들과는 달리 적극적 활동과 솔직하고 진실하기에 지금까지도 고대 선배로 존경하고 따르는 사이다.

많은 고려대학교 선배들이 계셨으나 늘 나는 장영철 선배와 많은 대화와 세상사를 의논하며 20년 이상을 교우했다. 진실한 배려로 후배들을 사랑하기에 따르는 사람들이 참 많은 고대인이다.

　　　　　　　　　　　　　　　　　나의 삶 나의 도전

8. 어느 날 제안 받은 새마을 중앙회 회장직.

2024년 6월 17일 대학 선배가 전화로 새마을중앙회 회장을 해볼 생각이 없느냐 묻기에 하루만 시간을 달라하고 주변과 회사 분들과 깊이 있는 상의 후 18일에 하겠다는 의사를 전하고 이력서를 제출했다. 그러나 외화내빈이고 송충이는 솔잎만 먹는 것이 좋겠다는 생각과 몇 분 선후배들의 반대의견과 집사람의 동의를 얻지 못하였기에 19일에 고사했다. 고사 후에 후회도 했으나 회사 경영에 전력을 다하겠다는 다짐을 하니 오히려 홀가분했다.

내 인생에 다시는 나라를 위해 일할 기회를 갖지 못하겠지만, 회사의 발전이 나와 가족 회사 임직원을 위하고 그것이 더불어 조국에 봉사한다고 생각한다.

오세훈 서울시장님

나의 삶은
기업인의
삶

　나의 삶에 있어서 가장 중요한 것은 가족과 기업이다. 부모님의 자식으로 태어나 형제들, 친인척과 함께 성장했다. 그리고 평생을 함께할 아내를 만나 결혼하고, 아들 둘을 낳아 살았다. 두 아들이 결혼하여 며느리와 손주도 보았다. 가족 관련 나의 삶이 사적 영역이라면, 공적 영역에서 나의 삶의 중심은 기업을 경영해온 일이다.

　나는 누구인가? 나는 어떤 삶을 살았는가? 라는 질문을 던졌을 때, 나는 기업인이고, 기업인의 삶을 살고 있다고 말할 것이다.

　어린 시절 가난하게 살았기 때문에, 가난을 극복하기 위하여 창업을 꿈꾸었다. 나는 창업하기 위해 직장생활을 시작했다. 열사의 나라에서 땀을 흘렸고, 여러 회사를 다니며 기업 경영에 필요한 지식과 경험을 쌓았다. 마침내 1988년 삼우중공업을 인수하여 지금까지 36년간 경영하면서, 꾸준히 성장시켜 부채가 없는 견실한 강소기업을 일궈냈다.

나의 삶 나의 도전

사무실에서의 대화

　기업을 경영하면서 늘 염두에 두었던 것은 망해서는 안 된다는 것이었다. 기업이 망하면 나는 죽는다는 생각을 늘 갖고 있다. 나는 절대로 실패해서는 안 된다는 생각을 갖고 늘 위기에 대처하기 위해 준비했다. 사람들은 이러한 나의 경영철학을 안전경영이라고 한다. 이윤의 극대화, 시장 점유율의 확대와 같은 양적 성장을 기업 경영의 최우선 목표로 삼는 사람들도 많지만, 기업의 영속성 유지도 기업 경영의 핵심적 목표이기도 하다.

　한국 기업의 역사에 한 획을 그은 고(故) 김우중 대우그룹 회장은 세계경영을 외치며 우리나라 경제성장, 산업발전에 큰 역할을 했다. 하지만 나는 그분을 위대한 실패자라고 부른다. 여러 다른 의견도 있겠지만, 그가 경영했던 대우그룹이 파산했기 때문에 실패자라고 하는 것이다. 나는 김우중 회장과 같은 경영자는 아니다. 그렇다고 나는 그를 부러워하지는 않는다. "세상을 넓고 할 일은 많다."라는 그분의 열정은 늘 존경한다. 하지만 나는 자신의 능력을 넘어서는 무리수를 저지르려고 하지 않는다.

기업이 성장하는 것은 물론 좋은 일이다. 기업이 성장하면, 더 많은 사람들에게 일자리를 제공해줄 수 있다. 또 사원들의 급여도 넉넉히 줄 수가 있고, 경영자의 사회적 위상도 올라갈 수 있다. 하지만 무리해서 기업을 성장시키다가 망하면, 한 개인이 아닌 많은 사람들의 삶이 망가진다. 나는 항상 그것을 우려해왔다.

안전경영이 현상유지를 의미하는 것은 아니다. 나는 1988년 매출액 5억에도 못 미친 삼우ENI를 연 매출 1천억이 넘는 중견기업으로 성장시켜왔다. 기업 경영은 자전거와 같이 앞으로 가는 페달을 돌리지 않으면 쓰러지고 만다. 그렇다고 무리해서 페달을 돌리다가는 자전거 운전자가 지쳐서 쓰러지게 된다. 자신의 능력에 맞는 성장 속도를 유지하면서, 속도를 줄일 때는 줄이다가도, 빨리 달릴 수 있을 때는 빨리 달릴 힘을 갖고 안전하게 앞으로 나갈 수 있는 준비를 하는 것이 올바른 운전자, 경영인이라고 믿는다.

안전경영은 자동차 운전에 비유하자면 방어운전이라고 할 수 있겠다. 방어운전이라고 해서, 제자리걸음만 하는 것은 아니다. 좌충우돌하며 가속도를 내며 난폭운전을 하는 것보다, 방어운전이 더 멀리까지 안전하게 운행할 수 있는 방법이다. 내가 운전하는 차에는 나 혼자만이 아닌, 회사의 직원들과 가족이 타고 있다.

나의 기업 경영의 가장 중요한 원칙은 안전경영이다.

나의 삶 나의 도전

중소기업의
생존 노하우
3가지

2011년 나는 대통령이 직접 수여하는 은탑산업훈장을 수상했다. 수상 직후 나는 여러 언론사와 인터뷰를 했는데, 가장 길게 인터뷰를 한 것은 『대한뉴스』이었다. 인터뷰 내용은 2011년 12월 9일자로 보도되었다.

기자는 내게 한국의 중소기업으로 삼우이앤아이의 성공 배경에 대해 질문했고, 나는 "이미 사업을 시작했기 때문에, 망하지 않기 위해서 합니다. 절박한 이야기일지 모르겠지만 생존이 가장 중요하다고 생각합니다."라고 대답했다. 그리고 나는 중소기업의 생존노하우를 다음과 같이 이야기했다.

생존 노하우 1. 단순하지만 변화에 민감해야 한다.

시장의 경쟁이 치열해야 기업들은 모든 역량을 쏟아 붓기 때문에, 오히려 살아남을 수 있습니다. 그러나 한번 기회를 잃어버리면 다시 기회를 얻기 힘든 것이 현실입니다. 그래서 지도자는 한 방향을 가지고 올바르게 가야

2024년 교우회 회장단에서

합니다. 기업하는 사람은 24시간 일만 생각하는 수도승 같이 살아야 하며, 개인적인 생활이 복잡하지 않고 단순해야 합니다. 또한 업(業)에 비중을 많이 두어야 합니다. 비즈니스 하는 사람들은 신사적이거나 도덕적이기 보다 매번 하나만 생각하면서 일을 해야 합니다. 사람은 두 가지 이상의 일을 하기 힘듭니다. 한 우물만 파야 합니다.

기업은 변화에 민감해야 합니다. 업을 변화시켜 나갈 수 있게끔 새로운 분야를 개척하고 새로운 영역을 준비해야 생존할 수 있습니다. 어떤 업계든지 경기나 경제상황에 따라 영향을 받는 면에 차이가 있기 때문에 흥망성쇠가 다 다릅니다. 좋을 때가 있고 나쁠 때가 있습니다. 반도체 업계의 경우도 좋았다 나빴다 합니다. 미래를 예측하기가 상당히 힘든 것이 사실입니다.

나의 삶 나의 도전

그래서 상황이 안 좋을 때는 생존하면서 좋을 때를 대비하는 순환적인 전략이 좋다고 생각합니다. 평소에 관리를 잘해야 하며, 과잉투자를 하지 않고 재무건전성을 확보하는 것이 중요합니다.

생존노하우 2. 전문 분야의 최고가 되어야 한다.

현재 한국은 정치중심에서 경제중심으로의 전이된 사회입니다. 어떤 그룹에서든지 지도자가 사회로 진출하는 것보다, 그룹 내에서 인정받는 자가 오히려 대접받는 사회입니다. 이렇게 리더의 개념이 변하고 있습니다. 큰 조직 보다는 작은 그룹의 리더가 더 존경을 받기도 합니다. 리더는 속속들이 사정을 다 알고 헤아려야 합니다. 작은 그룹의 리더에서 큰 그룹으로 옮겨가는 것입니다. 작은 그룹에서 인정받은 자는 더 큰 그룹에서도 인정받는 것이니까요.

나는 법대 출신이지만, 기업에서 엔지니어, 비엔지니어 영역은 확연히 다르다고 생각합니다. 비엔지니어는 마케팅을 중시하고 엔지니어는 연구, 개발을 중시하는데, CEO의 경우 이 두 가지를 해내는 사람이 드뭅니다. 전공이라는 것은 본인의 사고가 형성될 초기에 대학에 들어가서 배우기 때문에, 사고방식자체를 4년 동안에 잡아가게 됩니다. 비엔지니어 출신이 정통 엔지니어가 될 수 없습니다.

그래서 자신의 전문분야에 집중해야 합니다. 이왕 일을 했으면 그 분야에서 최고가 되도록 꾸준히 노력해나가야 합니다. 특히, 비즈니스맨들은 공부를 많이 해야 합니다. 앞으로 비즈니스맨은 5개 국어를 할 수 있어야 합니다. 나는 3개 국어를 하는데 어떤 분야든지 글로벌 파워가 있어야 합니다.

그리고 일만큼 더 중요한 것은 가정의 행복입니다. 나는 이것을 철칙으

서울 사무실에서

로 생각하는데, 기본적으로 밤 12시전에 집으로 들어가며 다음날을 대비해서 술을 절제합니다.

또한 내가 누구와 네트워크를 갖고 있는지가 중요합니다. 외부접촉과 인간관계 네트워크를 형성하기 위해 대학원 공부나 사회활동들을 해야 합니다. 나는 특수 대학원 20여 곳을 다녔습니다. 지금은 동국대학교에서 경매·공매 부동산을 공부합니다. 비즈니스를 하는 사람들은 성공한 사람들을 친구로 많이 사귈수록 좋습니다. 이들과 공존하기 위해서는 겸손해야 합니다. 이러한 삶이 20~30년 스며들면 나이가 먹어도 생활습관이 되어 오만하지 않습니다.

우리나라의 경우 무한경쟁시대입니다. 이것은 전쟁과 같기 때문에 항상 끊임없이 연구해야 살아남을 수 있습니다. 그래서 저희는 R&D 투자를 3%~5%정도 하고 있습니다. 때로는 실패하기도 하지만, 지속적인 개발이 필요합니다.

생존노하우3. 전문 인력을 배출 및 확보해야 한다.

어떤 사회든지 서민이 희망과 꿈을 가질 수 있어야 합니다. 젊은 사람이 희망을 갖는 사회와 더불어 그들의 열정이 필요합니다. 이러한 요소가 바

나의 삶 나의 도전

탕이 되어 리더들을 키워내는 것이 중요합니다. 생산현장에서는 기술과 경험의 노하우들이 중요한데 이러한 것들을 이어갈 전문 인력들을 확보하는 것이 성공의 열쇠입니다.

그런데 요즘에는 일할 직원들이 너무 부족합니다. 우리 회사는 경기도 김포 마송리에 1공장, 월곶면 갈산리에 2공장이 있습니다. 생산라인을 위해 외국인 인력을 채용하는데 서울 근교라 외국인들의 선호도가 높습니다. 대도시 근처에는 인력시장이 있어서 숙련된 인력이 옵니다. 외국인이든 내국인이든 다 서울 근교에 있으려고 하기 때문에 기술전수가 어려운 상황입니다.

국내 우수한 대학 졸업생들은 중소기업에서 일 하려고 하지 않습니다. 대기업으로 가려고 합니다. 복지 급여의 차이와 업무량도 더 많을 수밖에 없기 때문에 중소기업에 오려는 전문 인력들을 확보하기가 쉽지 않습니다. 또한 한 곳에 오래 머물러 있으려고 하지 않으며, 어느 정도 일을 배우고 나면 전직하거나, 독립을 하려고 합니다. 인력의 80%정도가 대학을 졸업하기 때문에, 전문 생산인력을 어떻게 확보하느냐가 앞으로의 관건입니다.

현재 우리 회사도 사무직 및 생산직 직원이 많이 증가했습니다. 그러나 생산직은 젊은 한국인이 부족하고 외국인으로 충원하고 있습니다. 고용된 외국인력이 장기근무하기가 어려워 기술전수가 어렵습니다. 기술축적과 노하우의 계발이 앞으로 문제가 될 것 같습니다.

13년 전 인터뷰 기사를 조금 수정했다. 중소기업의 생존 노하우의 큰 틀은 지금도 변하지 않았다.

기업 경영은
위기 때
하는 것이다

　기업에서 경영자의 역할이 중요해지는 시기는 호황 때가 아닌, 불황이 닥쳤을 때다. 경영은 위기가 닥쳤을 때 하는 것이다. 기업의 존망이 걸렸을 때, 경영자의 올바른 판단이 기업을 살리고, 죽일 수 있기 때문이다. 호황일 때는 누구나 쉽게 이득을 챙기고 기업을 성장시킬 수가 있다. 하지만 불황일 때는 자칫하면 망할 수도 있다. 경영자는 이때 기업이 절대 망하지 않도록, 불황에서도 살아남을 수 있는 준비를 해두어야 한다.

　많은 것이 갖추어진 기업을 물려받아 경영하는 것보다, 새로 기업을 만들어 경영하는 것이 훨씬 어렵다. 온갖 위기를 극복하고 기업을 창업하여 성장시킨 기업인은 존중받아야 마땅하다. 기업 경영은 위기 때 하는 것이다.

　기업가는 절대로 오늘만을 위해 살지 않는다. 내일의 먹거리를 늘 고민하고, 변화하는 세상에서 어떻게 살아남을 수 있을지를 고민해야 한다. 새로운 기술을 개발하고, 생산시설을 갖추고, 새로운 고객을 개척하는 일을 절

　　　　　　　　　　　　　　　　　　　　나의 삶 나의 도전

1공장 생산라인

대로 게을리 할 수 없는 이유는 위기에도 생존하기 위함이다.

청나라 사람 좌종당은 "학문을 권장하며 학문을 하는 것은 물을 거슬러 올라가는 배와 같이 나아가지 않으면 물러서게 된다.(學問如逆水行舟, 不進則退)"라고 했다. 기업도 마찬가지다. 앞으로 나가지 않으면 뒤처지게 되기 때문에 매일 앞으로 나가기 위해 노력을 해야 한다.

공자님은 "빨리 가려고 하면 이르지 못할 것이요, 작은 이익을 취하려고 하면 큰일을 이루지 못할 것이다."고 하셨다. 기업도 마찬가지다. 당장의 이익만을 위해 무리하면 기업이 망한다. 오늘의 작은 이익을 위해 사원들을 마구 해고하거나, 제품 단가를 마구 올리거나, 거래처를 속여 이익을 취하는 기업은 결코 성공할 수가 없다.

기업은 정직해야 한다. 올바른 길(正道)은 상식적으로 생각해도 누구나 알 수 있는 평범한 길이다. 과욕을 부리는 것과, 남을 속이는 것, 나만을 위해 남들을 이용하는 것을 나는 절대로 피해왔다. 정도경영을 하는 것이 기업이 오래 생존하는 길이다.

삼우이앤아이가 창업 이후 지금까지 적자를 보지 않고 꾸준히 성장을 해온 것을 보고, 어떤 이들은 내가 운이 좋았다고 말한다. 물론 운이 좋은 것은 사실이다. 나는 좋은 인연으로 많은 사람들의 도움을 받았다. 내가 행운아인 것을 부정하지는 않겠다. 하지만 기업이 운만으로 운영된 것은 아니다.

행운은 여러 가지 노력의 결과물이다. 좋은 사람들을 만난 것은, 내가 그런 사람들을 만날 수 있도록 노력을 해왔기 때문이다. 언젠가 쌓아놓은 업보라고 말할 수도 있겠지만, 좋은 사람들을 만나려는 노력을 하지 않았다면 행운이 찾아올 수 없을 것이다. 또한 운 좋게 좋은 거래처를 만났다고 말하는 것도 따지고 보면, 그 거래처에서 삼우이앤아이를 믿고 거래할 수 있는 만큼 실력을 갖추었기 때문에 만남이 성사될 수 있는 것이다. 품질의 우수성, 생산능력 등을 갖추지 못했다면 아무리 좋은 거래처라도 우리와 함께 사업을 하지는 않았을 것이다. 행운은 준비를 해야 찾아오는 것이다.

위기를 극복하기 위해서는 좋은 사람들을 많이 만나야 한다. 또한 실력을 갖추고 있어야 한다. 그리고 경영자는 남의 말을 들을 수 있는 귀가 있어야 하고, 무엇이 옳은 지를 판단할 지혜와 상황을 타개할 용기를 갖추고 있어야 한다. 그래야 위기 상황을 헤쳐나갈 능력을 갖추게 되는 것이다.

돈은 선(善)이다

　돈은 선이다. 돈이 나쁜가? 우리나라는 부자들이 부정한 방법으로 돈을 벌었다고 생각하는 경향이 있는 것 같다. 부자들을 욕하면서, 스스로는 부자가 되고 싶어 하는 풍조가 있다. 부자들이 어떻게 부자가 되었는지에 대해 생각하지도 않고, 대뜸 정경유착이니, 친일파 후손이니 등등 흠집부터 찾으려 한다. 일할 능력도 있음에도 스스로 노력하지 않아 가난한 것은 부끄러운 것이다. 정직하게 돈을 번 부자는 존경의 대상이 되어야 마땅하다.

　우리나라는 조선시대부터 안빈낙도하는 무능한 선비들이 사회적으로 존경을 받고, 열심히 일한 상인들이 멸시 당해왔다. 그러한 풍조가 지금까지도 남아있는 것이 아닌가 한다. 정치가, 공무원들이 기업인을 아래 사람으로 보고 마구 돈을 뜯어내면서도, 부끄러워할 줄도 모른다. 정말 나쁜 것은 정당하지 않은 방법으로 열심히 일한 사람들의 돈을 빼앗는 자들이다. 돈을 버는 사람들의 가치를 정당하게 평가해주는 사회에서는 결코 일어나서

1공장 생산라인

는 안 될 일들이 아직도 벌어지고 있다.

돈은 좋은 돈, 나쁜 돈이 있는 것이 아니다. 돈이 있으면 선이다. 돈은 많은 것을 할 수가 있다. 돈을 베풀면 선이다. 돈이 없으니까 베풀 수 없는 것이다. 돈이 없어 남의 것을 빼앗으려 하면 악인 것이다. 남에게 봉사를 하려도 돈이 있어야 한다. 정당하게 돈을 벌어서 돈을 여유롭게 갖고 있어야 봉사도 하고, 남에게 밥도 사 줄 수가 있다.

나는 남에게 후원을 하고, 봉사도 하지만, 그렇다고 돈을 함부로 쓰지는 않는다. 나는 빌려준 돈은 반드시 증거를 남겨 확실하게 받았다. 돈을 소중히 여기기 때문이다. 재벌 2세, 3세가 종종 기업을 제대로 이어받지 못하고 파산하는 것은 어려서 돈이 풍족하니, 돈이 귀한 줄 몰라 돈을 함부로 다루었기 때문이다. 돈을 하찮게 여기는 사람, 돈을 가벼이 여기는 사람은 기업을 경영할 자격이 없다.

누가 뭐라 해도 기업 경영에서 돈은 선이다. 사기꾼이 따로 있는 것이 아니다. 내 돈을 떼어먹으면 그자가 사기꾼이다. 나는 돈거래를 하지 않는다. 돈거래 하려면 그냥 주는 것이 사람을 잃지 않는 방법이다. 또한 차라리 용돈을 주고 돈 빌림을 거절하는 것도 한 방법이다. 나는 어렵게 기업을 일구었지만, 금융기관 빼고 친인척 및 친구 등 타인으로부터 돈을 차입한 적이

나의 삶 나의 도전

없었다. 그래서 큰 기업으로 성장하지는 못했어도 알찬 기업으로 생존하고 있다.

지금은 혼돈의 시대고, 위기의 순간이 반복적으로 파도 같이 다가오는 힘겨운 시대다. 어려울 때를 대비하여 미리 준비하는 자세가 필요하다. 늘 현금 보유액과 흐름을 체크하고 어려울 때를 대비해야 한다. 그래야 나로 인하여 다른 피해자가 생기지 않기 때문이다. 남의 돈을 빌려 기업을 운영하다 망해서 돈을 갚지 못하면 사기꾼이 되는 것이다. 나는 돈을 소중히 여기는 안전경영을 추구해왔다. 내 자식들도 돈을 잘 관리하며 기업을 경영하기를 바란다.

돈은 쓸모가 많은 귀한 것이다. 기업은 돈을 벌어야 존재가치가 있다. 기업 경영은 돈을 심기는 것이다. 돈을 벌어야 하는 것은, 돈을 필요한 곳에 쓰기 위함이다. 그것이 선이다. 나는 남에게 봉사하는 삶을 살 수 있게 된 것에 늘 감사한 마음을 갖고 산다. 기업을 경영하는 것의 목적은 돈을 지키고, 돈을 버는 것이다. 돈을 벌기 위해 불법행위를 하는 것은 안 된다.

돈을 버는 행위에 대해서는 올바르게 평가를 해주어야 한다. 정치가, 공무원을 비롯해 국민들 모두가 기업인을 존중해주고, 기업이 존중받는 사회가 되어야 한다. 그래야 기업인이 더 열심히 투자도 하고 돈을 벌기 위해 더 열심히 일을 할 수 있다. 그래야 더 많은 기업인이 나와 우리나라를 더 잘 사는 나라로 만들 수가 있다. 우리가 잘 살기를 바란다면, 돈은 선이고, 기업인은 착한 일을 하는 사람이라는 인식이 보편화되어야 한다. 욕을 먹어가면서 기업인이 이 땅에서 사업할 이유는 없기 때문이다.

사람
경영

　나는 사람을 채용할 때 학벌이나, 경력보다 능력을 중요시한다. 능력에서 가장 중요하게 보는 것은 성실성이다. 아무리 똑똑한 직원이라도, 성실하지 않다면 소용이 없다. 중소기업체 사장들을 가장 아프게 하는 것은 똑똑한 직원이 기업의 핵심 기술을 익힌 후에 자기 사업을 하겠다고 퇴사하여, 그 기업의 경쟁자로 나타나는 일이다. 나도 그런 일을 여러 번 경험해보았다. 심지어 자기 사업하기 위해, 다니던 동료들을 비방하거나 기업에 해가 되는 일을 하고 퇴사하는 경우도 있다. 기업이 엄청난 노력과 비용을 들여 개발한 기술을 경쟁업체나 외국회사에 팔아버리고, 심지어 회사가 정성들여 키워놓은 인재들까지 함께 데리고 나가는 사람들도 있다. 삼성전자와 같은 국가적 산업체에서 이런 일이 벌어지면 우리나라는 큰 피해를 당한다.

　똑똑한 직원이 회사를 그만두는 가장 큰 이유는, 미래가 불안하기 때문이다. 미래가 불안한 가장 큰 이유는 정년 제도와 관련된 경우가 많다. 예전에는 60세가 넘으면 노인 취급을 받았지만, 지금은 60세면 젊은 청년에 불과하다. 현대인들은 예전 사람들에 비해 영양 상태도 좋아졌고, 의약의 발전으로 인해 나이를 늦게 먹는다. 예전에는 60세면 일을 할 수 없는 노인으로 평가받았지만, 지금 60세는 한참 일할 만큼 젊어 보인다. 그런데도 많은 기업에서는 50대 후반부터 65세가 되면 정년이라면서 퇴직을 시킨다. 아직 한참 일을 할 나이에 회사에서 퇴직해야 하는 사람들은 정년 후에 삶을 고민할 수밖에 없다. 그렇기 때문에 직장에 다니면서도 더 나이가 먹어도 일할 수 있는 직업을 고민한다. 그러다보니 일에 전념하지 못하고, 때로는 회사의 기밀을 팔아 노후를 대비할 생각도 하는 것이다.

나는 노인복지문제 연구로 박사학위를 받았다. 노인복지의 핵심문제는 노인 일자리, 경제적 문제다. 기업의 정년 문제는 한국사회의 노인 문제와 직결되는 문제다. 정부 차원에서 기업의 정년 문제에 적극 나서야 한다. 또한 정년이 지난 직원들을 여전히 채용하는 기업에 대해서는 정부가 지원을 해주어야 한다. 고용의 문제이기도 하지만, 노인복지문제, 사회안전망 문제이기 때문이다.

기업이 정년 제도를 두는 것은 나이가 들어 몸이 느려지고, 기억력이 감퇴하는 등 노동생산성이 떨어짐에도, 나이 많은 직원들이 월급을 많이 받으니 인건비 부담이 크기 때문이다. 그렇지만 나이 많은 사람들은 장점이 많다. 무엇보다 경험이 많고, 일에 익숙하다. 몸과 정신만 건강하다면 나이는 아무 문제가 아니다. 유능한 인재를 구하기 어려운 중소기업에서, 일할 의욕과 건강이 유지되는 사람이라면 굳이 정년으로 퇴사를 시킬 이유가 없다. 나이든 사람들이 가진 온갖 노하우가 기업의 경쟁력이 될 수 있다. 또한 자신이 일할 수 있을 때까지 일하는 직장이라는 장점은 굳이 타 회사, 타

업종으로 이직하려는 욕구를 줄일 수가 있다. 정년제 폐지가 애사심을 더 높일 수 있다.

우리 회사에는 60세가 넘은 직원들이 꽤 있다. 일할 체력이 부족하다면 모를까, 굳이 나이가 들었다는 이유로 퇴사를 요구하지 않는다. 나는 한 번도 나이를 이유로 퇴사를 요청한 적이 없다. 그런 만큼 이들의 애사심은 매우 높다.

기업을 경영하는 것은 사람을 경영하는 것이고, 사람을 경영하는 것은 그 사람의 장점을 키워주고, 단점을 보완해주는 것이다. 나이가 많은 사람들의 단점이 체력이고, 장점이 경험이라면, 그들의 장점인 경험을 발휘하게 해주고, 단점인 체력적인 문제는 보완시켜주면 되는 것이다.

나는 직원들에게 때로는 엄하게 혼을 내기도 하지만, 그들의 이야기를 잘 들어주려고 노력한다. 여러 차례 직원의 이야기를 들은 후에야, 나는 의사 결정을 한다. 기업 경영의 최종 결정은 경영자가 할 수 밖에 없지만, 그 과정에서 직원들이 가진 여러 의견을 충분히 반영해야한다. 경영자 혼자 힘만으로 모든 결정을 할 수는 없다. 나는 직원들에게 묻고, 또 묻고 의견을 들은 후에 일을 결정해왔다. 신뢰를 준 직원들에게는 일을 위임한다. 나는 최종적으로 그들이 일 처리를 보고 받고, 부족한 것을 채워주는 역할만 하면 된다.

기업은 사람이 하는 것이고, 경영자는 사람을 경영하는 것이다. 직원의 장점을 살려주지 못하고, 그들의 의견을 받아들이지 않고 홀로 결정하고 밀어붙이는 사람이라면, 회사를 경영할 자격이 없는 것이다. 기업인은 사람을 잘 볼 줄 알아야 한다. 비록 사람에게 배신도 당한다 하더라도 한번 일을 시켰으면 믿고 맡겨야 한다.

　　　　　　　　　　　　　　　　　　　　나의 삶 나의 도전

기업을 창업하는 사람들이 저지르는 실수의 첫 번째는 자기만이 똑똑하다고, 자기가 생각한 아이템만을 들고 다른 사람들이 따라오라고만 시키는 것이다. 그러면 다른 직원들은 들러리에 불과하다. 1인 기업일 때는 모르지만, 여러 사람이 모인 회사는 다르다. 기업은 함께 해야 한다. 그래서 기업 경영은 곧 사람 경영인 것이다. 경영자는 다른 사람의 의견을 듣고, 최종적으로 조율하는 사람이지, 혼자 판단하고 결정하는 사람이 아니다.

종종 혼자 결정해서 무모한 판단을 하는 지도자들이 있다. 그들을 독재자라고 부른다. 독재자의 말로는 대개 불행하다. 경영자도 마찬가지다.

인맥 경영
- 박사, 밥사, 봉사

　내가 고려대학교에 입학한 후, 출신 고등학교별로 신입생 환영회가 자주 열리는 것을 보았다. 명문고 출신 학생들이 성대한 신입생 환영회에 가는 것을 보고, 나는 부러움을 가졌다. 대학 졸업 후 직장생활을 하면서 나는 고려대학교 교우 모임에 매우 적극적으로 참여했다. 첫 번째 직장인 대한항공에서부터 학교 선배들의 도움을 받아 직장생활을 남들보다 편하게 했었다. 그리고 두 번째 직장인 효성중공업의 고대교우회는 지금까지도 유지되고 있다.

　나는 어디를 가나 고려대학교 교우회라는 든든한 후원자를 갖고 있다. 남들은 고대출신이라 유난을 떤다고 말할 것이다. 고려대 출신이 아닌 사람들이 부러워하고, 때로는 시기와 질투를 하는 것을 모르는 것은 아니다. 나는 고려대학교 선후배 교우들의 도움을 많이 받았다. 그분들에게 감사하는 마음을 늘 갖고 있기 때문에, 내 삶에서 고대 교우회가 큰 부분을 차지하기 때문에 이야기하는 것이다.

기업을 경영하는 사람은 폭넓은 인맥을 가져야 한다. 누구나 자기만의 인맥을 갖고 있다. 어느 고등학교 출신, 어느 지역 출신, 또는 어느 직장 출신 등등.

이익을 독점하고 범죄행위를 서로 감춰주기 위함이거나, 우월의식을 갖기 위한 특정인들만의 카르텔은 비난 받아 마땅하다. 누구든 법을 농락하거나, 사적 이익을 추구하기 위해 인맥을 활용하는 것은 잘못이다.

하지만 사람들 간에 끈끈한 모임을 갖고 서로 의지하고 도와주는 선의의 모임은 권장해야 한다. 기업을 경영하기 위해서는 서로 도움을 주고, 정보를 주고, 지혜를 나눠 줄 친구가 있어야 한다. 기업을 한 사람의 힘만으로 이룰 수 있는 것이 아니다. 경영자가 되려면 사람관계가 좋아야 한다. 대인관계의 핵심은 내가 먼저 손해를 보더라도 진정으로 내 편이 되어줄 사람들을 많이 확보하는 일이다.

정진택 총장 방문

특수대학원은 특정 분야에 관심을 가진 사람들이 모인다. 특히 최고경영자과정은 기업을 경영하는 사람들이 많이 모인다. 서로가 사업을 하다보면 마주 칠 수 있는 사람들이 자연스럽게 학업을 통해 만나게 된다. 누군가는 공부는 뒷전이고, 인맥 만들기에만 신경 쓴다고 하지만, 사람과 만남에서 배우는 것도 많다.

대학원에 많이 다닌다고 인맥이 만들어지는 것은 아니다. 인맥은 상대에 대한 도움을 주고받을 때, 현직에서 일할 때 생기는 것이다. 나는 하루에 100통화를 목표로 지인들에게 수시로 안부를 전한다. 자주 전화하고 안부를 묻고, 상대의 이야기를 들어줄 때 상대도 나에게 관심을 가져주는 것이다. 필요할 때 갑자기 전화하면, 즉시 도움을 줄 사람이 나타나기 쉽지 않다. 인맥은 타인에 대한 관심을 계속해서 쌓아가는 과정에서 만들어지는 것이다. 인맥을 만들기 위해서는 남에게 내가 도움이 될 수 있는 사람이 되어야 한다. 내가 다른 이들에게 어떤 도움이 될지 아는 데는 시간이 필요하다. 가장 간단한 방법은 밥을 먼저 사는 것이다. 작은 도움부터 베풀어야 한다.

나는 학문을 많이 해 남에게 아는 것을 알려줄 수 있는 박사보다, 남에게 밥을 사줄 수 있는 밥사, 그리고 아는 사람들에게만 밥을 사는 밥사보다, 모르는 사람들에게도 도움을 줄 수 있는 봉사가 더 낫다고 생각한다. 물론 인류를 위해 커다란 지식을 창출한 위대한 박사님들은 제외해야 할 것이다. 나도 박사학위를 취득한 것보다 내가 남에게 밥을 살 수 있는 밥사가 되고, 남을 위해 봉사할 수 있는 봉사로 살아갈 수 있다는 것에 행복을 느낀다.

기업인으로 살아왔기에, 봉사하는 삶을 살 수 있다고 생각한다. 나는 기업인으로 살아온 것에 만족한다. 내 삶에 긍지를 느낀다.

고객
경영

인맥 경영의 핵심은 상대에 대한 관심을 갖고, 나부터 상대에게 도움이 될 수 있어야 인맥의 형성된다는 것이다. 기업을 경영하려면 남에 대한 배려가 몸에 배어있어야 한다. 특히 고객을 배려하는 마음은 기업인이 가져야 할 가장 중요한 덕목이다.

많은 이들은 고객은 왕이다, 신이다 이런 이야기들을 한다. 나는 고객은 나의 한 몸이고, 분신이다. 이런 표현을 쓰고 싶다. 고객이 아프면 내 마음이 아픈 같은 동일체이다. 그래서 고객에 대해서 정말 최선을 다하자, 이런 마음을 갖고 있다.

상대 고객이 아무리 기분 나쁜 애기를 하고, 아무리 고자세로 나오더라도 무조건 고개를 숙여야 한다고 나는 생각한다. 고객은 나를 살려주는 사람이니까, 상품을 팔아주고 일거리를 주는 사람이며, 나를 먹고 살게 해주는 분들이기에 가장 존경받고 가장 잘 해줘야 된다. 나하고 대통령이 무슨 상관이 있겠는가. 나하고 높은 사람하고는 아무 상관이 없다.

　나는 거래처에서 가장 중요하게 여기는 사람이 담당자, 팀장이다. 요즘은 사장이 뭐라고 해도, 말을 잘 안 듣는 시대다. 담당자에게 잘하라. 소비자에게 잘하라. 그들이 나를 살게 해주는 사람들이다. 기업은 고객이 있어야 존재한다. 고객이 없는 기업은 존재할 수가 없다. 기업 경영은 고객에게 맞춰져 있어야 한다. 그러려면 먼저 고객 앞에 겸손해야 한다. 고객의 수요에 맞는 제품을 생산하고, 고객이 원하는 결과물을 만들어야 한다. 내가 아닌 고객의 입장에서 역지사지(易地思之)를 해야 한다. 고객경영은 내가 곧 자신이라는 생각으로 고객에게 만족을 줄 수 있도록 해야 한다.

기업인의
삶에서
행복을 누린다.

　공무원이나 의사는 주어진 일을 열심히 하면 어느 정도 성공을 할 수가 있다. 높은 지위에 오른 공무원은 퇴직하면 그 권세도 끝이 난다. 장관보다 더 어려운 것이 대기업의 CEO 되기다. 치열한 경쟁을 통해 성과를 낸 사람만이 겨우 오를 수 있다. 그런데 그것보다 더 어려운 일이 있다. 개인 사업을 하는 것이다. 개인 사업은 목숨을 걸고 하는 것이다. 자다가도 벌떡벌떡 일어나기도 한다. 함께 할 사람을 구하고, 생산시설을 갖추고, 많은 사람들에게 내가 만든 물건을 팔아야 한다. 늘 생각이 많을 수밖에 없다. 사업은 망하면 끝이다.

　그럼에도 나는 젊은이들에게 그 어려운 사업을 해보라고 권한다. 대기업 중심의 한국 경제 환경에서 중소기업이 생존하는 것 자체가 성공이라고도 할 수 있다. 건강한 중소기업이 대기업으로 성장하기가 점점 어려워지는 시대다. 이미 대기업으로 성장한 기업들이 그들이 가진 자본과 인맥을 통해 많은 분야를 유리한 위치를 선점하고 있기 때문에, 중소기업이 그들과 경쟁에서 이겨내기가 어려운 것이 현실이다. 하지만 대기업이 모든 것을 다할 수는 없다. 일부 공기업을 제외한 대기업들은 모두 과거에는 중소기업이었다.

기업을 경영하는 것은 무에서 유를 창조하는 일이다. 무에서 유를 창조하려면 많은 에너지를 쏟아 부어야 한다. 불편함을 견디며, 싫은 일도 하면서 힘겨움과 고통을 참아내야 한다. 마침내 목표한 바를 달성하면 긴장감이 풀어지면서 희열을 맛보게 된다. 힘들지 않은 일을 달성하는 것에서는 진정한 기쁨을 누릴 수가 없다. 기업 경영은 어렵다. 중소기업을 창업하는 것

신두리 마을회관에서

나의 삶 나의 도전

은 어려운 일이다. 하지만 젊은이들이 많이 창업을 하고, 도전을 해보았으면 좋겠다. 실패도 하겠지만, 성공했을 때 즐거움은 너무 크다.

나는 어려운 환경에서 시작했다. 배신도 당해보았고, IMF 위기도 겪어보았고, 자잘한 실패도 많이 겪었다. 종합건설업도 하고, 해외 자재 수입, 음료수 유통 등 다양한 시도도 해보았다. 실패한 원인은 여러 가지가 있다. 실패를 통해서 배우면서, 앞으로 나가는 것이다. 실패가 없으면 성공도 없고, 역경이 없으면 성취도 없다.

나는 일 추진력은 좋은 편이지만, 추진하기 전까지 숙고하는 시간이 매우 긴 편이다. 안전경영을 늘 염두에 두다보니, 기회를 놓친 적도 많았다. 하지만 아쉬워하지는 않는다. 작은 일에 실패했다고, 당장 어려움이 있다고 도망가서는 안 된다. 기업을 경영한다는 것은 힘든 일을 극복해가는 일이다. 힘든 일을 극복하면서 얻는 성취의 기쁨은 크다.

나는 내가 현역 기업인이라는 사실이 행복하다. 내가 남에게 봉사할 수 있는 삶을 살 수 있게 된 것에 늘 감사하며 산다.

나는 오늘도 아침 5시 반에 일찍 일어나 일어와 영어 텔레레슨을 시작한다. 오늘도 새로운 날이다. 오늘이 기대된다. 나는 오늘도 일을 하며 산다.

내 마음이
머무는 곳,
고려대학교

우리나라에서 가장 단결력이 강한 3개 단체가 있는데, 고려대학교교우회, 해병대전우회, 호남향우회가 그곳이다. 그 가운데 고려대교우회가 가장 전통이 깊다. 1907년 1월 보성전문학교친목회로 출발하여 그 해 3월, 보성전문학교교우회로 창립했다.

광복이 되고, 1947년 교명(校名)이 고려대학교로 변경됨에 따라 자연히 고려대학교교우회로 명칭이 바뀌었다. 1954년 7월, 임시총회를 열어 졸업생 출신 회장제를 채택했는데, 초대 회장에 황태연(상과) 교우를 선출했다. 나는 학부를 졸업한 1977년 2월 25일에 고려대교우회에 입회했다.

시대에 맞게 교우회가 변화하면서 지금은 34대 승명호(75, 무역) 교우가 회장직을 수행하고 있다. 나는 2011년부터 2024년 지금까지 부회장직을 맡고 있으며, 지금은 최고학번이다. 후배들이 회장직을 하고 있기에 조심해서 처신하며 특별한 경우에만 소신을 말한다.

2000. 10. 7. 70학번 입학 30주년 기념 모교방문 축제

  고려대학교는 학번이 계급이기에 선배로서의 처신에 사려깊게 신경을 써야한다. 경제인회, 동기회, 단과대학, 학과, 체육회, 지역교우회, 직장교우회 등 두 명만 모이면 교우회가 만들어져 활동하는 단결력이 최고인 대학은 단연 고려대학교이다.

  '수처작주(隨處作主) 입처개진(入處皆眞)'이란 말이 있다. '어느 곳이든 가는 곳마다 주인이 되며, 그 머무는 곳이 모두 진실한 곳'이라는 뜻이다. 당나라의 임제(臨濟, ?~867) 선사가 『임제록(臨濟錄)』에서 한 말이다. 주인의식을 가진 내 마음이 머무는 그곳에 내가 꿈꾸는 진리가 있다는 의미이다. 그래서 나는 고려대 출신 사람들이 모이는 장소라면 어디든 참여했고, 그곳에서 나는 손님이 아닌 주인으로 행세했다. 고려대는 내 인생을 탄생시킨 요람이었고, 주인이었다.

별책

인생의 책갈피

나의 삶 나의 도전

고등학교 전경

고려대학교

나의 삶 나의 도전

나의 삶 나의 도전

별책. 인생의 책갈피

나의 삶 나의 도전

나의 삶 나의 도전

별책. 인생의 책갈피

나의 삶 나의 도전

나의 삶 나의 도전

나의 삶 나의 도전

나의 삶 나의 도전

444

나의 삶 나의 도전

별책. 인생의 책갈피

나의 삶 나의 도전

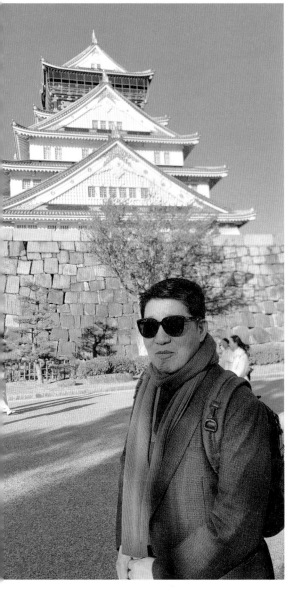

나의 삶 나의 도전

별책. 인생의 책갈피

나의 삶 나의 도전

행정과 동기들과 철원 고석정에서

별책. 인생의 책갈피

나의 삶 나의 도전

나의 삶 나의 도전

별책. 인생의 책갈피

나의 삶 나의 도전

별책. 인생의 책갈피

나의 삶 나의 도전

고려라이온스

나의 삶 나의 도전

별책. 인생의 책갈피

나의 삶 나의 도전

서울대 AMP 대상회 모임에서

나의 삶 나의 도전

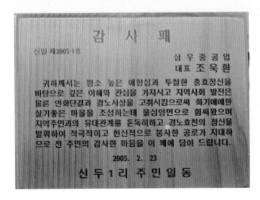

감 사 패

신일 제2005-1호

삼우중공업
대표 조욱환

귀하께서는 평소 높은 애향심과 투철한 충효정신을
바탕으로 깊은 이해와 관심을 가지시고 지역사회 발전은
물론 민화단결과 경노사상을 고취시킴으로써 화기애애한
살기좋은 마을을 조성하는데 물심양면으로 힘써왔으며
지역주민과의 유대관계를 돈독히하고 경노효천의 정신을
발휘하여 적극적이고 헌신적으로 봉사한 공로가 지대하
으로 전 주민의 감사한 마음을 이 패에 담아 드립니다.

2005. 2. 23

신두1리 주민일동

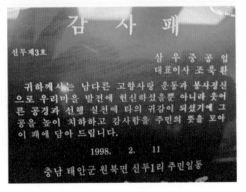

감 사 패

신두제3호

삼 우 중 공 업
대표이사 조욱환

귀하께서는 남다른 고향사랑 운동과 봉사정신
으로 우리마을 발전에 헌신하셨을뿐 아니라 웃어
른 공경과 선행 실천에 타의 귀감이 되셨기에 그
공을 높이 치하하고 감사함을 주민의 뜻을 모아
이 패에 담아 드립니다.

1998. 2. 11

충남 태안군 원북면 신두1리 주민일동

나의 삶 나의 도전

나의 삶 나의 도전

나의 삶 나의 도전

부록

2012. 3 ~ 2012. 12 | 서울대학교 공과대학 건설산업최고전략과정 수료 (9기)

2013. 3 ~ 2013. 7 | 서울시 강남구 상공회의소 CEO아카데미수료 (18기)

2019. 2 ~ 2019. 9 | 고려대학교 국제대학원 졸업

2020. 10 ~ 2021. 3 | 조선일보 인문학 포럼 수료

2024. 4 ~ 2024. 12 | 동국대학교 법무대학원 경·공매 부동산 과정

2024. 8 ~ 2024. 12 | 중앙대학교 건설동반성장 경영자과정(현대건설 2기)

경력사항

1976. 12 ~ 1978. 1 | ㈜대한항공 근무

1978. 1 ~ 1981. 2 | 효성중공업㈜ 근무

1981. 2 ~ 1982. 8 | 공영토건㈜ 근무

1982. 8 ~ 1984. 12 | 극동건설㈜ 근무

1984. 12 ~ 1988. 5 | ㈔무역협회 종합무역센터 근무

1988. 6 ~ 현재 | ㈜삼우이앤아이 재직

사회활동

1993. 7 ~ 2016 | 강서로타리

2000. 6 ~ 현재 | 고려라이온스

2002. 2 ~ 2022 | 서울지방법원 조정위원

2013. 9 ~ 2004 | 대한전문건설협회 지붕판금회장

2007. 7 ~ 2008. 1 | 고대70동기회 회장

2007. 7 ~ 2011. 6 | 자랑스러운 중소기업인 협의회 회장

2008. 8 ~ 2011. 8 | 교원나라저축은행 사외이사

2009. 1 ~ 2011. 1 | 현대건설 협력업체 협의회(자재) 회장

2010. 2 ~ 2021 | 한국내화건축자재협회 회장

2011. 2 ~ 현재 | 고대교우회 부회장

2014. 2 ~ 2016 | 현대건설 협력사협의회 통합회장(자재, 공사)

2014. 1 ~ 2016 | 서울 수서경찰서 경찰발전위원회 위원장

2014. 2 ~ 2022. 2 | 현대건설 협력회 회장 및 자문역

2014. 6 ~ 현재 | 김포세무서 세정위원회 위원

2015. 7 ~ 2016. 7	고려라이온스 회장
2017. 1 ~ 현재	고려대학교 공과대학 테크노센터 사단법인 이사
2017. 3 ~ 2022. 3	한국경영학회 이사
2018. 4 ~ 2022. 3	고려대학교 대학평의원회 의장
2023. 1 ~ 현재	현대건설 H-LEADERS 구매부문 부회장
2024. 1 ~ 현재	서울대학교 경영대학원(AMP) 부회장

수상이력

1995	제32회 무역의 날 수출100만불탑 수상(한국무역엽회 회장)
1997. 11	자랑스러운 중소기업인상 수상(통상산업부 장관 및 중소기업중앙회 회장)
2001. 5	산업포장 수상
2010	제47회 무역의 날 수출500만불탑 수상(한국무역협회 회장)
2011	전국중소기업인대회 은탑산업훈장 수상
2014	성실납세자 선정
2023. 2	자랑스러운 고대 법대인상 수상
2024. 1	제23회 서울대 AMP 대상 수상

회사이력

1978. 9. 30	삼우공업사 설립
1982. 9. 30	삼우중공업 주식회사로 법인전환
	본사 : 서울시 강서구 화곡본동 24-486
	공장 : 경기도 김포군 고촌면 신곡리 407
1982. 12. 18	철물공사업 면허 취득 (면허번호:82-서울-11-39)
1989. 2. 10	대표이사 조욱환 취임
1992. 9. 17	갑류 무역업 등록 (등록번호:11031121)
1993. 11. 30	김포 마송공장 준공, 샌드위치판넬 생산 납품
1995. 10. 25	건축물 조립 공사업 면허 취득 (면허번호:95-서울-20-6)
1995. 11. 30	제32회 무역의날 '수출100만불탑' 수상
1996. 1. 11	판넬 조립 제2공장 증축
1996. 6. 10	철골 제조 공장 증축

1996. 10. 30	제2샌드위치 자동라인 구입 및 설치
1997. 2. 25	강 구조물 공사업 면허 취득 (면허번호:97-서울-21-1)
1997. 6. 4	KS취득 벽판 (허가번호:제97-03-091호)
	KS취득 지붕 (허가번호:제97-03-092호)
1997. 11. 25	97년 11월의 자랑스러운 중소기업인상 수상
	(통상산업부 장관 및 중소기업중앙회 회장)
1998. 8. 26	지붕.판금공사업 면허 취득(면허번호: 강서-98-09-01)
1998. 12. 31	가설흡음패널 의장등록
1999. 2. 24	I.S.O 9002 인증 획득
2000. 12. 31	제 3 SIDING PANEL라인 설치
2001. 5. 21	산업포장 수상
2002. 1. 15	그라스울 및 미네랄울 샌드위치판넬라인 설치
2002. 11. 19	난연 2급 획득(방제시험연구원)
2002. 12. 31	자본금 1,500백만 원으로 증자
2003. 2. 21	실용신안등록(2중 결합구조를 갖는 벽체용 조립식패널)
2003. 4. 30	내화구조인정 획득(한국건설기술연구원 2003-0430-1)
2003. 6. 10	특허등록-판넬을 이용한 조립식 벽체 및 구축공법
	(10특허-2003-0037052)
2003. 6. 10	의장등록-조립식 판넬용 보강재 (30의장-2003-0016067)
2003. 7. 3	기계설비공사업 면허 취득(면허번호: 강서-03-12-03)
2003. 8. 5	미국 CENTRIA사 협력업체 체결
2003. 8. 26	실용신안등록-벽체용 조립식 패널(등록 제0325622호)
2003. 8. 30	SR-500 루핑시스템 도입
2003. 10. 13	실용신안등록-판넬을 이용한 조립식 벽체(등록 제0330910호)
2003. 12. 1	CLEAN ROOM & SGP 칸막이 판넬 라인설치
2004. 3. 19	I.SO. 9002 획득
2004. 5. 7	실용신안등록-알루미늄 보강박지가 부착된 건축용
	발포성 단열재(등록 제0350887호)
2005. 9. 10	신용실안등록-건축용 벽체 판넬(등록 제0350888호)
2005. 9. 10	SAMWOO METAL PANEL 라인설치

2006. 3. 7	실용신안등록-냉장, 냉동고의 조립식패널 연결구조(등록: 제20-0411360호)
2007. 1. 2	삼우이앤아이로 상호변경
2008. 1. 2	본사 이전 : 경기도 김포시 통진읍 마송리 281-10
	서울사무소 : 서울시 금천구 가산동 371-28 우림라이온스밸리 B동 1507호
2008. 4. 28	특허등록-냉장 및 냉동창고의 조립식 패널연결 구조체(제10-0827403호)
2008. 9. 29	금속구조물, 창호공사업 면허 취득 (면허번호:김포-08-07-04)
2010. 3	건축공사업 면허 취득
2010. 3. 12	신한은행 유망중소기업 선정
2010. 3. 16	서울사무소 이전 : 서울시 강남구 대치동 1008-1 타워크리스탈빌딩 9층
2010. 6. 10	LCKAY LOGHOUSE (목조 건물) 인수합병
2010. 7. 19	난연2급(준불연재료) 획득-글라스울판넬 50T(한국건설생활환경시험연구원)
2010. 10. 28	30분내화구조인정-삼우 글라스울벽판(T-TYPE) 75T(WP07-1029-2)
2010. 11. 30	제47회 무역의 날 '수출500만불탑' 수상
2010. 12. 03	난연 3급(난연재료) 획득 - EPS판넬 50T(한국건설생활환경시험연구원)
2010. 12. 03	난연 3급(난연재료) 획득 - EPS판넬 100T(한국건설생활환경시험연구원)
2010. 12. 03	난연 2급(난연재료) 획득 - EPS판넬 50T(한국건설생활환경시험 연구원)
2010. 12. 03	난연 2급(난연재료) 획득 - EPS판넬 100T(한국건설생활환경시험연구원)
2011. 4. 15	1시간내화구조인정-삼우 글라스울 벽판 (T-TYPE) 125T(WP11-0415-3)
2011. 4. 15	30분내화구조인정-삼우 글라스울 벽판 (RP-TYPE) 100T(WP11-0415-1)
	- 국내최초 볼트리스판넬 30분내화 취득
2011. 4. 15	1시간내화구조인정-삼우 글라스울 벽판(RP-TYPE) 125T
	(WP11-0415-1) - 국내최초 볼트리스판넬 1시간내화 취득
2011. 5. 16	조욱환 대표이사 2011년 전국중소기업인대회 은탑산업훈장 수상
2011. 6. 16	난연3급(난연재료)획득-EPS판넬 75T(한국건설생활환경시험연구원)
2011. 12. 26	난연2급(준불연재료)획득-프로폴 샌드위치판넬(한국건설생활환경시험연구원)
2012. 1. 5	V500, V115, C-76:PE form 생산시설 설치
2012. 6. 8	특허등록 - 단열성을 향상시킨 조립식 지붕구조 및 그 제작방법 (제10-1156693호)

2013. 6. 12	기계설비공사업 면허 취득(면호번호: 김포-13-10-02)
2013. 12.	새로운 타입의 펜스 생산시설 완비
2014. 1. 20	칼라코일 및 PE폼 부착 휀스기계 설치
	(차음성적서-한국조선해양기자재연구원)
2014. 3. 3	성실납세자 인증
2014. 5.	울타리 사업부문 사업부 신설
2015. 1.	기전리 제2공장 마련 및 EGI 펜스 생산시설 완비
2016. 3. 2	SW45 볼트리스 판넬라인 설치
2016. 12. 28	1시간내화구조인정- 삼우 그라스울벽판(SWG-R.P)125T - 볼트리스판넬
2018. 4. 20	디자인 등록 - 건축용 지붕판(제30-0954208호)
2018. 10. 11	30분 내화구조인정 - 삼우 그라스울 벽판(SWG) 75T
2018. 10. 11	1시간 내화구조인정 - 삼우 그라스울 벽판(SWG) 125T
2019. 10. 8	주식회사 삼우이엔에프 법인분할(인적분할)
2019. 12. 20	징크판넬라인 설치
2020. 12. 7	주식회사 삼우이엔에프, 주식회사 삼우이앤아이에 흡수 합병
2020. 12. 21	준불연재료 획득 - 준불연EPS판넬 50T(한국건설생활환경시험연구원)
2020. 12. 30	준불연재료 획득 - 그라스울판넬100T (한국공인시험연구원)
2021. 1. 7	준불연재료 획득 - 그라스울판넬160T (한국공인시험연구원)
2021. 2	현대건설 우수협력사 H-LEADERS 선정
2021. 3. 17	준불연재료 획득 - 준불연EPS판넬 155T, 260T(한국공인시험연구원)
2021. 3. 30	특허등록 - 조립성 향상과 침수 방지 기능을 갖는 건축용 루프 패널
	(제10-2236142호)
2021. 11. 29	30분 내화구조인정 - 삼우 그라스울 지붕판 180T
2022. 1. 7	준불연재료 획득 - 준불연EPS판넬 50T. 75T, 100T, 225T
	(한국건설자재시험연구원)
2023. 2	삼성물산 안정인정제 3스타 인정
2023. 7. 3	구조물해체, 비계공사업 면허 취득(면허번호: 김포-23-사-01)
2023. 10	필드사무실용 신 솔루션 Modubox 사업 라운칭
2024. 2	삼성물산 안정인정제 3스타 재인정

나의 삶 나의 도전